Philippe Claudel

# Le rapport de Brodeck

Philippe Claudel
作者 - [法] 菲利普 · 克洛代尔
译者 - 刘 方

# 布罗岱克的报告

# Le rapport de Brodeck

上海译文出版社

献给自认为一文不值的她们和他们

献给我的妻子和女儿

没有她们，我会一事无成

我一文不值，我知道，然而，我用些许世间万象书写我的一文不值。

维克多·雨果《莱茵河》

# 一

我叫布罗岱克，我同那事毫不相干。

我坚持这么说。所有的人都应该知道这点。

我，我什么也没干，而且我一得知刚才发生了什么，我就宁愿一辈子不谈此事，把我的记忆永远捆绑起来，紧紧捆着它，让它像鱼叉插进铁罗网一般闷声呆着。

然而，别的人逼迫我，他们对我说："你呀，你会写字，你上过学。"我回答说，那时学的都是些微不足道的东西，而且还没有结业，什么内容我都不大记得了。他们却什么也不愿弄明白："你会写字，你知道那些生字，知道怎么用那些字，也知道那些字能如何说事。这就足够了。我们这些人就干不了这个。一干就犯糊涂，像一团乱麻，可你就不同了，你一说话，人家就相信你。再说，你还有打字机。"

打字机，那已经老掉了牙。键盘上的好多按键都碎了。我又没办法修理。这老家伙真有点反复无常。它已经累得精疲力竭了。有时，它突然动弹不得，也没有预先提醒我，就好像它勃然大怒，跟我闹脾气似的。不过，这事，我可没有说，因为我不想重蹈"另外那个人”的覆辙。

你们别向我打听他的姓氏，从来没有人知道他姓甚名谁。很快，人们就以彻头彻尾编造出来的表达方式用土话来称呼他了，我把那些称呼翻译为：肿泡眼——根据是，他的眼睛有点突出于他的面孔；说悄悄话的人——因为他很少说话，而且话音非常细小，犹如一阵微风；月影——原因在于他的神气，看上去好像住在我们小镇却又不在我们小镇；那边来的人。

然而，对我来说，他一直是“另外那个人”，也许除了他来无来处，他还与众不同，而这一点，我了解颇为深切，我应该承认，有时候，我甚至有这样的感觉：他，可以说就是我。

他的真实姓氏，我们当中没有任何人询问过他，除了镇长，也许镇长问过他一次，但，我认为，他并没有得到答复。如今，谁也不可能知晓了。为时已晚，而且，很显然，这样更好些。事实真相，它可能斩断人的双手，留下的伤口可能让人难以带着它们继续活下去，而我们当中大多数人所希冀的，只是活下去。活得尽量少些痛苦。这就是人性。我可以肯定，假如你们经历过战争，了解战争在这里干过些什么，尤其是战后发生过什么事情，战后那几个星期，那几个月，特别是前几个月，这个人来到我们小镇，在这里住下，就这么着，一下子，你们也会跟我们一样。为什么选中我们小镇？大山有那么多山沟山梁，上边有那么多村镇，村镇坐落在各个森林当中就像鸟蛋挤放在鸟窝里，其中有不少跟我们小镇何其相似！为什么恰恰选中我们小镇，一个如此远离尘世、如此偏僻的小镇？

我讲述的一切，他们说希望我来写报告的那个时辰，这些都发生在施罗斯客栈里，约莫三个月之前。正好在……之后，正好在那……之后，我不知道该怎么说，姑且说是l' Ereigniës吧，Ereigniës，这个词很古怪，迷雾重重，鬼影憧憧，意思大略是“发生过的事”。用一个取之于当地土话的词语来说这件事也许更恰当些，土话是一种语言，却也算不上语言，但它又与当地居民的肌肤、气息和灵魂如此完美地水乳交融。“发生过的事”，用它来形容难以形容的事。对，我就称它为“发生过的事”。

这事刚发生不久。除了两三位老人待在自家的火炉旁边，当然还有本堂神甫派佩，他当时大概在他那墙壁只有鹰翅那么宽的小教堂的哪个角落里休息以便醒酒，除此之外，所有的男人都在那里，都在那个像偌大的巢穴一样的客栈里。客栈有点阴暗，烟草和炉膛里的烟雾弄得它活像一个令人窒息的蒸笼。男人们目光呆滞，被适才发生的事吓懵了，与此同时，怎么说呢，又好像舒了一口气，因为，事情总得有个了结，以这种方式或那种方式了结。大家实在是受不了啦，知道吗?

人人都好像自我封闭起来，坚守着沉默。哪怕只有近四十个人待在客栈里，他们仍然一个紧挨着一个，活像柴捆里挤做一团的一根根柳树茎秆，挤得透不过气，挤得互相能闻到对方的气味，口臭味、脚臭味，以及他们的臭汗、他们潮湿的衣衫、旧羊毛、旧粗布发出的刺鼻的倒霉味，其中还混杂着尘土、树林、厩肥、干草、葡萄酒和啤酒味，尤其是葡萄酒味。并不是因为他们一个个都醉了，不，用酒醉当托词会过分宽容。大家会一下子将所有的残酷暴行抹掉。那就太傻了。太过于天真了。我要尝试不去简化、淡化那些极难描绘极为复杂的事情。我要尝试。但我不许诺我一定做得到。

我要再说一遍，我，我希望大家理解我，我本可以闭口不谈，但他们要求我讲述，而且，在他们对我提出这个要求时，大多数人都握紧了拳头，或者把双手放在衣兜里，我猜想，那一双双手都紧紧握着他们的刀柄，甚至是刚刚……的刀柄。

我本不需要讲得太快，但这很难，因为我此刻感觉到我的背上承受着一些东西，有动静、有声音、有视线。几天以来，我在想，我是否正在逐渐变成别人狩猎的野味，身后尾随着一大队追捕我的人和正在用鼻子嗅闻的猎犬。我感觉自己在受到窥伺、围捕、监视，仿佛从今以后永远有人站在我肩膀后边，为的是抓住我哪怕最微小的动作以解读我脑子里在想些什么。

我以后会回过头来追述他们手上的刀派了什么用场。我肯定会追述。我现在要讲的是，当时所有的人满脑子还充斥着野性和血腥的想法，在那样特殊的情绪状态下，要拒绝大家对你的要求，那是不可能的，甚至是危险的。因此，我接受了，非常勉强地接受了要求。我只不过是在最倒霉的时刻来到了客栈，正好在那“发生过的事”几分钟之后，那惊慌失措的一刻也正是摇摆不定、犹豫不决的一刻，那一刻，大家会一把抓住第一个开门进来的人不放，或将他变成救星，或将他剁成肉泥。

施罗斯客栈是我们小镇最大的咖啡店，小镇里还有五家这样的店铺，还有一间邮局、一家服饰缝纫用品店、一家五金制品店、一家肉铺、一家食品杂货店、一家下水铺，还有一个学校，一个S城的公证人事务所的分所，分所脏得像个马厩，主宰这间事务所的是戴一副破旧夹鼻眼镜的西格弗里德·克诺普夫，人们管他叫先生，尽管他只是个文书，还有一个詹金斯办公室，充当警察的角色，但詹金斯已经在战争中去世了。我还记得，詹金斯作为第一个参战的人，在出发那天，一向不苟言笑的他，竟然笑着同所有的人握手，就好像他是去参加自己的婚礼似的。谁都认不出他了。当他从莫伯施温锯木厂边角拐过去时，他还使劲摆着手，并且把他的帽子往天上抛得老高，表示快乐的告别。后来便没有人再见到过他。也从来没有人代替过他的工作。他那小小办公室的百叶窗也一直关闭着。此后，些许苔藓便把办公室的入口永远封死了。门上了锁，我不知道谁拥有那门的钥匙。我从没有问过。我学会了不要提太多的问题。我也学会了用墙壁的颜色、用大街上尘土的颜色来装扮自己。这并不困难。我与任何东西都没有相似之处。

一旦伯尔纳尔寡妇的食品杂货店在夕阳西下之际拉下它的铁门帘，施罗斯客栈也做一些食品杂货买卖。它也是几家咖啡店中人气最旺的一家。这家客栈拥有两个厅堂：大厅堂在客栈前沿，周围的木墙已被熏黑，地板上覆盖了一层木屑，当人们进店时，几乎人人都差点摔到木屑里，因为必须下两级很陡的台阶，而粗砂岩台阶中央已被接二连三成千上万的酒客踩得凹了进去。小厅堂在客栈后店，我从没有看见过它。一扇很雅致的落叶松木门将前厅和后厅隔开，门上刻了一个日子，1812。小厅堂是专为某些人保留的，那些人每个礼拜在那里聚会一次，礼拜二晚上， 他们在那里喝酒，吸的是他们自己田地里种植的烟草，用的是镂空瓷管烟斗，也吸一种不知在何处制造的劣质雪茄烟。他们还将这样的聚会美其名曰“觉醒联谊会”。对一个怪怪的社团而言，那是个挺滑稽的名字。谁也不清楚这联谊会是什么时候建立的，也不知道什么是它的奋斗目标、如何入会，更不知道谁是会员，当然有那些殷实的农场主，也许还有克诺普夫先生、施罗斯自己，还有镇长，那还用说，镇长汉斯·奥施威尔，他是本地占有财富最多的人。谁也不知道他们在那里搞什么名堂，聚在一起时都说些什么。有些人猜想说，镇里某些最重要的决定是在那里做出的，一些非同寻常的公约和承诺也是在那里缔结或确认的。另一些人干脆揣想他们无非是在那里喝烧酒、玩跳棋或玩扑克牌，还一边吸烟，一边开玩笑。也有一些人硬说他们曾听见从下边门缝传出的音乐声。也许小学教师迪奥代姆知道真相，他喜欢到处寻根究底，在文件里，在人们的脑子里，他总是那么如饥似渴地探究事物的正反两面。然而，可惜呀，这可怜的人再也不会来这里谈论此事了。

我几乎从来不去施罗斯客栈，因为，我应该承认，迪特尔·施罗斯让我感到别扭，他那潜伏特务一般阴险狡诈的眼神，他那在粉红色秃脑袋下面老渗出汗液的额头，他那些发出脏包扎布臭味的黑褐色牙齿都让我不舒服。再说，还有一个理由，那就是，自从我在战后回到家里，我并不谋求参与社交聚会。我已经习惯了清静的隐居生活。

在“发生过的事”那天晚上，是老费多琳派我去客栈买缺少的黄油。她想烹制小油酥饼。平时，都是她自己去采购食物和生活必需品，但是，在那个凶险的夜晚，我的波朴切特高烧卧床，费多琳在她枕边为她讲《可怜的裁缝比利西》的故事，那一刻，我的妻子艾梅莉亚正在她们身边轻轻地哼唱着她自己的歌曲。

此后，我老在想那黄油，那一小块我们食品贮藏室当时缺少的黄油。人，永远也搞不清楚一个人的生命历程在多大程度上取决于一些无关紧要的事物，一块黄油、为别人让出的一条小道、人们跟踪或逃避的一个影子、谁选择用些许铅弹射杀或饶命的一只乌鸫。

波朴切特睁大她极其明亮的美丽眼睛倾听着老妇人的话音，我昔日常听不厌的话音，话音从那同一张嘴里发出来，同一张更年轻的嘴，而如今这嘴里已经没有了牙齿。波朴切特用她那双发着高烧的黑眼睛注视着我。她双颊泛出欧洲越橘的颜色。她冲着我微笑，一边向我伸出双手，在空中拍打着，一边像雏鸭一般牙牙唔唔地说："爸爸，回来，我爸爸回来！"

我出门时，耳畔还回响着我孩子的乐音和费多琳喃喃的话语：

"比利西瞥见三个骑士出现在他的茅草屋门口，骑士们的甲胄已经旧得发白了。三个骑士手上都握着一支红棕色长矛和一个银盾牌。看不清楚他们的面孔，甚至看不清他们的眼睛。夜深时经常如此。"

# 二

黑夜用它的大氅笼罩着小镇，有如运货马车夫用他的短斗篷盖住途中某处篝火未烧尽的火炭。镇里房屋的屋顶都覆盖着松木片，犹如一片片长长的鱼鳞，木片间缓缓逸出蓝色的烟雾，看上去好似远古时代动物化石粗糙的脊背。寒冷刚开始降临，虽然还只是微寒，人们却已经难以适应，因为九月底那几天热得像面包师傅的烤炉。我还记得，当时我望着天空，看见天上的星星一个挨着一个挤在那里，活像窝里的一只只雏鸟心惊胆战地寻找着伴侣，我便对自己说，我们马上会一下子进入冬季。冬季，在我们这里，长得像一个个世纪肉串一般被串在一把巨大的利剑上，在漫长的冬季，我们周围密林覆盖的广袤的背斜谷会构成一扇奇特的牢狱大门。

我走进客栈时，他们都在那里，我们小镇所有的男人几乎都在座，他们一个个眼神都那么黯淡，呆在那里纹丝不动，俨如石头一般，我立即猜出发生了什么事。奥施威尔在我身后关上了门，然后朝我走过来。他有点发抖。他用他那蓝色的大眼睛盯住我的眼睛，仿佛是第一次看见我。

我整个内脏开始狂跳起来，我相信我的心脏快支撑不住了。于是，我一边望着天花板，想用眼睛穿透它，同时尝试着想象“另外那个人”的房间成了什么样子，尝试着想象他，“另外那个人”的样子，他那连鬓的胡子，上唇的小胡须，他那从两鬓往上翘的稀疏的卷发，那显得性格随和的圆圆的大脑袋……一边用非常微弱的声音问道：“你们总该没有干那事吧……？”这句话几乎就不是在提问题。还不如说它是没有得到允许而从我内心迸发出来的一声哀叹。

奥施威尔用他那骡蹄子一般宽大的双手抓住我的双肩。他的面孔比平常更发青，在他长有天花麻点的鼻梁上，一颗亮得跟水晶石一般的小汗珠以极慢的速度往下滑落。他一直在发抖，如此这般抓住我，他也让我抖了起来。“布罗岱克……布罗岱克……”这是他终于说出来的一切。接着，他又退到都用眼睛盯着我的人群里，并在他们当中消失了。

我感觉自己像一只瘦削的蝌蚪，在一大片春水中迷失了方向。我的脑子业已失去了常态。奇怪的是，我竟然想起了我来这里购买的黄油。我朝柜台后面的迪特尔·施罗斯转过身去，对他说：“我来这里就是为买黄油，一点黄油，就这个……”他耸耸瘦弱的肩膀，同时整理一下他那梨儿形状肚子上的腰带。我认为就在此刻，一个名叫威廉·富尔滕豪的农人往前站了站，此人兔子嘴脸，却拥有从施泰纳赫森林到哈奈克高地之间的那一大片土地，他对我说：“布罗岱克，你想要多少黄油都能得到，但你得讲述这件事的始末，你得当记录员。”我惊得睁大眼睛，转动着眼珠。我在想，这富尔滕豪究竟能从哪儿找来记录员这个词——

而且他还发错了音，b在他嘴里成了p，他这人那么蠢，恐怕一辈子都没有翻开过一本书。

讲述事情的始末是个职业，却不是我的职业。我只对植物区系、树木、季节、猎物、施陶比河枯水期以及雪、雨的状况作过简介，对我上边的管理部门来说，那是个无足轻重的工作，毕竟政府部门离这里十分遥远，有好多天的路程，而且对我的工作并不重视。我真不知道我那些报告是否到达了目的地，甚至不知道他们是否看过我的报告。

从战争到现在，邮政运行并不如人意，而且，依我看，需要相当长的时间才能恢复正常。我几乎再也收不到钱。我感觉自己已经被人遗忘，或因他们认为我已经离开人世，或因他们再也不需要我了。

邮递员阿尔弗雷德·武茨维勒每十五天徒步走个来回，走到S城——只有他能去那里，因为他有“许可证”——以便交换邮件，有时，他对我说，他曾为我带过一张汇票，并交给我几张钞票。我要求他作出解释。他比比划划，我却无法理解，他发出一些像剁肉糜一样毫不连贯的声音，声音从他那兔唇里吐出来，我照样无法理解。我接过那张盖了三个钢印的字迹模糊、皱皱巴巴的补偿卡，连同少量的钱。我们就靠这点钱勉强维持生计。

“我们又不要求你写部小说。”说话的人是马蹄铁匠鲁迪·格特。尽管他很丑——一匹马用蹄子踢碎了他的鼻子，压塌了他的左颧颊，他却同一个很美丽的姑娘结了婚，那姑娘名叫格尔德，她老在铁匠铺前摆姿势，仿佛永远在等待画家给她画像。“你把事情讲出来，不就得了吗？跟你写你那些报告一样。”格特用右手紧紧抱住自己的大锤子，他裸着的双肩从他的护胸皮围裙上露了出来。他站在壁炉旁边。炉火烤灼着他的面孔，他的钢铸工具闪闪发光，有如镀锡精良的长柄镰刀的刀身。“好吧，”我说，“我讲，我试试，我答应你们，我试试，我要用‘我’来讲，就像我写我的报告一样，因为我不会用别的口吻讲述，但是，我得把话说在前头，这‘我’的意思就是所有的人，所有的人，你们听清楚了。我说‘我’，就是说全镇的人，周围各个小村子的人，我们大家，怎样，你们同意吗？”

一阵喧哗，活像拉车的牲畜在车辕里松松劲时发出的舒服的低声吼叫，之后，他们说道：“那就说定啦，你就这么写，不过，你得小心，啥也别变更，你得把一切说个透。真的需要说全了，为的是让看‘报告’的人理解我们，原谅我们。”

我也不知道谁会看报告，我当时这么想。让看报告的人理解，这有可能，但让他原谅，那又是另一回事了：这点，我没敢提出来，我只是在内心深处这么想。当我说“好吧”时，客栈里人声鼎沸，看上去都松了一口气，捏紧的拳头也松开了。大家的手又从衣兜里伸了出来。我感觉所有这些雕像又重新变成了人。而我自己，却喘着粗气。我已经走到离某件事只有二指之遥了。我甚至宁可不知道是什么事。

那是这年的初秋。战争已经在一年前结束。山坡上长满淡紫色的秋水仙，清晨，初雪常常在环绕我们背斜谷东边的普林茨霍尔尼山的花岗岩山脊上留下一层浅浅的粉末状的白色，那层白色在阳光最灿烂的时刻便融化了。就在三个月前的这一天，“另外那个人”来到我们小镇，带着他的几个大箱子、他的绣花衣服、他的神秘、他那匹枣红马和他的驴子。“它的名字叫苏格拉底先生，”他指着那头驴说道，“这位是尤丽叶小姐，向大家敬礼吧，尤丽叶小姐，拜托了。”于是，那匹漂亮的枣红马便点了两下头，在场的三个妇女连忙往后退，还画着十字。我好像还听得见他用他那细嗓子介绍他的两头牲畜，俨如介绍两个人物，聆听的人无不大惊失色。

施罗斯为所有的人搬出他的酒杯、平底大口杯、碗和茶杯，还有酒。我也必须喝酒。好像是为了宣誓。我带着恐惧想起了“另外那个人”的面容，想起了他借住的那间居室，我对那间居室有些许了解，因为我曾三次应邀去过那里，与他做过三言两语的神秘交流，交谈时还喝着一种挺稀罕的黑茶，我从没有喝过那样的茶。他那里有些开本很大的书，书名也很复杂，有些书的语言文字写法跟我们的写法大相径庭，读起来恐怕跟碎石子一样会发出叮当声。有些书是烫金装帧，十分精美；有些书却正相反，皱皱巴巴，像一堆破烂。他还有一套中国瓷餐具，装在一个有钉饰的皮盒子里，一套骨和乌木制作的象棋，一根手杖，杖柄由水晶雕成，还有大量别的物品放在他那些箱子里。他总是笑吟吟的，脸上的微笑常常代替了他非常吝惜的言语。他的眼睛又圆又大，呈玉石一样美丽的绿色，眼球稍微突出，使他的眼光显得更加锐利慧敏。他少言寡语，更喜欢听别人说话。

我在琢磨我相识多年的这些人适才干过的事。他们都并非恶魔，不过是些农人、手工业者、农庄伙计、森林守护人、小公务员。总而言之，跟你我一样的人。我放下手头的酒杯。我接过迪特尔·施罗斯递给我的黄油，一大块包在透明纸里的黄油，透明纸发出斑鸠展翅一样的声音。我从客栈出来，一路飞跑，直到我的家。

我一生从没有跑得如此迅猛。

从没有。

# 三

我回到家时，波朴切特已经睡着了，费多琳半睡半醒，坐在孩子身边，她微微张着口，露出仅剩的三个牙齿。艾梅莉亚也已经停止哼她的小曲，她抬眼望望我。她冲我笑笑，我却什么也不能对她说。我快步攀上我们房间的楼梯。我钻进被窝，有如人们一头扎进遗忘里。到那时我才感到自己似乎栽了一个大跟斗。

那一夜，我睡得很少，而且睡得很不塌实。我围绕“火山口”转来转去。之所以叫“火山口”，那是因为战争：我远离我们小镇生活了几近两年的漫长岁月。他们把我带走，和成千上万的人一样，因为我们的姓氏、面孔或信仰与其他人的姓氏、面孔或信仰不同。他们把我关在遥远的地方，关在一个人类撤离而只剩下牲畜居留的地方，这些牲畜空有人的面孔却毫无人的意识。

那是全面黑暗的年代。我的意思是，在我一生中，我感到有一个非常黑暗、深不见底的空洞，为此，我管它叫Kazerskwir——火山口，到如今，我还经常在夜里冒险去那火山口的边缘走走。

老费多琳从不离开厨房。那是她的伟大王国。她总是在她的椅子上度过夜间的时辰。她不睡觉。她说她已经活完了该活的年龄。

我从不知道她的确切年龄。她说她自己也记不得了，还说，无论如何这既没有妨碍她诞生，也不会妨碍她死亡。她还说，她不睡觉，是因为她不愿意让死神在她猝不及防时抓她个正着，她宁愿在死神到来时坦然面对。她闭着眼睛哼小曲，她在补缀她那些故事和回忆，她在用十分陈旧的梦编织一个个挂毯。她把双手放在膝盖上，在她的手里，在她那干瘪的、布满歪歪扭扭的血管、刻着刀刃一般笔直的皱纹的手里，我们可以阅读她的生平。

我曾对费多琳讲述过我那两年远离尘寰的经历。我从那边返回时，是她照顾了我，艾梅莉亚当时还非常虚弱。费多琳照顾我就像我儿时她照顾我一样。她又沿用了当年那些动作和姿势。她用汤勺在我破了的嘴边喂饭，她包扎我的伤口，她让我嶙峋的瘦骨上逐渐长了些肉。我发高烧时，我像掉进冰川谷一般冷得发抖时，我说谵语时，都是她日夜守在我身边。那几个星期就这样过去了，她没有向我提出任何问题。她等待我的话语自动流淌出来。她倾听着，长时间倾听着。

她知道了一切，或几乎一切。

她知道，那黑洞老在我梦里反复出现。她也知道我常在“火山口”的边缘徘徊。我常想，她恐怕也在做同样的事，她恐怕也有偌大的空隙随时困扰着她、追逐着她。我们全都有这样的空隙。

我不知道费多琳是否体验过青春。我看见她永远是弯腰驼背，满脸黑斑，就像遗忘在食品储藏室三个季节的楂果。甚至在我小时候被她捡回家时，她已经很像一个奇形怪状的女巫了。在她的灰色罩衫下，她那没有奶水的双乳直往下垂。她从远处来，非常遥远，无论在时间意义上还是在世界的地理位置上都非常遥远。她是从欧洲腐朽的肚腹里逃出来的。

那是在很久以前：我当时待在一幢倒塌的有点冒烟的房屋门前。也许那是我父亲的房屋，我母亲的房屋？我也肯定应该有一个家。我在四岁上头就成了孤单单一个人。我当时正在玩被火烧了一半的木圈。那是另外一场战争开始的年代。费多琳拉着她的手拉大车正好经过那里。她看见了我。她停下来。她在她的褡裢里摸来摸去，从里面取出一个漂亮的红得发亮的苹果。她把苹果递给我。我像饿狼一样将苹果吃完。费多琳对我说话，她说了些我不懂的话，还提了些我无法回答的问题，她摸摸我的额头和头发。

我跟着那有苹果的老妇人走，仿佛她是一位吹笛的人。她把我放到大车上，让我安安稳稳坐在几个口袋、三只有柄平底锅和一大包干草中间。还有一只兔子，兔子有一双美丽的深褐色眼睛，一身浅黄褐色的皮毛，它的肚子很软也很暖。我记得我当时轻轻抚摩着它，它也让我抚摩。我还记得，在一个周围长着染料木的拐弯处，费多琳停下来，她用我的语言问我的名字，并把她的名字告诉我——“费多琳”，同时叫我往下看我的村子还剩下了什么。“好好瞧瞧，小布罗岱克，你是从那里出来的，你再也回不去了，因为小镇里很快就啥也剩不下。你把眼睛睁大了瞧！”

于是，我铆足了劲往那边看，看见鼓着肚子的死动物、四面透风的谷仓和坍塌的墙壁。几条大街上都有许多牵线木偶，有的躺在那里，双臂交叉，有的身体成了圆球。玩偶的个头都很大，但隔得远，它们都显得非常小。后来，因为我直对着太阳，金色的阳光射进我的眼里，我们小镇的画面随即消失。

我在床上辗转反侧。我感觉艾梅莉亚也不比我睡得好。我一闭上眼，便看见“另外那个人”的面容，他那池水一般碧绿的眼睛，他那丰满的、像染了鸡冠花红色的颧颊，他稀疏的卷发。我仿佛闻到了他紫罗兰的香水味。

艾梅莉亚动了一下。我感到她呼出的气息贴近我的脸颊，还吹到我的嘴唇上。我睁开眼。她的眼皮是闭上的。她显得多么安详。她是那样美丽，我不由得随时问我自己，我做了什么样的好事，使她竟能在某一天对我产生了兴趣。昔日，是因为她，我才没有沉沦。我在集中营时，我每分每秒想到的都是她。

看守我们、殴打我们的那些人时时刻刻都在重复说，我们无非是些禽鸟的粪便，连老鼠屎都不如。我们没有权利正眼看他们。我们必须时刻保持头朝地，挨打时不能吭一声。每天晚上，他们把浓汤倒进他们看门狗的饭盒里，都是些矮胖的大狗，琥珀色的毛皮，嘴翘得老高，眼睛里常流出带红色的眼泪。我们必须手脚伏地，跟狗一样，进食只能用嘴，跟狗一样。

与我一起被关押的人大多数拒绝这么做。他们都死了。而我，我像狗那样吃饭，手脚伏地，只用嘴。我却活了下来。

有时，看守们醉了，或闲得无聊，他们便拿我消遣，给我套上狗项圈和套狗皮带。我必须这样走路，戴着狗项圈和套狗皮带。我还得像狗那样后腿直立、自己转圈、汪汪叫、伸舌头、舔他们的皮靴。看守们再也不叫我布罗岱克，只叫我“狗布罗岱克”。这么叫，他们笑得更起劲。跟我在一起的人大多数拒绝装狗，他们都死了，或饿死，或在看守们一再重复的老拳下死去。

好久以来，其他囚犯中已经没有人同我说话。“你比看守我们的人更坏，你是畜生，你是大粪布罗岱克！”他们与看守们一样再三说我已经不是人。他们死了。全都死了。而我，却活着。也许他们没有任何理由幸存下来？也许他们在内心深处或在他们的家乡没有任何爱的牵挂？是的，他们也许没有任何理由活下去。

每个夜晚，看守们都把我拴在狗窝附近的一根木桩上。我席地睡觉，躺在尘土里，躺在毛皮的气味、狗的气息和它们的尿液里。我头顶上是天空。稍远处，是瞭望哨所、巡逻哨兵，再远些，是白天可以望见的乡村和田野，田野上，麦穗儿在风中带着虚幻的傲慢起伏摇曳，还有一簇簇桦树，一条大河在近处发出汩汩的水声，翻着银色的浪花。

而我，实际上离这个地方非常遥远。我并没有被拴在一根木桩上。我并没有戴皮项圈。我并没有半裸着睡在狗的旁边。我在我们的家里，在我们的床上，我紧贴着艾梅莉亚温热的身子，根本没有躺在尘土里。我浑身温暖，能感觉到她的心贴着我的心在跳动。我听得见她的声音，她在说着所有爱抚的话，她是那样善于在我们卧房的黑暗中寻找爱抚的话语。为了这一切，我回来了。

“狗布罗岱克”回到了自己家里，他活着，而且与等待他的艾梅莉亚重逢了。

# 四

在“发生过的事”的第二天清晨，我起了个大早。我刮了胡须，穿上衣服，轻手轻脚地走出家门。波朴切特和艾梅莉亚还在睡觉，费多琳也在她的椅子上打瞌睡，嘴里还嘟囔着什么。她说的都是毫不连贯毫无逻辑的话，那是好几种语言组成的奇特的絮语。

日光刚开始渲染天空，全镇的人都还睡意正浓。我轻轻关上大门。房前的小草挂着微白、几近乳白色的露珠，露珠微微颤抖着，滴在三叶草叶片的边沿上。天很冷。普林茨霍尔尼山的各个山脊似乎都比平时显得更高、更尖。我知道那是坏天气的前兆，我想，要不了多久，小镇一定会下雪，大雪会把镇子包裹起来，让它进一步与外界隔绝。

“你早，布罗岱克！”

我吓了一跳，就好像谁犯错误被人逮住了。我深知我没有做任何坏事，我无可指责，然而我毕竟吓得跳了一下，有如顽皮的小山羊被牧羊人的棍棒提醒必须守规矩。我没有听出是谁的声音。噢，原来是戈布勒，我们的邻居。

他坐在自己住宅院墙跟前的一个石凳上。他双手握住一根棍子，全身靠在棍子上。我从没有看见他坐过那个石凳，也许除了有一两次，在那几个罕见的晚上，那时，天气又闷又热，让人喘不过气，空气都从小镇的几条街道上消失了，随着空气消失的还有凉气。

此人已年过六旬，天生一副极为粗糙的面孔，而且向来不苟言笑。一层白膜正在逐渐侵蚀他的一对眼球，因此，他的视力不超过五米。是战争促使他回到了小镇，而此前多年，他一直在S城有一个职位，据说是在一个行政机构，但谁也不清楚是什么样的行政机构，而且我相信没有人向他打听过此事。自那以后，他就靠自己的退休金和养鸡舍生活。而且那样的生活到头来竟使他变得和他的公鸡有几分相似：他转动眼睛的方式跟公鸡别无二致，他挂在脖子下面的皮肉竟呈现出了血红的颜色。他的妻子比他年轻得多，名叫布拉。她肥胖而且饶舌。谁都能闻到她身上的谷粒味和葱头味。有人说她大腿之间的凹处有一大团火，必须好多桶冷水才能浇灭。她寻找男人，就像别人寻找生存的理由。

“没错，相当早！你这是去哪儿？”

戈布勒向我提问题，这还是破天荒第一次。我迟疑了。我变得尴尬。话语在我嘴里踉踉跄跄、跌跌撞撞，活像激流里的石头子儿。戈布勒用他的棍棒头推开一只朝他慢慢爬过去的蜗牛，然后让它转身离开那里。那是一只黑黄甲壳的小蜗牛，蜗牛的身子很苗条细巧，看上去美丽而令人怜爱。小东西有些吃惊，犹豫片刻才把它的身子和两只脆弱的角缩回甲壳里。于是，戈布勒举起他的棍棒，朝小蜗牛砸下去，小东西像核桃一样当即破裂。

“你得当心，布罗岱克……”他喃喃说，眼睛却没有离开小蜗牛甲壳的残骸和身子，那身子已经成了模糊的浅黄褐色浆液。

“小心点，倒霉的事已经够多了……”他补充说。

他又转过眼来看看我。他翘起嘴唇笑了笑。我看见他真的在笑，那还是第一次。我还第一次看见了他的牙齿，灰色的、尖尖的牙齿，非常尖，仿佛他曾在一个接一个夜晚修、锉那些牙齿。我没有答话。我差点耸耸肩表示不以为然，但我克制住了。一个厉害的寒战使我的背整个拱了起来。我把鸭舌帽深深往耳边一压，把帽檐翻下来盖住我的两鬓，然后离开那里，再也没有看他一眼。我额头上出现了些许汗珠。他的一只雄鸡开始唱晓，其余的全部跟着唱起来。它们的喧闹猛撞着我的脑袋。从背斜谷深处刮过来的一阵阵朔风在我周围旋转，每一阵风都携带着树脂的气息，携带着山毛榉果、欧石楠和潮湿岩石的气息。

皮彭扎尔茨街是我们的主要街道，老奥恩迈斯特在这条街上挨门挨户走来走去。那是条很特别的狗。大家这么叫它是因为它没有主人，也从不想要主人。它躲避别的狗，也躲避孩子们，它很知足，总是在各家的厨房窗下乞讨点饮食。它想陪伴谁就陪伴谁，陪他去田野或进森林。它在露天睡觉，天气太冷时，它就用爪子搔搔哪家谷仓的门，那家的主人便非常乐意给它一些干草和浓汤。那是一只带红棕色斑点的黑褐色大狗，个头跟长卷毛猎狗无异，但毛皮又跟短毛垂耳猎犬相似，既短又密。显然，那是一只多种血缘的混血儿，但谁能说出是哪些血缘就应该是非常聪明的人。当它走过来嗅嗅我的气味时，我不禁回想起它与“另外那个人”相遇的情景，回想起它如何快乐地尖叫两三声，如何左右上下摇着自己的尾巴。“另外那个人”总是停下脚步，摘下自己的手套，又软又精致的漂亮皮手套，用手抚摩它的头顶。看着他们俩的表情谁都会感到非常奇怪，只见那条狗显出平静而幸福的样子，乖乖地接受着抚爱，而通常在我们当中是不会有任何人真正接近这条狗的，更别说抚摩了。“另外那个人”呢，他一边用不戴手套的手抚摩着那条狗，一边注视着它，仿佛对方不是一条狗而是一个人。这天清晨，这条老狗的眼睛显得又明亮又模糊。它在我身边走了一会儿，时不时发出一声短暂而惆怅的呻吟。它一直低着头，仿佛骤然间它感觉自己的头过于沉重，而且里面承载着太多痛苦的意念。它在乌尔比山泉附近离开了我，随即在通向河边的那条小巷里消失了。

我有我的想法，在刚过去的这个我时刻被惊醒的不眠之夜，我曾翻来覆去地琢磨过这些想法：我必须同镇长奥施威尔谈话。我必须见到他，让他对我讲讲他们所有的人到底要求我干什么。我几乎到了怀疑自己的程度，我怀疑自己是否真正听懂了戈布勒适才说过的话，我是否在梦里看见他坐在那个石凳上；昨夜在客栈发生的那一幕，我周围那钳子样的一个个身子，那老虎钳样的一张张面孔，那要求和那承诺，那一切是否都是用编织我某些奇怪梦境的材料编织而成的？

奥施威尔的住宅是唯一真正紧靠森林的宅院，也是全镇最大的宅院。它给人以富裕和强势的印象，其实那只不过是一个农庄，一个古老、昌盛、殷实的农庄，屋顶宽大，四周墙壁上镶嵌着花岗石和砂岩的凹凸方块，然而人们都把它看做城堡。而且我可以肯定，奥施威尔本人间或也把自己当做城堡主人。他不是坏人，尽管他丑陋得活像穿着全套礼服的蛮子兵。有些人爱瞎说，说在他经常出入舞厅的年龄，正是他的丑陋令人难以置信地使他成了情场上的胜利者。人们老喜欢说话，而且经常是空口说白话。真正可信的是，奥施威尔最终娶了方圆数里最富有人家的姑娘伊尔德·波彭海默，姑娘的父亲拥有五个锯木厂和三个磨房。除了遗产，她还给他生了两个长得跟父亲一模一样的儿子。

体貌相似，这不算什么。我是就过去而言，因为这兄弟俩毕竟已经去世了。那还是战争最初期发生的事情。他们的名字刻在小镇里建造的纪念碑上，纪念碑立在教堂和墓地之间，碑上雕塑了一位裹在大披巾里的妇女，她跪在地上，不知是在祈祷还是在反复思考着报仇。京特尔与格布拉特·奥施威尔，二十一岁，十九岁。我的姓氏也镌刻在纪念碑上，但因我已经生还，养路工贝伦施博尔格把我的姓氏抹掉了。他费了好大的劲。要抹掉刻在石头上的东西毕竟是很棘手的。因此，我仍旧在纪念碑上看出了我的名字。这让我发笑，但却让艾梅莉亚感到毛骨悚然。她始终不喜欢经过那里。

也有人窃窃议论，说奥施威尔就因为两个儿子死才当上了镇长。不过，那两个淘气的年轻人死得可算不上英勇。他们是在夜间岗哨里像孩子一样举着手榴弹玩耍而丧命的。其实，他们俩真的还是大孩子，他们以为战争一下子让他们变成了男人。爆炸声一直传到镇里。那是第一声爆炸。所有的人都朝观察哨所跑过去，哨所修在边境的公路上，正好在舍恩贝赫牧场的正中，在牧场地势最高的部分，那部分形成了一个小丘，小丘隐蔽在一块大岩石后面，岩石上长着碧玉色的地衣。什么也没有剩下，既没有了岗亭，也没有了大孩子。其中一个正用双手紧压着肚子，试图堵住肠子流出来。另一个的头被斩断了，眼睛定定地瞧着我们。事故后的第三天，他们被裹在白色的麻布里，放在细木工菲克斯海姆用橡木板精心拼成的棺材里埋葬了。那是我们第一批死亡的人。本堂神甫派佩当时还只喝水不喝酒，他为此讲了一次道，说那是一次偶然事件，也是一种解脱。我们当中很少人能理解他的意思，但大家都很喜欢他选用的字眼，他用的字眼大多数很稀罕或很古老，他念起来弹音很长，余音缭绕在我们那小教堂的立柱间、拱顶下、焚香的烟雾里、蜡烛的柔光以及彩画玻璃当中。

我走进农庄的院子里，在这个时辰院子还很冷清。庄院很大，它本身就是一个不折不扣的村庄，四周围着堆积如山的一堆堆厩肥。农庄进口处有一扇偌大的通地道的木制旋转门，大门漆成鲜红色，门上雕刻有栗树叶图案，门中央有一行本地话写就的字，大意是“腹心相连”。

我经常琢磨这句话的意思。有人对我说是奥施威尔的祖父让人刻上去的。我说“有人对我说”，其实就是指小学教师迪奥代姆对我说的。迪奥代姆比我年长，但我们俩互相理解有如同伴。他只要有时间，总喜欢陪我去做动植物名录。我非常乐意跟他闲聊，因为他是一个很不寻常的人，他经常——并非一直，而是经常智慧过人；他知识广博，显然比他自己认为的更见多识广；他非常善于阅读、写作和计算，而且正因为如此，前任镇长让他当上了小学教师，尽管他并非本镇的人，尽管他来自本镇南边的一个小镇，离这里有四个小时的步行路程。

迪奥代姆已经在三周前去世了，他死亡的前因后果是那样奇特、那样不明不白，这使我对我觉察到的我周边的蛛丝马迹更加提高了警惕，也让我脑子里逐渐产生着恐惧，因此，在他去世后的第二天，我就着手写这个故事，在那些人要求我编写的“报告”之外另起炉灶。我同时写两个报告。

迪奥代姆的业余时间大部分用在研究本镇的档案资料上。有时我看见他的窗户一直亮到深夜。他单身独居在学校上边一个十分狭小的住所，既不舒适又积满尘土。他的全部动产就是书籍、文件和昔日的簿册。“我希望做的事，就是了解，”他有一天对我承认说。“大家从来就什么也不了解，或者只了解很少的事情，”他继续说。“人们活得有点像瞎子，而且，一般说，他们觉得这就够了。我甚至认为那就是他们所追求的，避免头疼头晕，填饱肚子，睡觉，血气太盛时钻到妻子的大腿当中去，有人叫他们打仗就去打仗，然后死去，也不清楚死后等待他们的是什么，但仍然希望有什么东西等待着他们。而我，从小我就喜欢各种问题，而且喜欢探询解决问题的途径。另一方面，我有时也只知道途径而并没有答案，但这也算不得什么：因为我已经有了进步。”

也许正因为如此他才离开了人世，这迪奥代姆，由于他总想了解一切，由于他对无法解释的事，对人们永远不应该知道的事进行说明，作出解释，他才离开了人世。在当时，我并不太清楚我能对他说些什么。我相信我那时笑过。笑，那不用花大力气。

然而，另外一次，那是一个春天的下午，我们谈论的却是奥施威尔，谈他的暗道门和门上那句话。那还是在战前。波朴切特还没有出生。我和迪奥代姆，我们当时坐在布伦科普夫山顶牧场齐根割过的牧草上，那里正是去杜拉山谷的通道，再那边就是边境了。下山之前，我们休息片刻，旁边有一个耶稣受难雕像的十字架，耶稣的面容有些奇特，看上去像黑人或者蒙古人。天已接近黄昏。从我们休息的地方可以远远看见我们小镇的全貌，好像单用一个手心都能把它握住。看上去就像儿童玩具里冒出来的一个个小房子。美丽的夕阳将那片恰好被春雨濡湿的屋顶照射得金光灿灿。那里的一切都散发出蒸汽，因为距离较远，色彩斑驳的一缕缕烟雾缓慢而又懒洋洋地与抖动的空气交融，使天际显得烟雨蒙蒙，几近生气勃勃。

迪奥代姆从他的衣兜里取出几叠纸张，然后给我朗读他正在创作的小说的最后几页。写小说，那是迪奥代姆的癖好。他至少是每年一本地写，写在揉皱的纸上，写在包装纸上，写在标签上，写完就保存起来，从不给别人看。我是唯一听到他不时朗读一些片段的人。他朗读着，但从不希望从我这里听到什么。他并不问我有什么意见，也不问我对他的小说有什么想法。这样更好。要不，我真不知道该如何评判他的小说。那都是些大体雷同的故事，情节复杂，遣词造句拐弯抹角，拖沓冗长，讲的都是些阴谋诡计、深洞藏宝、少女被俘之类。我很喜欢迪奥代姆。我也非常爱听他说话的嗓音，那嗓音让我昏昏欲睡，让我感到温暖。我观看着眼前的风景，聆听着他那音乐般的声音。那真是美好的时刻。

我从不知道迪奥代姆的年龄。有时我觉得他很老，有时我又认为他仅仅比我大几岁。他的面容充满自豪。他的面部轮廓酷似希腊罗马像章上人物的轮廓。他那略微披肩的漆黑的卷发使我想起远古时代的英雄，那些在悲剧和史诗里睡过去了，但某些巫术或魔法有时又能使之苏醒或者彻底毙命的英雄。或许还会想起古代的某个牧羊人，众所周知，那些牧羊人大多是神祇乔装改扮的，为的是到人间引诱众生，使他们得到指引或万劫不复。

“腹心相连…… 一句滑稽的格言，” 迪奥代姆作结论说，嘴里还嚼着一根小草，这时，夜幕已逐渐在我们身边降临。“我在想，那老头是从哪里找到这句格言的，是在他自己脑袋里，还是在某一本书里。有时，人们可以在书本里找到好多离奇古怪的东西。”

# 五

奥施威尔坐在他厨房的桌子那一头——那是一张四米长的桌子，是直接从一棵数百年的老橡树树干切割而成的，这类橡树生长在坦内林根森林的中心地带，看上去就像一个个贵族老爷。一个年轻的女仆站在镇长身边。我不认识她。她恐怕最多也就十六岁。她有一张美丽的圆脸，酷似有些非常古老的画卷里圣母的脸庞，她的脸色也那么苍白，尽管她双颊的粉红色使她艳若牡丹。她那样稳稳地站在那里，谁都可能把她当成女裁缝店里的模特模型或奇大无比的布娃娃。我后来才得知她是一位盲女，这很奇怪，因为她的眼珠虽然显得有点太固定，却好像看得见她周围的一切，而且她行动似乎非常自如，从不碰撞家具或墙壁，也不撞别的东西和人。她是奥施威尔家收养的一个远房表妹。她来自内萨克森老家。父母双亡，房舍毁于一旦，土地也被没收了。人们管她叫“没有视线的人”。

奥施威尔一声口哨将她赶走。她离开时不声不响。他随即示意让我到他身边坐下。清晨使他显得没有平时那么丑陋，仿佛睡眠扯平了他的皮肤，抹去了他所有生理上的短处。他还穿着短裤。围着他腰身的皮带正等着他穿上长裤。他已经披上一件山羊皮短大衣，而且戴上了水獭皮的窄边软帽。一个盛满鸡蛋和肥肉的大盘子正在他面前微微冒着热气。奥施威尔慢慢吃着，还不时切几块麸皮面包。

他给我斟了一杯酒，看看我，没有表现出丝毫惊讶，只说了句："怎么样，你好吗？"接着，他也不等我回答，便把最后一块肥肉专心地切成整齐的几片，那块肥肉很厚，经过烧烤，几乎半透明的肥油脂流到盘子里，就像流到蜡烛烛身上的蜡油。我瞧着他干这一切，或者不如说，我瞧着他手上的那把餐刀，这天早上，他再自然不过地用那把刀子切肉进餐，而头天夜里，那把刀子无疑曾多次进入"另外那个人"的身体。

我一向难于启齿说出自己内心深处的想法。我宁愿用笔写。一拿起笔，我就感觉一个个词句变得十分驯顺，它们像小鸟一样飞到我手里，对我俯首帖耳，我使用它们也得心应手，而一旦我尝试在空中聚拢它们，它们便逃之夭夭了。战争并没有让我有所改进。战争使我变得更加沉默。在集中营时，我亲眼看见有些人能怎样利用词句，他们能对词句要求些什么。而且，我昔日也读过一些书，尤其是诗学方面的书。那还是我在首都学习期间的事，是内泽尔教授让我对诗发生了兴趣，而且这个兴趣至今还像令我愉快的习惯一样被我保留着。那时，每当我出门去造动植物统计表时，我永远不会忘记放一本诗集在我衣兜里。经常，当我面前突然出现重峦叠嶂、悬崖峭壁间的森林、像棋盘一般姹紫嫣红的牧场，当俯瞰着这壮观景色的天空似乎在守护着、满意着自己的辽阔时，我会高声朗读诗句；在我感到那些诗句让我全身沉浸在一种愉悦的嗡嗡声响里，犹如我内心深处某种模糊而难以表达的东西的回声时，我就再一次朗读那些诗句。

从集中营回到家里之后，我把所有的诗集扔进火炉烧掉了。我眼看着火焰扭曲着所有的词，所有的句子，所有的书页。从着火的诗句升起来的浓烟并不比其他浓烟更优秀更高贵更雅丽。那浓烟并没有任何特别的地方。我后来得知，内泽尔在首批大逮捕期间就已被捕，跟众多教授和以认知世界解释世界为职业的人们一样。他不久以后死在跟我的集中营类似的集中营里，那是与其他几百个集中营相同的集中营，那些集中营在边境另一边像有毒的花儿一样几乎到处生长。诗，并没有起任何作用使他得以幸存。也许就是诗本身加速了他死亡的步伐。保存在他记忆里，像最伟大的宝库一样的成千上万的诗句，拉丁语的、希腊语的以及其他语言的，都未能给他提供任何帮助。显然，与我相反，他并没有接受当狗的命运。是的，毫无疑问，正是这样。诗，不认识狗。诗，不理睬狗。

奥施威尔用面包揩净盘子里剩下的肉汁。

“布罗岱克，布罗岱克……我完全看得出，你没有睡足觉，”他开始对我说话，语气很柔和，隐约有责备的味道，“而我呢，你瞧，我好久没有睡得像昨晚那么香了，哦，是这样，好久……这事之前我根本没法闭眼。可昨天夜里，我觉得自己又变成了六七岁的娃娃。我把脑袋往枕头上一放，三秒钟就睡着了……”

这时，太阳已经完全升了起来，一缕缕白色的阳光斜着涌进厨房，照射到脚下猩红色的石板上。农庄的各种声响也传到了这里，家畜的叫声、仆人的说话声、车轴的吱嘎声，还有难以名状的碰撞声以及人们的交谈声。

“我想看看尸体。”我不知不觉说出了这句话。这句话几乎是自动来到我嘴里，我只不过听任它冒出来罢了。奥施威尔显得很吃惊，而且似乎被激怒了。他的脸刹那间变了颜色。他像贝类动物一般把贝壳关闭起来，仿佛有人在上面滴了三滴醋似的。他面部的轮廓又猛然变得奇丑。他摘下水獭皮软帽，挠挠头顶，站起来，转过身去，走到一扇窗前，摆出神气活现的傲态。

“那对你有什么用，布罗岱克？你在战争期间不也摊上看过好多死人吗？有什么东西比另外一个死人更像死人，你倒是说说？你一定得叙述那一件件的事。你什么也不应该忘掉，但你也不应该加一些没用的细节，那会让你偏离正道，还有失去读者的危险，甚至会激怒读者，因为，你别忘了，会有人读你写的东西，布罗岱克，你会有读者，读者就是在S城身居要职的人们，没错，有人读你写的东西，尽管我感觉你怀疑这点……”

奥施威尔再转过身来，从头到脚凝神注视着我。

“我尊重你，布罗岱克，但我也有责任监视你，作为镇长，作为……别偏离正道，行行好，别去寻找那些不存在的事，或者说再也不存在的事。”

他伸伸他高大的身子，一边打哈欠，一边往天花板的方向伸出长胳膊。

“跟我来，我让你看点东西。”

他足足比我高出一个头。我们从厨房来到一条长廊，长廊弯弯曲曲穿过整个住宅。给我的印象是，我再也走不出这个长廊了。它使我晕头转向，让我完全失去了安全感。我知道奥施威尔的宅第很大，然而，我从没有想到它会大到像迷宫一样的程度。

这个建筑十分古老，经过多次翻修，说明那个时代既不考虑排列向背也不考虑逻辑性。迪奥代姆告诉我说，这个建筑最初的墙壁已有四百多年的历史，而且他还在档案材料中找到了一份文件，说明在一五六七年秋天，神圣罗马帝国皇帝前往克恩滕会见土耳其苏丹时，曾在这里作过短暂的停留。我走在奥施威尔身后，他走得飞快，搅动了大量的空气。我感觉自己在被他、被他的气味吸引着往前走，皮货味、夜生活味、油煎肥肉味、胡须和脏兮兮的皮肤味混合的气味。我们一路上没有与任何人相遇。我们有时上几个台阶或下两三个台阶。我很难说清楚到底走了多长时间，几分钟或者几小时，因为长廊湮灭了所有时空的标志。末了，奥施威尔在一扇偌大的门前停下步子，大门上包着发绿的铜片和方形的钉子。他打开大门。一缕乳白色的光线让我睁不开眼。我必须闭上眼睛在黑暗里待一会才能重新习惯阳光。才看得见。

我们是在住宅的后部，我从没有就近看见过它的尊容，只在非常远的地方望见过，当时我正在山脊的高处行走。我当时就知道那里的建筑是镇长家的住宅，住宅掩蔽着他家全部的财富，在镇长之前是他父亲的财富，以及他父亲的父亲的财富。一种桃色的、热闹的却成天在泥浆里打滚的财富。一种轻轻作响的却在白日里吵闹得惊天动地的财富。

奥施威尔的金子，是猪。这个家族几代人都靠猪的肥膘生活、发财。方圆百里没有哪个养猪人有他们那样的规模。每天清晨，许多车辆离开这片领地，将宰杀过的肥猪或吓得大叫准备挨屠刀的肥猪运到周边的村镇、市场和屠宰场。那是安排得井井有条的穿梭行动，连战争都没能打乱它的节奏。战争时期也需要吃嘛。某些人无论如何都需要吃肉。

战争开始时，惊愕得发呆的平静延续了三个月，在这段时间，人人都将视线转向东边，人人都侧着耳朵倾听是否有皮靴的嗒嗒声，那靴声是尚未看见的“同根兄弟”的足底一定会发出来的——大伙就这么叫那些来这里散布死亡和灰烬的人，那些人曾让我变成畜生，那些人与我们有相似之处，我很熟悉那些人，因为我曾经在他们的首都学习了两年，我们也曾与他们当中的某些人有过交往，因为他们经常来我们这里赶集或做生意，他们的语言与我们的语言近似，我们不难听懂他们的话。就在这惊愕得发呆的三个月平静之后，边境哨所被扫荡一空，有如孩子一口气吹走了纸花。但即使是那一刻，奥施威尔也没有丝毫忧虑的迹象：他继续养他的猪，继续卖他的猪，继续吃他的猪肉。他的大门仍然光洁如初。那道大门没有被涂上任何淫秽下流的污迹。那些以征服者的姿态走在我们大街上的人毕竟对他的两个儿子愚蠢的死亡有些责任，然而，他却毫无情绪地把最肥的猪卖给他们以换取那些人一把一把从腰包里掏出来的银币，那些银币显然是他们在某些地方的抢劫所得。

在奥施威尔介绍给我看的第一个围栏里，几十只才出生几周的小猪正在新鲜的草上玩耍。它们互相追逐着，碰撞着，用吻鼻向对方表示生气，却快活地小声叫着。奥施威尔向它们扔去三铲谷物。它们连忙朝食物狂奔过去。

在下一个围栏里，出生八个月的猪走来走去，互相不信任地推推搡搡。我能感到它们之间存在着奇怪的、看不出动机的暴力和攻击性，而表面上却没有任何理由可以认同和解释这种暴力和攻击性。它们已经是膘肥体大的畜生了，双耳下垂，嘴显得又凶狠又愚蠢。呛人的臭味格外刺鼻。它们在草上打滚，干草却已被粪便弄得很脏。猪叫声震得木围栏格格作响，刺激着人的太阳穴。我很想赶快走出去。

再远一点，成年猪在最后一个围栏里打瞌睡。肥大。浑身发白。伸开身子活像一条小船。全都侧卧着。全都躺在黑黑的污泥里，污泥厚得像废糖蜜，它们躺在其中张着嘴直喘粗气。有的灰心丧气，懒洋洋地看着我们，另一些则刨着身下的泥土。它们看上去真像巨人变成的牲畜，像一些被判了令人觳觫的变形罪的创造物。

“生命的各个时期，”奥施威尔喃喃说道，到这时我几乎已忘记了他的存在，他的话音把我吓了一跳，他接着说，“你也看见了，一开始是天真无邪，接下去是愚蠢的恼恨，然后在这里，是明智……”他停了片刻之后，又用拖长的低声继续说，“但是，布罗岱克，有时候，大家不相信明智这东西。在你面前的都是些野兽。真正的野兽，步态像陆地鲸类动物的野兽，没有心肝没有思想的野兽。也没有记忆。它们最重要的东西无非是它们的肚子，它们的肚子，它们时时刻刻就想一件事，那就是怎么能填饱它们的肚子。”

他停下来，带着谜一样的微笑看看我，那微笑在他满是粗糙皱纹的脸上显得特别突出。他的小胡子还粘着一些面包屑，他的双唇还因肥肉留下的油脂而有点发亮。

“它们可能吃掉它们的亲兄弟，吃掉它们的亲骨肉，这些都不会妨碍它们，它们不作任何区分。它们嚼碎，它们吞咽，它们拉屎，而且无休无止地重复这么干。它们从不感到满足。在它们眼里什么都香，因为它们什么都吃，布罗岱克，它们从不思考为什么。什么都吃……你明白我的意思吗？它们身后不留任何东西，不留任何痕迹，任何证据。什么都不留。而且它们从不动脑子，布罗岱克，它们就这样。它们不知道什么叫悔恨。它们活着。它们不知道什么是过去。你不认为还是它们有道理吗？”

# 六

我尝试着尽量接近那些时刻，而我所希冀的一切，就是忘掉那些时刻，然后躲开，躲得远远的，腿脚轻松，脑子焕然一新。

我感觉我天生就不该像我这样生活。我的意思是说，我的生活满得从四面八方冲开了口子，这种生活压根儿就不是为我这样的人打造出来的，它盛了太多的东西，太多的事件，太多的苦难，太多的缺陷。也许这是我的错？也许是我不知道怎样做人？不知道取舍，不知道挑拣？或许是我生活的这个世纪的错，这个世纪好似一个巨大的漏斗，往漏斗里流注的是每个日子承受的过多的东西，是有能力宰割、剥除、压碎、斩断对方的一切。有时，我的头，我感觉它会在顷刻间爆炸，有如一口装满炸药的重磅炮弹。

那众所周知的一天，也就是那“发生过的事”的第二天，这一天离现在并不算太远。但不管怎样，它却在我记忆里很快流逝了。我此刻只能回想起某些场景、某些话语，它们是那样准确，那样清晰，竟能在黑夜的大背景下闪闪发光。我同时也记得自己的恐惧，尤其是恐惧，仿佛从此以后恐惧成了我的衣裳。一件我始终未能脱掉的衣裳，而且不但未能脱掉，这衣裳反而把我裹得越来越紧，好像它一周接一周一直在缩水。最奇怪的是，当我身陷集中营，变成“狗布罗岱克”时，我反倒没有了恐惧的感觉。在那边，恐惧已不复存在，我当时离恐惧实在太远了。因为恐惧毕竟属于生命。正如鬣狗永远围着腐烂的动物尸体转，恐惧永远不能摆脱生命。是生命养育着恐惧，维持着恐惧。而我，我却在生命的边缘。我已经处在大河的中央。

从奥施威尔的农庄出来以后，我想我当时曾在大街上闲荡。天还很早。那些大肥猪的模样老在我面前晃荡，它们伸着四肢侧躺在那里，用它们青黑色的眼睛看着我。我尝试着赶走这些幻象，但幻象是那样执拗。它们在我身上扎下了根，我再也无法摧毁它们。那些家畜，它们宽阔的面孔，凸出的大腹，它们的眼睛，发白的眼睛，端详着我的眼睛，还有它们的臭味。我的上帝……那一切最后竟在我脑子里手舞足蹈起来，肥猪，“另外那个人”宁静而信任的脸庞，没有音乐的狂舞乱跳，唯一的小提琴是奥施威尔那令人胆寒的冷静。

我又来到皮茨大妈的咖啡店前，咖啡店紧靠着古老的洗衣池。显然，我来到这里是因为肯定不会遇到任何人，至少不会遇到任何男人。这里的常客只是些老妇人，时时刻刻都能看见她们，尤其在傍晚时分，总能看见她们围着一杯杯药茶或一种用葡萄榨渣酿造的烧酒加刺柏子酒再加点糖的饮料——我们这里管这种酒叫“迷魂汤”。

说实话，这家咖啡店并不是纯粹的咖啡店。它是一间连着厨房的住房。屋里有三张小桌子，桌子上放着绣花小餐巾，桌子周围有几把椅子，还有一个通风不佳的狭窄的壁炉，几个上釉的花盆里栽着绿色植物，墙上挂着一张已经发白的照片，照片上的年轻人一边对着镜头微笑，一边用两个指头捋他的小胡子。皮茨大妈年过七旬有五。她的腰弯成两节，形成一个直角。淘气娃娃们在大街上遇见她就叫她的绰号：“角规”。照片上那个年轻人是她的丈夫奥古斯图斯·皮茨，他在半个世纪之前就去世了。

我恐怕是不时造访皮茨大妈的唯一的男人。她有时会帮助我。我正是为此而去她家的。她对高原上所有的植物了如指掌，甚至最稀有的植物。每当我在书本里找不到那些植物时，我就去请教她，我们俩便在一起度过几个小时，谈论花和禾本科植物，谈论山野小路、林下灌木，也谈被绵羊、山羊和母牛啃食或被从不停歇的风侵蚀的牧场，以及她已长期不能光顾的所有地方。

“我的翅膀被折断了，布罗岱克……我的生活，真的，是在那上头，在那边的山顶牧场上，同畜群在一起。在这里，我闷得慌，天空太低了。人在这里就像虫子，总贴着地蠕动。吃的是尘土，可在那上头……”

她拥有就我所知最漂亮的植物图集。整柜子的书籍满得要爆开，那些茶色硬纸板封面的大书里装的全是她多年来贴在纸上的山中花草的标本。她在每个标本下边都用工整的字注明采摘的地点、日期、天象、花草的香味、准确的颜色、朝向，有时还写一些不相干的小评论。

“这么说，布罗岱克，你又是为那些雌雄死者大书来的？”确切地说，她讲这话用的是方言，听起来不那么严重，也更温和些。

在这不寻常的一天，我推开她带铃铛的房门时，她就这样迎接了我。我连忙把门关上，就好像有人跟随着我似的，我那时的脸色当然很阴沉，动作也快，活像一个阴谋造反的人。我走到桌子跟前坐下，桌子放在最犄角的位置，它隐没在角落里，好像企图在那里消失。我向皮茨大妈要点什么最刺激最热乎的东西，因为我抖得就像在复活节的风中摇得嘎嘎作响的旧玩具。我冻僵了。可是太阳最终还是升到了天空，而且阳光正以主人翁的姿态洒遍大地。

皮茨大妈端着一杯冒着热气的东西忙不迭走了回来。她示意我喝下。我像孩子一样服从她的命令。我闭上眼睛，让热饮料传遍我的全身。我的血液又暖了起来，接下去是我的双手，最后是头。我微微解开上衣的领子以及衬衫的领子。皮茨大妈注视着我。四周的墙壁像杨树叶一样轻轻抖动着，椅子也在抖动，仿佛希望朝墙壁挪过去并邀请它们跳华尔兹。

“你怎么啦，布罗岱克？你看见魔鬼啦？”

她抓住我的双手并且一直握在自己手里，她的脸离我的脸很近。她那对绿色眼珠的大眼睛非常美丽，眼内虹膜四周金光闪闪。我记得我曾经想过，人的眼睛是没有年龄的，人可以带着儿时的眼睛死去，带着那对一旦睁开看着这世界就再也不放弃这世界的眼睛。

她摇了摇我，再次提出同样的问题。

她知道什么？我又能对她讲什么？昨天晚上，施罗斯客栈里只有男人，我也只和那些男人做了一笔交易。我回到家里时，对我家那些女人什么也没有说，今天清晨，我从家里出来时，她们还没有睡醒。其他男人，所有那些男人，他们对待家里的妻子、姐妹、母亲、孩子，不也跟我一样吗？

她继续压压我的手，好像为了从我手里挤出真相。一句句话在我头脑里络绎不绝地闪过去：

“没什么。什么也没有，皮茨大妈，没什么严重的，无非是自然而然发生的事：昨天晚上，镇里的男人们杀死了‘另外那个人’。事情发生在施罗斯客栈里，很简单，就像玩一局牌，或作一次出售的承诺。这事已经酝酿很长时间了。我自己是事后才到那里的，我去买黄油，我没有参与杀戮。我只是受命写‘报告’。我必须说明从他来到小镇后发生的事，解释为什么大家只能杀掉他。就这些。”

那一个个句子并没有越过我的嘴唇。它们停留在嘴里。它们不想冲出去。不过我曾尝试过。老太太站起身，走进自己的厨房，从厨房回来时手上拿着一个粉红色釉彩的有柄小平底锅。她把剩下的饮料倒进杯子里，示意我喝掉。我喝了。四周的墙壁又开始前后颠簸起来。我感到非常热。皮茨大妈又出去了。她这次回来时，怀里抱着一本她的大书，一本植物图集。封面的标签上有一个用当地话写的按语，我可以把它翻译成“五月的花与六月的药草”。她把书放在我面前的桌子上，自己坐到我旁边，然后把书翻开。

“说什么你也得看一眼我这些‘小静静’，布罗岱克，这么着，你的想法就会改变。”

于是，我感觉“另外那个人”好像被她这句话所吸引，竟越过我的肩飞了下来，他往上抬抬自己的金边眼镜，我过去也经常看见他那样调整下滑的眼镜，然后用他善良的圆脸冲我笑笑，像一个长得过快的娃娃，他俯下他那留着卷曲连鬓胡子的大脑袋观看皮茨大妈书里的干树叶和长眠的花瓣。

我已经讲过，他沉默寡言。说话非常少。有时，我在注视他的当儿，会想到某个圣人的形象。神圣，它多么奇怪。有些人与它不期而遇时，常常会把它当成另外的东西，风马牛不相及的东西，当成冷漠、嘲弄、阴谋、冷淡或傲慢，也许是轻蔑。他们错了，于是他们大发雷霆。有人还会做出最坏的事。显然正因为如此，圣人永远会成为烈士。

# 七

我必须叙述“另外那个人”到达我们这里的情景，然而我害怕：怕使鬼魂心神不安，也怕别的人。小镇里那些人，他们与我相处的状况已经今非昔比了。比如昨天，在登约尔内茨山相遇时，我认识了二十多年的弗里茨·阿申巴赫竟然没有回应我的问好。他砍树回村，我呢，是想上山看看是否还能找到些鸡油菌。我把胳膊垂了下来。我停住脚步，转身冲他说道：“这么说，弗里茨，咱俩不问好啦？”但他连脚步都不放慢，也不回头，只使劲朝旁边吐了一口痰，就这样走了。也许他想事想得忘乎所以，根本没有看见我，也没有听见我说话。但他想些什么呢？想我的事？我没有发疯。我没有变成疯子。毕竟有迪奥代姆的死！又一次死亡！而且死得蹊跷，我马上会谈及此事。自从我进了集中营，我就知道狼比羊多。

“另外那个人”是在五月十三日傍晚到达的，到明年春天就一年了。那天天气温和，晚霞将一切染成金色。黄昏踮着脚降临人间，仿佛不愿打扰任何人。小镇周边的田野里，更高处的牧场上，起伏着黄白相间的波浪，一望无际。青草几乎在大片大片的蒲公英花浪下消失了。春风摇曳着花儿，随自己的情绪轻拂着它们身上的尘土，或让它们弯下腰去，而在蒲公英上端，一朵紧挨着一朵的浮云成群地向西边疾行，猛烈地涌进普雷茨山口，最后完全消失在那里。在没有树木的高山牧场上，一处处残留的冬雪还在抵御着最初的温热，热气舔着那一片片积雪，使它们日渐变薄，不久便会成为一汪汪清亮冰冷的水洼。

大约在五点或五点半时，贡特尔·贝肯菲尔正忙着马马虎虎修理一下自己的牧羊窝棚，这时，他远远看见布伦科普夫山背面的一条通边境的公路上走来一队奇特的辎重，而自从战争结束以来，那条公路便从没有见过人影，谁也不再往那里走，谁也不会想到往那里走。

"那队人马走得真够慢的，"这是他应我的要求说的话，我这样要求他，是为了能把他所说的每一句话如实记录在一个记事本上，我说清楚了，是每一句话。我们是在他家里谈话。他给我斟了一杯啤酒。我写着字。他像咀嚼一样吸着自己刚卷上的一支烟，烟卷里一半是烟叶，一半是苔藓，从烟卷里冒出烧牛角一般的臭味，充斥着整个房间。他的老父亲待在房间的一个角落里，他的母亲早已去世了。老头喃喃自语，只剩下两三颗牙齿的嘴里咕噜咕噜的，他还不停摆动着他那像椋鸟一般瘦弱的脑袋，那脑袋小得就像教堂里镶嵌画上小天使的头。屋外已开始下雪。初雪，小孩最喜欢的雪，但它新鲜的纯白色却使人睁不开眼。有时，只见雪花像好奇的姑娘，飞到窗边，有如成百上千只眼睛，朝我们这边观看，然后又吓得摔开臂膀往大街上飘走了。

"慢得像没有往前走，就好像那老兄单单一个人在运一批花岗岩界石似的。我干脆停下手里的活儿往那里瞅了好一阵，看我是不是在做梦，不，我没做梦，我真的看见了一点东西，但我还不晓得是啥。一开始我琢磨那是走迷路的牲畜，或者是迷了路的人，要不就是卖啥东西的贩子，因为我当时很明白，那走动的总归跟人有那么点干系。我还记得，我哆嗦了一下，真正的哆嗦，不是冷闹的，哆嗦，是又想起了战争，想起了战争时期的公路，那狗娘养的婊子公路、那大粪公路给我们这儿带来的全是灾难和穷困。他，那个人形状的家伙和他的两头牲畜，我当时还不晓得是母牛还是马，他正好在那条公路上。他只能是从那边来的，从那些'同根兄弟'的家那边来的，那些又蠢又脏、从婊子老娘臭烂肚子里钻出来的臭小子们家里过来的……你还记得他们对卡托尔都干了些什么吗，那些该死的臭狗屎堆？"

我点头表示记得。卡托尔是修补彩陶制品的人。他也是贝肯菲尔的小舅子。当那些"同根兄弟"来到我们小镇时，他曾希望同他们斗智，但他失败了。也许我以后会谈到那件事。

"我当时又惊讶又好奇，连忙放下手中的工具。我揉揉眼睛，把眼睛眯缝起来想尽量看得远些。那简直像另一个时代的鬼魂显灵。我惊得张大了嘴。他真算得上是集市上卖艺的人，打扮得怪里怪气的，如今谁也不那么打扮。他牵着两头马戏团牲口一路碎步小跑着，活像是赶去演杂耍，要不就是刚从木偶戏院走出来。"

如今，马匹，大家已经在好久以前就把它们宰杀而且吃掉了。自战争结束到现在，这里的人从没有想过再用马匹干活。大家已经不再希望得到马匹。他们宁愿使用驴和骡子。牲畜本来就愚蠢之至，在它们身上找不到丝毫人的东西，也从不承载任何记忆。而一看见某人骑马来到镇里，大伙儿必然会认为此人一定来自远方，他必定对我们这个地区一无所知，必定不了解这里曾发生过什么，曾经历过什么苦难。

认为以马代步显得陈腐，这还不够：从战争到现在，大家有点像回归到了往昔，战争播下的一切穷困和苦难都像早春的种子一般发了芽。大家从谷仓里搬出另一个时代的农具，用未曾被摧毁或抢劫的东西加以补充，如缺胳膊断腿的有篷小推车、草率修理过的大车之类。他们耕地用的还是上个世纪锻造的犁铧，翻晒草料用的还是自己的双臂。所有的人都在往后退，仿佛人类的时间在此打了一个大嗝儿，在人们的屁股上狠狠踢了一脚，让他们几乎再从零开始。

那显圣的幽灵继续随着马匹碎步慢跑着，好像还在东看西看，同时用手讨好地抚摩着他坐骑的脖子，还不时与它说话，因为他的嘴唇在动。第二头牲畜跟第一头拴在一起。那是一头老驴，还相当健壮，腿蹄硬朗，行走稳健，不显衰弱，也不拉下距离，而它的背上驮着三个看上去十分沉重的大箱子，以及各种各样的口袋，口袋垂在左右两肋，有如挂在厨房大梁上的一串串葱头。

“末了，他终于来到我附近。我瞧着他，就好像他是个守护神，要不就是个魔鬼，我还是个淘气娃时，老爸为了吓唬我对我讲过，说魔鬼住在背斜谷的洞穴里，和狐狸、鼹鼠为伍，专吃迷路的孩子和小鸟。他摘下帽子，一顶西瓜一样的滑稽帽子，圆得就像刨过似的，还正儿八经给我行了个礼。他随后开始从马上滑下来，那是一头漂亮的牲畜，毛皮油光锃亮，显得又高贵又标致。这人顺着马肚子滑下来，又喘粗气又搓肚子，滚圆滚圆的肚子。站到地上后，他拍拍他那身戏装上的灰尘，那是一套用天鹅绒和呢绒制作的礼服，衣服上缀的全是装模作样离奇古怪的东西，还有深红色的饰带。他的脸干脆就是个皮球，脸上的皮肤倒挺平滑，颧骨红红的。那头老驴累得叫了两声。马摇摇脖子算是回应，就在这当口儿，那滑稽强壮的汉子才笑着对我说：‘您生活的这地方漂亮极了，先生，真的，是个风景如画的地方……’

“我心想，他这是在嘲笑我。他的两头牲畜没有动弹，过分礼貌，就像它们的主人，它们甚至没有用嘴唇逗弄一下就长在它们嘴下边的嫩草，换了别的牲畜早就不客气了。它们只互相看看，时不时交谈一下，用动物的语言。那外来人接着取出一只手表一样的玩意儿，好像对上面的时间很吃惊，这让他笑得更欢了，然后朝我们小镇的方向点点头，就对我说了一句：‘我必须在入夜前赶到那里……’

“他没有说出我们小镇的名字。他只不过朝那个方向点了点头，而且他竟没有等我回答他。他很清楚他要去哪里。他明白着呢！没错，这点是最奇怪的，事实上，他并不是在山里迷了路的人，他确确实实是想方设法来我们这里的人，是特地到我们小镇来的人！”

贝肯菲尔停下来，一口喝尽第五杯啤酒。接着，他愣愣地看着桌上的托盘，托盘上的刻痕和条纹画出一些神秘的图形。窗外的雪已经下得很直而且匀称。照这样下下去，一夜就能在屋顶和大街上积到一米厚。这样一来，我们这些早就处于世界边缘的人会变得更边缘化。可怕的地方常常就在于此：对某些人来说，独处只会导致异想天开的思索，胡乱拼凑迂回曲折的设想。精于此道者，我认识不少，他们利用几个冬日的夜晚便崭露头角，成了与众不同的建筑师。

# 八

总而言之，在那个难得的春日，“另外那个人”平静地说了话，而且微笑一直挂在嘴边，然后再骑上马，把贡特尔·贝肯菲尔撇在那里目瞪口呆，自个儿往我们小镇的方向走了。贝肯菲尔还注视了他良久，直到他消失在克伦克峭壁后面。

在他到达我们那里之前，他一定还在某个地方歇过脚。肯定。我把那段时间重新作过衔接。从贝肯菲尔注视他直到消失那一刻，到傍晚他跨过我们小城镇的城门那一刻，中间有一个空当，因为他进入小镇的当口儿，德费尔家的老大正好在场，他当时犹豫着不敢回家，因为他父亲又醉得像个流浪乞丐，正大喊大叫着要开他的膛。哪怕此人骑马旅行再懒散悠闲，他都不可能填满这样的空当。仔细想想，我认为他是在大河附近作过停留，就在巴普蒂斯特尔布吕克河旁边，在那里，公路在草地上奇怪地弯曲起来，地上的草嫩得像儿童的双颊。我发现的只有这一点。那地方的景色美不胜收，不熟悉我们家乡的人从那里完全可以一览无余，仿佛那是面前的衣料一般触手可及，既看得见小镇的屋顶，也听得见镇上鼎沸的市声，更重要的是，在那里可以对那条大河惊叹不已。

施陶比河并非能使周围的景色如诗如画的河流。有人也许认为可以在这里看到一条缓缓的清流汩汩流向四方，滋润着周边的牧场，然后涌进金色头顶的毛茛植物以及湿头发一般懒洋洋慢悠悠的藻类植物当中。不，不是那样，我们这条河汹涌澎湃，湍急淘气，它吼着，叫着，推挤着沙砾，猛锉着露出地面的岩石，碰撞着，将白沫和细雨般的水点抛到空中。那是真正野性十足的山中急流，河水清亮凌厉有如水晶，鳟鱼在水中闪着灰色的亮光。一条桀骜不驯的河。无论冬夏，它的水都会让你冷到脑髓。战争期间，在晨光熹微中，有时可以在河里看见鱼类以外的创造物，全身发青，一副吃惊的样子，或者双眼紧闭，好像被谁出其不意催眠之后裹在了漂亮的液体绒布里。

我曾跟“另外那个人”交谈过一些事情，我可以肯定他在那时曾不慌不忙地观察过我们这条河。施陶比，这个名字挺怪。甚至在当地土话里它也没有什么意义。谁也不知道这个词的来源。连迪奥代姆在他看过或翻过的所有档案文件中也没有找到它的出处和它的意义。名字，确实很怪。有时我们对名字一无所知，但大家仍然不停地说到它。其实跟人一样，恰巧是那些我们多年来一直照面但从不认识的人，某一天忽然在我们眼前崭露头角，成为谁也不会相信他们能成为的那种人。

我不知道“另外那个人”第一次看见我们的屋顶和烟囱时想了些什么。他到达了。他结束了自己的旅行。他来到这里，而不是别的任何地方。贝肯菲尔这么想，而且明白这点，我们后来也跟他一样。想法没有错误。毫无疑问，“另外那个人”是心甘情愿来到这里的，而且对他这次冒险做过充分的准备，为此，他还带了所有的东西，那绝不是一时的冲动或偶发的奇想。

连到达的具体时刻，他想必也计算好了。在那个时辰，阳光正好突显出一切：守望着背斜谷的山峦、森林、牧场、普通墙垣、人字墙、绿篱和人畜的声音，使它们变得更加美丽更加雄伟。那个时辰的阳光并不灿烂，却足以给一切发生的事情增添独特的古老色调，给一个陌生人到达一个四百人口的小乡镇这件事增添明显的轰动效应，何况那四百人在平时就已经勤于搜索枯肠琢磨问题。但反过来说，由于那个时辰还在紧紧缠住西下的夕阳，所以它激起的只是好奇，还不是恐惧。恐惧，那是后来的事，那时，窗户紧闭，护窗板关得严严实实，壁炉里最后一根劈柴已经被埋到炉灰里，寂静笼罩着家家户户的深院内室。

我感到冷。我的指尖冻得像又光滑又僵硬的石头。我是在我们家的贮藏室里，周围堆满了被丢弃的木板、罐子、种子、拉线、细绳以及待填稻草的椅子，总之，一大堆乱七八糟的破烂。生活里的渣滓都堆积在这里。而我，却就在这里。我是自愿来的。我需要远离尘世以便尝试着整理这可怕的故事。

我们进入这个住宅快十年了。当我能够用我的薪金以及艾梅莉亚的绣品所得积攒下来的钱买到这个住宅时，我们便从原来的简陋小屋搬了进来。当我把自己的名字签在购房契约上时，公证人克诺普夫先生用力地紧握我的双手说道：“这一下你真的住在你自己家里了，布罗岱克。永远别忘了，住宅，就像一个国家。”他随即拿出几个酒杯，我们碰了杯，就他和我，因为卖房人拒绝了公证人递给他的酒杯——他名叫鲁道夫·萨克斯，戴一个单片眼镜，一双白手套，他来自S城，是专门为此事来的，他用高不可攀的眼光看我们，仿佛他住在白云端上，而我们却住在粪坑里。这个住宅原来属于他的一个叔爷爷，他却从不认识这门亲戚。

那间简陋的小屋是三十多年前费多琳、她的大车和我来到这里时，别人给我们的。我们是从天涯海角来的。我们的跋涉延续了好多个星期，就像一个永远结束不了的梦。我们翻越过许多边境，蹚过不少河流，穿越过山口、城镇、桥梁、森林和田野，领略过不同的风光，听到过各种语言，见到过各地的百姓。我待在大车上，俨如一个小皇帝，紧靠着大包小包和兔子的肚腹，兔子始终用它那丝绒般的眼睛注视着我。费多琳每天都用从好几个大蓝布口袋里取出的面包、苹果和肥肉喂我，还喂我好多词句，她把那些词句塞进我的耳朵，我则必须从嘴里把它们吐出来。

后来，有一天，我们来到这个小镇，它也就成了我们的小镇。费多琳把大车停在教堂门口，让我下来活动活动僵硬的腿脚。在那个时代还没有人害怕外来的陌生人，哪怕他们穷得叮当响。人们把我们包围起来。有些妇女给我们带来些吃的和喝的。我还记得男人们的面容，那些人拉着大车朝简陋小屋走，再也不愿让费多琳出一点力。接下来是派佩神甫，他当时还很年轻，充满活力，还相信自己所说的话，还有镇长，一个满脸白胡子的老汉，颈后还留着发髻，他名叫西贝柳斯·克拉斯巴赫，昔日是帝国军队的医生。他们把我们安置在那个简陋的房屋里，还让我们听明白，我们可以在里面住一个晚上或者几年。房屋里有一个黑乎乎的大炉子、一张冷杉木制作的床、一个柜子、一张桌子、三把椅子，还有另一间空房。木墙的蜂蜜颜色给人以温馨暖和的感觉。那里面的确很温暖。夜里，有时可以听见风儿在附近高大冷杉树林的枝头发出的呜呜声和炉子的热气烤着木头发出的咔咔声。我在那里一边想着松鼠、獾子和斑鸫，一边入睡。那是天堂。

在这里，贮藏室里，我就一个人。这里是不适合女人、青年或老人停留的地方。夜间，蜡烛生发出好多怪诞的影子。房梁奏出干巴巴的音乐。我感觉自己待在很远的地方。我感觉，也许是错觉，在这里没有什么能打扰我、能伤害我，我可以躲避一切，躲避所有的人，而我其实是在小镇的中心，我周围还有别的人，他们对我的状况了如指掌，知道我在怎样呼吸，也了解我的所作所为。

我把打字机放在迪奥代姆的桌子上。他去世后，奥施威尔命人把他的东西全部扔掉、烧掉，衣服、几个家具、小说，借口是，必须腾出干净地方迎接新小学教师。代替他的是约翰·吕利。他是本地的子弟。他一条腿比另一条腿长，妻子却很漂亮，他还让她给自己生了三个孩子，最小的儿子还在襁褓里。吕利并非学识渊博，但也并不愚蠢。他以前在镇政府搞文字工作，如今，他先在黑板上写些字母和数字，然后让孩子们结结巴巴地诵读。“发生过的事”那天晚上他也在场。在那些注视着我的人头里，我发现了他那一头红棕色的乱发和他十分宽阔的肩膀，他的肩膀之宽，让人以为他穿外衣之前忘了取下衣架。

我并非真正需要迪奥代姆的桌子，我只是想保存一点他留下的东西，他触摸过的、为他所用过的东西。他的桌子与他相似。两块漆过的漂亮核桃木面板边靠边黏合在四条简单的桌腿上，没有花哨的装饰。一个大抽屉上了锁，但我没有钥匙。我也没有硬打开它的好奇心，不想看里面放了些什么。我摇摇桌子，没有听见里面的动静。照我看，里面极有可能是空的。

# 九

我在贮藏室紧里头面壁而坐。打字机就摆在我的前面。天很冷。不光是我的手指冻得像石头，还有我的鼻子。我已感觉不到它的存在。

我正在脑子里搜索词句时一抬视线，看到的竟是墙壁，于是我想到，也许我不应该把桌子放在靠墙的地方。墙壁太人格化。它太能引起联想。它在跟我谈集中营。我在那边也曾遇见过与我这堵墙壁相同的墙壁。

到达集中营时，大家无一例外都得去 “罐子”里。那是看守们对那个地方的称呼，一个小小的石头笼子，长宽都是一米五，在里面谁都不能站直也不能躺下。

他们一边吼叫一边用棍棒把我们从列车上赶下来。我们必须奔跑着赶往集中营。三公里的行程，路况极差，还有人吼狗吠伴随，有时还会遭狗咬。谁摔在地上，结果他生命的就是棍棒。我们已经很虚弱，我们六天没有吃饭，几乎没有喝水。我们全身僵硬迟钝，腿脚已经支撑不住身体。

在我旁边有一个名叫莫施·克尔玛的大学生，他在列车上与我待在同一个车厢。在那六天里，我们俩一直在聊天，而当时我们都堆挤在那大金属钳子当中闷得喘不过气，金属钳子像鼻涕虫一般在我们看不见的原野上爬行，我们的喉咙干得像八月末的干草，我们周围的人群呻吟着，哭泣着。没有空气，没有坐的地方。人群中有老人、年轻姑娘、男人、女人。紧靠我们俩的是一个年轻的妈妈和她只有几个月的孩子。一个非常年轻的母亲和她的婴儿。我会终生记住他们。

克尔玛讲的是费多琳的语言，费多琳把那千年古语存放在我身上，这语言在刹那间突然顺畅地从我嘴唇里冒了出来。他博览群书，还知道许多花卉的学名——甚至知道长在溪涧间的长春花，在我们那一带，那是一种神话般的花儿，而他却一直生活在“首都”，也就是说，离我们很远的地方，离山区非常远。他从未去过高山，认为那简直是另一个世界。他手指纤细有如年轻女人，还有一头柔滑的金色美发，一张娇嫩的脸。他穿一件曾经洗得很白净的漂亮亚麻衬衫，衬衫硬胸上绣有螺旋形的花饰，那是一件参加舞会或幽会时穿的衬衫。

我先问他我上学期间熟悉的“首都”的消息。在那个时期，我们省的人往往越过边界去那里。哪怕这个城市属于“同根兄弟”的国家，由于在帝国时期①，有好几十年我们那个地区都是它的一部分②，所以我们当时去那里还有宾至如归一样的感觉。克尔玛对我

① 普鲁士通过几次对外战争，自上而下地完成了德意志民族的统一，于1871年宣告德意志帝国成立。

② 普鲁士在1870年普法战争中击败法国，迫使法国割让阿尔萨斯-洛林地区。该地区于1919年一战结束后归还法国，1940年二战初期被德国兼并，1945年二战结束重新回归法国。

谈到一些咖啡馆，大学生们常去那里喝热过的酒，吃撒了芝麻的桂皮蛋糕；还谈到散步场所埃尔西，埃尔西围着一片美丽的湖泊，夏天，大家邀请一些年轻姑娘在湖里划船，冬天则在那里溜冰；他还谈到格洛肯施皮尔街的大图书馆和馆藏的几千册金边精装书；还有施蒂普食堂，食堂里那个名叫弗拉格里克的胖胖的女人，她自认为是我们的母亲，总爱用大勺大勺的浓味蔬菜炖肉块和红肠面包片把我们的菜盘盛得满满的。然而，每当我问及一些我过去熟悉而且喜欢的地方时，大多数时间克尔玛都回答我说，他已经起码三年没有再见过那些地方了，自从他和所有被他们诨称为“外来人”的人被他们安置在已经变成犹太人居住区的“首都”旧城区之后，他就再没有去过那里。

但这块围起来的地区里有一个去处他经常光顾，而且对我谈了好长时间，这个地方于我是那样亲切，今天再提起它这个事实本身就让我心跳加快，就让我内心里禁不住微笑起来：施蒂皮斯皮尔，一个小剧院，它的舞台很小，只有四排座位。在那里上演的戏剧当然是全城最差的，但门票几乎不花钱，而且在十一月和十二月那些寒冷的日子，小剧院非常暖和温馨，有如一垛干草。

一天晚上，我跟乌利·雷特结伴去了小剧院，乌利·雷特是我大学的同学，乐天随和，笑起来就停不住，笑声犹如铜板泻出的瀑布，他爱上了剧院里一位见习女演员。这位演员有点胖，淡褐色头发，在一出没头没尾的滑稽剧里扮演一个不起眼的角色。我正在打盹儿时，一位年轻姑娘在离我两个座位的地方坐了下来。在那个季节，她身上穿的衣服显得十分单薄，这充分说明她来这里的原因跟我一样。她有点发抖。她多么像一只小鸟，一只虚弱而活泼的山雀！她淡粉色的嘴唇微微张开，她在微笑。她吹出嘴里的热气暖暖她的小手，然后朝我转过身来，注视着我。一支古老的山歌这样说，爱情前来敲门时，只剩下了门，其余的东西全部消失。我们俩的眼睛就这样交谈了一个多钟头，当我们像木头人一样走出剧院时，只有外面的寒冷能把我们从梦中惊醒过来。些许雪花落到我们的肩上。我壮着胆子询问她的名字。她把自己的名字告诉了我，对我来说，这是最珍贵的礼物。就在那天夜里，我不停地轻轻念着这个名字，念了又念，仿佛这样重复呼唤下去就能让那个黑眼珠的天使魔幻般出现在我的眼前，我呼唤的名字是："艾梅莉亚，艾梅莉亚，艾梅莉亚……"

克尔玛和我，我们同时从车厢里走下来。大家一边跑一边用双手护住自己的头。看守们嗥叫着。其中有几个家伙甚至做到了边笑边嗥叫。人们听起来有可能认为那是一出大型喜剧，然而，一路上呻吟之声不断，血腥味刺鼻。克尔玛和我都气喘吁吁。六天来我们颗粒未沾，也几乎没有喝水。我们腿脚发软，周身的关节都像长了锈。但我们仍然尽最大的力量奔跑。而奔跑却没完没了。黎明已开始将它熹微的曙光洒在周围的草地上，尽管太阳还迟迟没有在天空出现。我们跑着经过一棵很大的橡树，橡树歪歪扭扭，部分树叶已经遭雷击烧毁了。跑过橡树不久，克尔玛便停下脚步。戛然停下。

"我不往前跑了，布罗岱克。"

我回答他说，他疯了，看守马上就到，他们会朝他扑过来，把他杀掉。

"我不往前跑了。你知道那里的情况，我没法在那里生活……"

他一再这么说。

我试图抓住他的袖子拖着他走，不管他愿不愿意。但我无能为力。我加把劲拖他，竟从他的袖子上扯下一块布留在手上。看守们远远看见这里有点情况。他们停止说话，往我们这边看。

“来，快来！”我恳求他。

克尔玛安安稳稳坐在公路的尘土当中。他还在重复说着“我不往前跑了”，说得很轻，很平静，有如某个人经过长久的静夜思索、考量，最后作出了这个重大的决定，现在要做的只不过是大声说出这个决定。

看守们开始朝我们这边走，越走越快，而且大声叫着。

“克尔玛……”我喃喃说，“克尔玛……来，我求你了！”

他微笑着看看我。

“你以后要想到我，你将来回到你的家乡，找到溪涧长春花时，你一定要想到大学生莫施·克尔玛。另外，你应该讲述，讲述发生的一切。你要讲车厢里的事，也要讲今天早上的事，布罗岱克，为了我，你应该讲，为了所有的人，你应该讲……”

我的腰上挨了凶狠的一棍，疼得火烧火燎。另一棍打破了我的肩膀。两个看守来到这里，他们边嗥叫边打。克尔玛闭上眼睛。一个看守推搡着我，吼着命我走。再一棍打破了我的嘴唇。血流到我的嘴里。我又开始奔跑，痛哭着，不是因为疼，而是想到克尔玛作出那样的选择。嗥叫离我远了些。我回头。只见两个看守朝大学生扑了过去。大学生的身子从右边朝左边摇晃着，有如一个被顽皮孩子卸掉了铰接点和整个结构的可怜的牵线木偶。我甚至以为我在噩梦般的时间浓缩中又回到了那个夜晚，重新体验了那个“清洗之夜”。

我从来没有在我们山里找到过“溪涧长春花”，但我在一本书里看见过，一本非常珍贵的书：花不太高，花茎很细，深蓝色的花瓣粘连在一起，好像从没有真心实意希望开放过。也许今后不会生长这样的花了。也许大自然决定把它永远从花卉目录里抽去，剥夺人类欣赏它的美丽的权利，之所以剥夺他们这个权利，是因为他们不配欣赏它。

跑完这段路程也就结束了我的奔跑，面前是集中营的入口：一个铸铁制作的大门，做工精湛，有如公园或花园的大门。大门两边各有一个岗亭，岗亭漆成鲜艳的绿色和粉红色，岗亭里的哨兵站得笔直。大门上方有一个发亮的大吊钩，很像屠宰场的吊钩，人们用它来悬挂宰过的整牛。一个男人挂在那里摆来摆去，他双手反剪在背后，脖子上有一根绳子，两眼大睁着，眼球突出了眼眶，他舌头很肥厚，肿大，伸在嘴唇外边。可怜的小伙子，他与我们相似如兄弟，他瘦削的胸前却挂了一块木牌，牌子上用那些人的语言——“同根兄弟”的语言，昔日我们方言的复制品，我们方言的孪生姐妹——写了这样一句话：“我一文不值。”他迎风动了动。离他不远，三只乌鸦耐心地等待着，窥伺着它们的美食——他的眼睛。

每天都有一个人像这样被吊在集中营的入口处。每个人早上一醒来都会想想也许该轮到自己了。看守们把我们从简陋的房子里赶出来，此前我们都席地堆挤在那里过夜，出来后，他们命我们排成行，于是，我们便在那里等着，就那样站着，等很长时间，无论刮风下雨，一直等到他们从我们当中挑选出当天的牺牲品。有时，几秒钟就决定了。有时，他们拿我们玩骰子打牌赌输赢。而我们则必须站在他们旁边等候，排列整齐，一动不动。赌博没完没了，到最后，赢家享受特权，进行选择。他来到我们行列里。我们都屏住呼吸。每个人都试图尽量缩小身子不被他看见。看守却不慌不忙。最后，他终于在一个囚徒前面站定，用他的棍棒触触他，简单说："你。"我们这些人，所有其余的人，在我们内心深处，会感到一种疯狂的快乐，一种丑陋的幸福，而这快乐和幸福也只能延续到翌日，延续到新的仪式，但它毕竟能容许我们坚持，坚持下去。

那个"你"便同看守们一起走了。他一直走到大门边。他们让他爬到吊钩处。让他把昨天被吊死的人解开，然后取下来背在自己背上，挖一个坑把死者埋掉。接着，看守们命他挂上写着"我一文不值"的木牌，把绳子交给他，让他爬到梯凳最高处，等待那位"吞噬生灵的女人"到来。

那"吞噬生灵的女人"是集中营营长的妻子。她很年轻，更重要的是，她具有一种毫无人性的美丽，头发格外金黄，皮肤格外白皙。她经常在集中营内散步，我们则奉命绝不能与她的视线相遇，否则格杀勿论。

这个女人从不缺席晨间的吊人活动。她慢慢走来，精神饱满，容光焕发，净水、香皂、护肤霜使她的双颊格外红润，有时她的香味会随风飘到我们这里，一种紫藤的香味，自那以后，我一闻到这种紫藤花香就必定呕吐，必定哭泣。她穿的衣服很干净。她的打扮无懈可击，并且衣着入时，而我们，在她几米之外，却衣衫褴褛，破衣无形也无色，浑身跳蚤虱子，光头垢面，满头疮疥，臭气熏人，骨瘦如柴。我们属于与她完全不同的另一个世界。

她从不只身来到这里。她怀里总抱着自己的孩子，一个裹在漂亮襁褓里的几个月的婴儿。她安静地摇晃着孩子，在孩子耳边说话，还小声唱着儿歌，我记得有一首儿歌的歌词这么说：“世界，光明的世界/人类的手将一切包揽/ 世界，光明的世界/ 啊，我的孩子睡得那么香甜。”

孩子一直很安静。他不哭闹。有时他会睡过去，于是，她便用非常温柔的动作让他醒过来。当他终于睁开眼睛，用小胳膊小腿乱舞乱蹬，朝天上打哈欠时，她便动动下巴，向看守们示意，仪式可以开始了。他们当中的一个看守便朝梯凳使劲踢一脚，那“你”的身子往下一滑，立即被绳子接住。那女人注视他几分钟，嘴唇边随即掠过一抹微笑。她从不放过任何细节：惊吓中的哆嗦、喉咙的响声、在空中寻找土地的双脚、肠子排空时发出的呱呱声、全身动作最后的凝固、绝对的静默。于是，她给孩子的额头一个长长的吻，孩子有时会哭两声，显然不是因为害怕，而是因为他饿了，要求吸吮她的奶头，她也就安静地离开了。三只乌鸦已经就位。我不知道是不是每天看见的那儿只，它们是那样相似。看守们互相也很相似，但他们不吃眼睛，他们只吃我们的生命。跟她一样。跟集中营营长的老婆一样。她，我们私下里用这个绰号叫她：“吞噬生灵的女人”。

后来，我常常想到这个孩子，她的孩子。他是否像她一样死掉了？还活着？如果他还活着，他应该与我的小波朴切特岁数相当。那小家伙在那些日子里，每天清晨吃他母亲乳房里温热的乳汁，同时将几百个人吊死的场景尽收眼底，他如今情况如何？他在梦里都看见过些什么？他说些什么话？他还能微笑吗？他有没有变成疯子？他是否忘却了一切，或者在他年轻的脑袋里一再回想那些接近死亡的身体如何抽搐，那些即将窒息的喉咙如何发出呻吟，眼泪如何在土灰色的瘦脸上流淌？还有乌鸦刺耳的聒噪？

到达集中营的头几天，在“罐子”里，我不停地同克尔玛说话，仿佛他还活在我的身边。所谓“罐子”，其实就是没有窗户的单人黑牢。阳光只能从包了铁的大门下边钻进来。我睁开眼，看见的是面对着我的墙壁。我闭上眼，看见的是克尔玛，在他背后更远的地方，远得多的地方，是艾梅莉亚，她的肩膀柔弱而单薄，再远些的地方是费多琳，她微微摇着头，正在哭泣。

我不知道我在“罐子”里待了多长时间，与我同在的是那三个人的面容和那堵墙。想必时间很长。几周，也许几个月。但在那里，在集中营里，日、周、月，这些字眼毕竟毫无意义。时间算不了什么。

时间，它已不复存在了。

# 一〇

我一直待在贮藏室里。我很难平静下来。约莫半个钟头之前，我觉得我听到房门附近有一种奇怪的声音，一种摩擦声。我停止打字，侧耳细听。什么也没有。声音已经停止了。我屏住呼吸待了好长时间。但我可以肯定我听见了某种声音。我不是在做梦，稍后，那声音又响了起来，但已经不是在房门附近，而是沿着墙壁慢慢在移动，非常慢，仿佛有谁在匍匐前行。我把灯吹灭，把纸从打字机上退下来，贴身放在衬衫里，然后躲进一个角落，藏在堆放起来的工具后面，旁边是一个装着卷心菜和萝卜的旧柳条筐。声音一直没有停止，它顺着贮藏室的墙壁慢慢往前滑行。

这情况延续了很久。声音时而停下，时而又起。它是在围着贮藏室绕圈。节奏始终极为缓慢。听见这个声音如此这般围着我转，我感觉自己被一个看不见的钳子钳住了，一只同样看不见的手正在渐渐合拢。

声音转了一整圈。它又重新来到我门前。我看见金属门闩在动，门闩弯了下来，一切进行得鸦雀无声。我想起费多琳留在记忆里的所有神话故事，在那些故事里，东西会说话，城堡在一夜之间穿过了平原和高山，王后一睡睡了一千年，树木变成了贵族老爷，树根直立起来缠住人的喉咙，让他们窒息，某些泉水能治愈创伤和巨大的悲伤。

门开了，开了一条缝，但门并没有出声。我设法把身子往角落里缩得更深，让那里的黑暗将我包裹起来。我始终看不见任何东西，我再也听不见自己的心跳。好像我的心脏已经停止了跳动，也跟我自己一样在等着发生什么事情。一只手抓住了房门，把房门推开。月亮在两朵云间露出了尊容。戈布勒的身子和他那鸡笼样的头显现在门洞里，他的侧影活像“首都”阿尔贝格广场大市场旁边那些沿街叫卖的小贩用熏黑的纸剪出的护财土地神或魔鬼。

从房门扑进来的风带来了冻雪的味道。戈布勒站定之后开始在黑暗中搜寻。我没有动。我知道，我躲藏的地方，他看不见我，不过我也看不见他，但我能闻到他的气味，一股湿家禽和鸡窝味。

“还没睡，布罗岱克？你不答话？我可知道你在这儿，你没吹灯前我在你门底下看见有亮光，我还听见了打字的声音……”

在黑暗中，他说话的音调听起来怪怪的。

“我在守夜呢，布罗岱克……你可要当心！”

门又关上了，戈布勒的侧影也随即消失。几秒钟内我还能听见他的脚步声。我这才想到他那双擦了油的皮靴，鞋底的污泥在薄薄的积雪上一定留下了又黑又脏的印迹。

有好一阵子我还一直待在我那个角落一动不动。我尽量延缓呼吸，叫我的心脏平静下来。我对我的心脏说话，就像有人对牲畜说话一样。

屋外，风刮得更欢了。贮藏室开始晃动起来。我感到寒冷。突然，我的恐惧让位给了愤怒。这鸡贩子到底想要我干什么？再说，他究竟搀和些什么？我个人监视过他或偷看过他的胖女人吗？他有什么权利闯进我的家，还不敲门，还含蓄地威胁我？他伙同别的人干尽了坏事，可也没当上法官呀！在他们所有那些人当中，只有我才是真正无辜的人！只有我！唯一的！唯一的……

唯一的。

没错，我是唯一的。

我在对自己说这些话时，猛然明白了这是多么危险的信号；在罪犯当中唯我无罪，这与在无罪者当中唯我犯罪归根结底是一回事。我同时想到为什么在那众所周知的晚上，“发生过的事”那天晚上，小镇里所有的男人都在同一时间聚集在施罗斯的客栈里，唯独我没有去。在此之前我从没有想到过这一点。我之所以从没有想到过这一点，是因为此前我想得十分天真，自认为我没有去是我走运，我并没有更深入地想下去。然而，并不是所有的人都在同一时间偶然决定去那里喝杯葡萄酒或喝一大杯啤酒。如果说他们全都去了那里，那是因为他们曾事先相约。我当时是被排除在约会之外的。为什么？究竟为什么？

我重又哆嗦起来。我一直待在黑暗里，待在贮藏室的黑暗里，也待在这个问题的黑暗里。突然，那第一天的往事在我脑子里跳动起来，就像用锯子锯太湿的木头引起振动一般。那是我回乡的第一天。那时，我从集中营出来，经过长途跋涉后，终于来到我们小镇的大街。

与我在途中擦肩而过的那些人的面孔又出现在我的眼前：首先是在地下通道遇见的格拉克尔的两个女儿，大女儿的脸活像山鼠，小女儿的眼睛周围全是脂肪；然后是在压榨作坊胡同遇到的铁匠格特，他双臂戴着红褐色的皮套；还有站在翁特拉尔胡同犄角她的咖啡店门前的菲尔塔赫大妈；在比德泉边牵着一头病牛的克岑威尔；正在菜市场挡风披檐下双手捧着大肥肚子与护林员普罗萨聊天的奥托·米尔克，他远远看见我的鬼魂不觉张大了嘴，致使他嘴里含着的一小截雪茄烟掉到了地上。接着，其他的人也都从他们的围墙里跑了出来，就像从他们的坟墓里跑出来一样，他们围在我周边，默默地，一直把我围到我家。尤其是有些人，他们一看见我便悉数躲进自己的家里，然后麻利地把家门关上，仿佛我是满载着灾祸或仇恨回来复仇的，仿佛我会把这一切都像播撒冷却的骨灰一样散播在空中。

假如我有“另外那个人”的天才，我会用颜料和画笔把这些人的群像画下来，尤其要画他们的眼睛，当时，在那些眼睛里我只看到了惊异，然而到如今，我似乎更明白了，实际上在那些人眼睛里有一大堆的东西：夏天总会在特劳尔普林茨树林空地干泥炭地上留下一些水洼，水洼里有许多浮动的腐烂物，当中有些极细小的生物，那些人的眼睛流露出来的东西，就像那些细小生物准备撕咬羁绊它们有限前途的一切时那种表情。

我刚离开了那片土地的中心。我很走运，我，竟能从“火山口”逃出来，顺着它的内壁往上走，对我来说，每走完一米都似乎是一次起死回生。

不过我全身看上去仍然像一个死人。在我的长途跋涉中，每经过一个地方，孩子们都哭叫着逃掉，仿佛看见了什么鬼魂，而成年男人和女人则从家里跑出来，走到我身边，甚至想摸摸我，围着我转来转去。

有时，也有人给我一点面包、一块奶酪、一个在火炭下烧熟的土豆，但也有人朝我扔小石子儿，吐吐沫，骂脏话，好像他们遇到的是个干坏事的人。与我刚离开的那一切相比，这一切都不算什么。我深知我离开的那地方对他们来说实在是太远了，而且那不是以真正的公里来计算的问题。我来自一个在他们脑子里并不存在的国度，一个任何地图都从没有提到过的国度，一个任何文字都从没有描述过的国度，一个在几个月里从地下钻出来的国度，然而，对这个国度的记忆在今后的几个世纪里都将困扰人类。

我如何能走那么多路，如何能赤脚踏遍所有的田野小道，我还真说不清楚。也许干脆就是因为我已经死了，只是我自己并不知道而已。是的，也许因为我已经死了，跟其他人，跟其他所有人一样，死在集中营，但我并不知道，我不愿意知道，由于我拒绝死亡，我终于骗过了地狱——真地狱——看守们的警惕性，他们眼看在那个时段如此众多的人到达地狱的门口，便让我先回到人间，心想，不管怎样，我总有一天会回到那一大群人当中就位。

我走呀，走，走。我朝艾梅莉亚的方向走。我向她走去。我走在回家的路上。我不停地对自己说，我在朝她的方向往回走。在前方的地平线上有她的脸庞、她的温柔、她的欢笑、她的皮肤、她天鹅绒般沙哑的嗓音、她的外地口音，那口音使她说每一句话都笨拙得像孩子在石子路上踉踉跄跄，险些绊倒，又赶紧站稳，然后大笑一样。还有她身上蕴涵着空气、沐浴露和阳光的香味。我与她谈着话。我对她说我回来了。艾梅莉亚。我的艾梅莉亚。

我毕竟应该说，我在长途跋涉中遇到的那些人，并非每一个都待我如野狗，如得了瘟疫的乞丐。也还有这样一位老者。

一天晚上，我来到一个奇迹般幸免于难的乡镇，乡镇坐落在边境的那一边，在他们——“同根兄弟”——境内，镇里所有的房屋都挺立在那里，毫发无损，既没有开膛破肚，也没有屋顶不知去向，而且全镇没有一个农庄毁于战火。教堂屹立如初，保存完好，它守护着脚下小小的墓地，墓地一边是一个个精心管理的蔬果园，另一边是椴树林荫道。没有商家被抢劫，镇政府平安无事，漂亮的棕褐色奶牛在那些偌大的水泉边的水槽里静静地喝水，奶牛的眼睛显得祥和平静，看牛的少年在将它们赶回去挤奶之前，在它们旁边玩一个红色的木陀螺。

那位老人坐在房屋前面的一条长凳上，那是镇里最后一排房屋中的一座。老人似乎睡着了，双手放在一个枸骨叶冬青木的拐杖上，烟斗已经熄灭。他的脸被一顶毡帽遮住了一半。我听见他叫我时，我已经在他前面走过去，他的话音很缓慢，总之，听起来仿佛有一只充满兄弟情谊的手放在你的肩上：“过来……来吧……”

一时间，我以为我是在梦中听见了他的声音。“没错，我是在跟您说话，年轻人！”

他叫我年轻人，这显得滑稽，我甚至想笑。但我已经不会笑。我嘴上的肌肉、我的双唇、我的眼睛已经不会笑，而且我被打碎的牙齿还让我感到疼痛。

我已经不再是年轻人，我在集中营里老了几个世纪。我曾探讨过这个问题。但随着在那边的我们这些人奇特地学着适应新的身份，我们的身体却在蒸发。而我，像台球一样顺利打出去之后，我竟看见我的皮连上了我的骨头。我们最后全都变得何其相似。我们都变成了彼此相同的影子。他们可以把我们混淆起来，也可以每天在我们当中消灭几个，因为他们可以马上再加进去几个，这样做谁也看不出来。因为待在集中营里的人永远无一例外，都是同样骨瘦如柴的体形，同样瘦削的脸。我们已经不再是我们自己，我们已经不属于我们自己，我们已经不再是人。我们只是一个抽象的种群。

# 一一

老人把我带进他的住宅，住宅里有一种凉爽的石头和干草的味道。他让我把包袱放在一个漂亮的油漆大箱子上，说实在的，我那包袱里并没有多少东西，两三件破衣烂衫还是有一天早晨我从一个被焚毁的谷仓灰烬里拖出来的，还有一块闻得出火味的被子。

第一个房间铺的是冷杉木的天花板，非常低，房里有一张圆桌，圆桌上已经准备齐全，就好像有人在等我吃饭似的。在纯棉的桌布上面对面摆放了两套餐具，一个陶土花瓶里放了一束田野上的花，花显得楚楚动人，稍有风吹便颤动起来，发出一种令我想起昔日花香的气味。

这时，我想起了大学生克尔玛，内心里悲喜交集，但老人却把他的手放在我的肩上，下巴微微一动示意我坐下。

"您需要好好吃顿饭，好好睡一觉。我的女仆在出门前做好了一份蔬菜兔肉和一个奶油木瓜馅饼。这些饭菜就等着您呢。"

他走进厨房，然后端着一个绿彩陶盘子回来，盘子里，一只兔子待在胡萝卜、红葱头和几根百里香当中。我既不能动弹，也说不出一句话。老人来到我身边，拨了许多菜在我盘子里，又切了一大块白面包给我。他还在我杯子里倒了一种清亮的水。我真不知道我的确是在这个住宅里还是在我的某一个愉快的睡梦里，我在集中营里做过许多这样愉快的梦。

他在我的对面坐下来。

“原谅我不能陪您吃饭，在我这样的年龄，几乎不吃什么东西了，但您得开始吃呀，请吧。”

好久以来，他是第一个把我当人来对待的人。眼泪从我眼里涌了出来。这也是好久以来我第一次流泪。我使劲抓住椅子的扶手，仿佛生怕掉进真空里。我张开嘴，很想说点什么，但我没有做到。

“您别说话，”他又说，“我什么也不问您。我并不确切知道您从哪里来，但我想我能够猜出来。”

我感觉自己是个孩子。我的动作笨拙，急促，不连贯。他慈祥地看着我。我忘记自己的牙齿被打缺了，我朝食物扑过去，跟我在集中营做的一样，每当看守扔给我一个卷心菜梗、一个土豆或一块吃剩的面包时，我都会扑过去。我吃完了整只兔子，吃光了所有的面包，我舔盘子，一口气吞掉了馅饼。我心里还残存着那种恐惧，生怕我吃得太慢，食物会被别人抢走。我感觉我的肚子填满了，多少个月以来我的肚子从没有这么满过，这反倒让我很不舒服。我觉得肚子快要胀破了，我马上就要死在这个漂亮的住宅里，死在我这位主人慈祥的眼光注视下，我会在饿得半死之后死于吃得过饱。

我用舌头清扫了杯盘碗盏，把手指头拣拾的饭桌上所有的面包屑收入口中后，老人将我带到另一间房里。在那里等待我的是一个盛满肥皂热水的大木桶。老人帮我脱掉衣服，让我坐到木桶里，然后给我洗澡。热水在我已经没有颜色的皮肤上流过，这又臭又脏的皮肤承载过多少苦痛啊，而老人却洗着我的身子，没有流露出任何厌恶之情，像一位充满爱心的父亲。

翌日，我醒来时，发现自己躺在一张很高的桃花心木床上，洗后上过浆的绣花被褥床单散发着风的香味。房间四周的墙壁上都有雕刻的男人画像，画中的男人都蓄着小胡子，戴着襟饰，有的还挂着军人饰品。所有的画像都瞧着我却并没有看见我。温软的床让我浑身疼痛。我连起床都感到困难。从一个窗户望出去，可以看到围绕着城镇的田野，那都是些管理得不错的农田，有些农田已经播种了粮食，其余的地也正在耕种，只见牲口拖着钉耙耙着泥土，将泥土扬起来，泥土又黑又松，跟我们那里的泥土判若云泥，我们的泥土是红色，黏得像胶。太阳离地平线还很近，杨树和白桦树点缀着天际。其实，我是把黄昏的夕阳当成了黎明的曙光。我足足睡了一天一夜，睡得实在，没有做梦，没有中断，也没有间歇。我感到既沉重又轻松，我放下了我自己也说不清道不明的包袱。

在一张椅子上等着我的是一些干净的衣服和一双适宜走路的皮鞋，皮子很软但很结实，是一双没有穿过的鞋子，在我写东西这一刻我还穿着这双鞋子。我穿好衣服时，看见一个男人在镜子里看着我，一个我好像在上一辈子认识的男人。

主人坐在外边的一张凳子上，就在他的住宅外面，跟昨天一样。他抽着烟斗，朝夜空吐出一缕缕白烟，白烟散发出蜂蜜和蕨类植物好闻的味道。他请我坐到他身边。到这一刻我才意识到此前我还没有同他说过一句话。

“我叫布罗岱克。”

他抽烟略微用力一些，他的脸有一会儿消失在芳香的烟雾里，然后他非常轻声地重复说：

“布罗岱克……布罗岱克……您接受我的邀请，我非常高兴。我猜想您还有很长的路要走，才能到达您的家……”

我不知道该对他说些什么。我已经失去了说话的习惯和思维的习惯。

“您别误解我的话，”老人又说，“但有时候最好别回到原来离开的地方。人都能记住自己留下的一切，但却永远不知道他会再看见些什么，尤其在人们持续发疯了这么久之后。您还年轻……想想我说的吧。”

为了再点燃已经熄灭的烟斗，他在石凳上划一根火柴。太阳已经彻底落到世界的另一边，在块块土地之间留下了淡淡的红色，红色慢慢散开，有如一团团微火，最后在田野间劈啪作响。在我们头顶，一朵朵黑云在发白的天空涌动，几颗星星开始在最后几行雨燕和最初几行蝙蝠之间闪烁。

“有人等我。”

我好不容易说出了这一句话。

老人慢慢摇摇头。我又成功地把这句话重复了一遍，却并没有说出谁在等我，没有提艾梅莉亚的名字。我把她的名字深深地藏在我心里，藏得那么深，我真怕让它从我心里冒出来，仿佛它一出来就有迷失的危险。

我在老人家里住了四天。睡得像睡鼠，吃得像老爷。老人慈祥地看着我，侍候我吃饭，但他自己从不吃东西。他有时沉默不语，有时与我聊天。那是单声聊天，永远是他一个人说话，不过这样的独白似乎并不让他感到不高兴，奇怪的是，我自己也饶有兴趣地听他在我身边说出的每一句话。由于那些话，我感觉自己逐渐回到了语言里，在语言的背后，人性，虽然还很淡薄、虚弱，还处于疾病状态，却站住了脚，而且渴望着痊愈。

一天清晨，天还很早，曙光初现，嫩草和露水香味也随着曙光进入了住宅。我已经恢复了些许体力，所以决定启程。我的头发也一片一片长起来，让我看上去像一个大病初愈的人，而医生却说不明白这病人得的是什么病。我的脸色仍旧灰黑有如淤泥，眼睛也还深陷在眼眶里。

我昨晚已经告诉老人我准备继续我回乡的路程，所以他在门前等着我。他送给我一个灰毛呢皮背带的口袋。口袋里装了两个偌大的圆形面包、一长条肥肉、一根粗大的红肠，还有一些衣物。

“带上这些东西，”他说，“正合您的身材。是我儿子过去的东西，但儿子不会回来了。这样处理无疑更好些。”

我好像一下子感觉到我刚拿过来的口袋变得沉甸甸的。老人向我伸出手。

“一路平安，布罗岱克。”

他的嗓音第一次颤抖起来。我抓住他那黑斑点点的手，手很干，很凉，在我手心里蜷缩起来。他的手也在颤抖。

“我请您，”他补充说，“原谅他……原谅他们……”他的声音在喃喃的话语中消失了。

# 一二

我起码有五天没有继续写这个故事了。此外，当我取出我放在贮藏室一个角落里的那包稿纸时， 我发现有些纸已经盖了一层像花粉一样的黄色灰尘和些许泥土。我必须给它们找一个更适宜的藏身之处。

别的人什么也没有觉察。他们相信我正在写他们要求我写的“报告”，我正在全力以赴完成任务。戈布勒在那天夜里发现我在贮藏室熬到很晚，这对我反而有利。第二天清晨，纯粹出于偶然，我在街上遇见了奥施威尔，他把手放在我肩上，说：“你好像在艰苦工作，布罗岱克。继续干吧。”说罢，他走他的路。当时天还很早，我不禁思忖起来，尽管天还未大亮，奥施威尔却已经得知昨天半夜我还在贮藏室打字！这时，他的声音又在黎明的冻雾中响了起来：“不过，说到这儿，你究竟提着口袋去哪儿呀，布罗岱克，而且还这么早？”我停下脚步。奥施威尔一边观察着我，一边用双手将他的无边软帽往下拉，让它保护脑袋更严实些。他还两只脚相互碰着取暖。他嘴里吐出大股大股的白气朝空中散发。

“我今后是不是必须回答别人提出的所有问题？”

奥施威尔浅浅地笑了笑，但微笑在他那里就几乎变成了鬼脸。他摇摇头，摇得很慢，非常慢，就像“发生过的事”第二天我去他家见他时他说话那么慢。

“布罗岱克，你让我感到难受。我不过是友好地问问，为什么你那么戒备呢？”

我感到喘不过气。不过我总算耸了耸肩，而且尽量做得自然。

“我想去弄弄明白狐狸发生的状况，我必须把这事作个记录。”

奥施威尔把我说的话掂量一番，同时瞅一瞅我的口袋，似乎想看出里面藏的是什么。

“狐狸？当然……狐狸……好吧，祝你一天走运，布罗岱克，不过也别走得太远，还有……把情况告诉我。”他随即转过身去，继续走他的路。

这件事还是两个礼拜之前一些猎人和我们的护林员们提醒我的。由于那些人开始胡乱拍打树林以赶出猎物，也由于砍伐木材，人来人往，许多人发现狐狸在大批死亡，无论老小、雌雄。一开始，人人都想到了狂犬病，这个病经常有规律地来到我们大山里，也会杀死少许狐狸，然后便销声匿迹。然而，我们发现已死的狐狸中，没有一只呈现狂犬病的病象特点：舌头因唾液而变白，身体格外消瘦，眼睛翻白，毛色暗淡且粘成一片一片。恰恰相反，这边的狐狸简直就是极漂亮的标本，表面看上去十分健康，营养充足——应我之邀，屠夫布罗希尔特给三只死狐狸开了膛：它们肚子里装满了可食用的浆果、小老鼠、鸟儿、红色的虫子——而它们似乎并非因暴力而死，因为它们身上没有任何创伤和打斗的痕迹。所有发现过死狐狸的人都为它们死亡时的姿势感到吃惊：侧躺着，甚至仰卧着，前爪举起，仿佛死前曾试图抓什么东西。死者双眼紧闭，好像正在安睡。

我在第一时间访问了恩斯特-彼得·利马特，他曾是我的学校老师，也是全镇两代人的老师。他已经年过八旬，再也不能离家远行，然而时间在他脑海里流逝却既没有侵蚀它也没有损坏它。大多数时间他都坐在一把很高的椅子上，面对着壁炉，炉膛里常年燃烧着千金榆和冷杉树的混合燃料，发出阵阵香味。他凝视着火苗，或读读自己书架上的书，吸着烟草，烤些栗子，然后用他优美的长手指剥着烤熟的栗子。他给我一大把栗子，我们俩吹吹烫手的栗子便一小块一小块地吃起来，细细品尝又热又肥厚的栗子肉，与此同时，我濡湿了的外衣也挂在炉边烘烤。

恩斯特-彼得·利马特除了教会几百个小孩阅读和写字，还曾当之无愧地成为我们地区最优秀的猎手和设陷阱捕捉走兽的猎人。他闭上眼睛都能描画出每一片森林、每一块岩石、每一个山脊、每一条山溪，而且毫无差错地把它们放在地图上。

昔日，他一讲完课，就出发去山里行走，他很不喜欢人的陪伴，却酷爱与高大的冷杉、小鸟、山泉为伴。在狩猎季节，学校放假时，他时不时会好几天不见踪影，等我们看见他回来时，他总是目光炯炯，神清气爽，小猎袋里装满了大松鸡、野鸡、斑鸫和田鸫，或者，一旦没有猎获岩羚羊，肩上准会搭一头狍子，他追捕岩羚羊能追到赫尔尼山的悬崖峭壁上，往日，不只一个猎人在那里折断了骨头。

最奇怪的是，利马特本人从不吃他杀死的猎物。他老把猎物分给最需要的人们。我小时候，多亏了他，费多琳和我才得以时不时吃点肉食。至于利马特本人，他只进食蔬菜、原汁清汤、蛋类、鳟鱼和蘑菇，尤其偏爱喇叭蘑菇。有一天，他对我说，喇叭蘑菇是菇中之王，这种蘑菇阴郁的样子只会让蠢人弃之如敝屣，只会让无知的人垂头丧气。此外，利马特还用喇叭蘑菇来装饰他的住宅，里面到处都悬挂着一串一串的喇叭蘑菇，蘑菇干了以后使住宅里充满甘草和肥料的芳香。利马特终生未娶。有一个名叫默格丽特的女佣一直住在他家，默格丽特几乎跟他同龄，一些喜欢恶语中伤的人过去往往拿她说事，说那女人除了替他洗涤衣被，给家具打蜡，显然还做了更多的事。

我给他讲述了狐狸的故事，发现的许多狐狸尸体以及它们平静的模样。他绞尽脑汁搜索记忆，却没有找到先例，但他答应再为我钻钻故纸堆，如果在书本里或者我们地区以外的地方或者别的时代发现相同的情况，他一定通知我。随后，我们的话题转到阔步走近我们的冬天，大雪一天天朝我们小镇袭来，目前已下到山腰和背斜谷，很快就要光临我们的住宅。

“发生过的事”那天夜里，利马特与所有老人一样没有去施罗斯客栈。不过我在想，他是否对事件的始末略知一二。我甚至考虑他是否对“另外那个人”曾逗留我们小镇也略微知情，或者听人说起过。我倒非常愿意与他谈及此事，跟他敞开心扉，竹筒倒豆子。

“你还能想起你的老教师，布罗岱克，这让我感动，我真高兴。你还记得你刚到班里的情景吗？我可记得很清楚，我。你当时瘦得像条瘦狗，眼睛又格外的大，很不相称。你说的是乱七八糟的语言，只有你自己和费多琳能懂，不过，你学得很快，布罗岱克，非常快，无论是我们的语言还是别的。”

默格丽特给我们一人端来一杯热酒，热酒散发着胡椒、橙子、干丁香花苞和八角茴香味。她给壁炉加进两块木柴，等木柴在黑暗中吐出金色火苗，她便消失了。

“你跟别的人不一样，布罗岱克，”老教师又说，“我说这话不是因为你不是我们家乡人，不是因为你来自远方。你与众不同，是因为你看得总比鼻子底下的事情远……你总想看清楚当前还不存在的事情。”

他停止说话，慢慢吃着一只栗子，喝一口酒，把栗子壳扔进火炉。

“我又想到了你说的那些狐狸。狐狸是一种奇怪的动物，这你知道。大家都说狐狸狡猾，其实，它们远不只是狡猾。人类憎恶它们，显然是因为它们太像人类。狐狸狩猎是为了养活自己，但它们也能只为快活而杀戮。”

利马特停歇片刻，然后沉思着继续说道：“前段时间，在战争里死了那么多人，你，唉，你比这里的任何人都清楚这一点。谁知道呢，也许狐狸们这么干只是在模仿人类？”

我不敢对我的老教师说，我不能把这类事情写进我的记录和概述里。行政当局那些读我的报告的人——假如还有人读我的报告——根本不可能理解，他们也许会认为我变成了疯子，也可能因此而彻底摆脱我，要是那样，我平时还能拿到的那几个子儿——虽然非常不准时，却是养活我们全家的钱——恐怕会干脆停止发放给我。

我还跟他在一起待了一会儿。我们再没有谈论狐狸，谈的是樵夫们刚在伯森塔尔山背后砍倒的一棵山毛榉，砍倒它是因为它生病了，据他们说，这棵大树应该有四百岁了。利马特提醒我说，在别的遥远的大陆，那里的气候与我们不同，长着一些寿命可以长达两千年的树木。这一点，他曾在我童年时跟我谈到过。于是，我想到，上帝，如果他还存在，真算得上是一位古怪的人物，他宁愿让一些树木安安稳稳活上许多世纪，却让人的生命如此短暂如此艰辛。

恩斯特-彼得·利马特给了我两挂喇叭蘑菇后把我送到他的住宅门外，他问我费多琳情况如何，然后，神情变得更加凝重更加温和，问起了艾梅莉亚和波朴切特的近况。

外面的细雨还没有停下来，但已经混杂着一片片融化着的雪花。在大街中央流出一条小溪，溪水使路上的砂岩铺块闪闪发光。寒冷的空气让炊烟、青苔和树下的灌木馨香扑鼻。我把干蘑菇塞进我的外衣里，随即回家。

关于狐狸之死，我向皮茨大妈提了同样的问题。皮茨大妈的记性可没有老教师的记性好，而且她在野味和害虫方面显然没有他那么专业，然而，她曾赶着她的众多牲畜走过周边所有的大小道路和山顶牧场，所以我对她有可能启发我抱着一线希望。我将众说纷纭的材料加以印证后，得出的数目是所发现的死狐狸一共二十四只，细想起来，这个数字应该说相当可观。可惜呀，皮茨大妈在记忆里根本没有听说过这种现象，这一下我明白了，她压根儿就没有把狐狸之死放在眼里。

“让那些狐狸死光我才高兴呢！去年，它们把我的三只母鸡和母鸡的鸡崽叼了个空。而且它们并没有吃掉那些家禽，只把鸡子们咬碎就溜了。你那些狐狸，都是些‘龟儿子’，它们的价钱连宰它们的刀都买不了。”

为跟我说话，她中断了先前与弗里达·尼格尔的闲聊，弗里达·尼格尔是一个长着喜鹊样眼睛的驼背女人，身上总有股牲畜棚的味道，皮茨大妈喜欢与她仔细盘点我们小镇和附近的小村庄所有的孤男寡女，以考虑他们再婚的可能性。她们将那些人的名字写在一个个小纸板上，像玩牌时洗牌一样，将两个两个的纸板叠在一起，推算着可能的婚嫁以及两人命运的组合，这样的操作可以长达几个钟头。与此同时，她俩还用小酒杯喝着黑莓饮料，时间一点一点过去，她俩全身也暖和起来。我明白，我这是在打扰她们。

我得出结论，也许唯一能对我稍加启发的，是马库斯·施特恩。他单身居住在森林深处，离我们家有步行一个钟头的路程。我迎面遇到奥施威尔那天清晨就是去拜访这位施特恩。

# 一三

从我们小镇通往施特恩简陋小屋的山路很陡。出镇片刻，便走上蜿蜒曲折的盘山小道，小道将我引入一片阔叶树林，在那里又可以居高临下看见镇里的屋顶了。走了一半路，便看见一块大岩石，岩石状如餐桌，诱人在此小憩。当地土话将此岩石命名为“林根”，意思是林中小仙女。据说，那些小仙女每逢月明风清之夜都会来这里跳舞唱歌，歌声有如捂住的笑声。这里、那里，一块一块绿中泛白的苔藓像坐垫一样稍微缓解了盘山小道的陡峭，道上还有一束束鲜花样的欧石楠加以装点。这里的确是恋人们和沉思者理想的去处。我记得曾经在这里见到过“另外那个人”，那是盛夏的一天，七月八日——我记录一切——约莫午后三点，也就是酷热的时刻，那一刻，太阳似乎停止了它在天空的运行，向世界倾倒着融化了的铅水。我当时是来这里采摘我那小波朴切特酷爱的覆盆子，我想乘她午睡的时候准备给她一个惊喜。

树林里到处嗡嗡声不绝于耳，有蜜蜂在劳动、胡蜂在飞舞、苍蝇在发狂，还有牛虻像猛然疯魔了一般四处乱钻。那真是一部伟大的、仿佛从天地间涌出来的交响乐。在小镇上我没有遇见一个人。

小山坡累断了我的腿，也让我喘不过气。我的衬衫已经湿透，发黏的衬衫贴在我身上。我在山路上停下来，正在喘气，忽然意识到，在离我几米的地方，“另外那个人”正背对着我坐在岩石上观赏小镇的屋顶。他坐的是他那把怪怪的椅子，村里所有的人第一次看见他取出那把椅子时无不啧啧称奇，椅子可以打开也可以折叠起来，椅子个头之大足以支撑他那宽大的臀部，然而一旦将它叠起，竟变成了一根简单的手杖。

周边的风景全部呈绿色和淡黄色，他那件永远熨烫得毫无瑕疵的黑呢子礼服对比之下却有些刺眼。我再走近一些，便发现他仍旧穿着他那件带襟饰的衬衫、呢子背心，戴着他的护腿，脚上那双擦了鞋油的大皮鞋发出镜子一般的亮光。

我的脚步踩出了树枝的咔咔声，他转过身来。

他瞥见了我。我一定像个小偷，但他似乎并不诧异，冲我笑笑，右手还象征性地摘一摘并不存在的帽子表示致意。他的双颊很红，面部的其余部分，额头、下巴、鼻子却好像涂了一层铅白色的面霜。他头上已经歇顶，但两鬓却长着黑色的卷发，这一来，他看上去活像一个老喜剧演员。他脸上流着大滴大滴的汗珠，他用一张手巾擦着汗，手巾上绣着很难辨认的花体缩写字。

“您大概也是来丈量世界的吧？”他用他那柔和而显得高雅的嗓音对我说，同时用手指一指广袤的景色。我这才注意到，在他那圆鼓鼓的膝头放着一个本子，他手里还握着一支铅笔。本子上画了一些轮廓、线条、阴影。当他意识到我在看什么时，便把本子合上了。

自从他来到我们小镇，我那是第一次单独同他在一起，他也是

第一次与我对话。

“您能否垂爱帮我点忙？”他问我，因为我没有答话，而且我的脸色一定显得有点拒人于千里之外的味道，他连忙带着微笑补充一句，那谜一样的微笑从没有离开过他：“您放心，我只是想请您把背斜谷前边那些山的名称告诉我。我怕我的地图不够准确。”

他说话时抬手往前一举，指向前面的山丘，在夏日凝固的空气里，那些山丘在远处颤颤巍巍地显现出来，有些地方几乎与仿佛意欲抹掉它们的天空融为一体。我走近他，跪下来与他的高度取齐，然后从东边开始，一一讲出那些山丘的名字。

“这个山叫洪特匹茨，之所以叫洪特匹茨，是因为它的山形像个狗头；接下去，那是三个施尼克尔科普夫山，然后是布龙德尔匹茨山，霍尔尼山的山脊，霍尔尼山的山巅，霍尔尼山巅是群山的最高峰。接着是杜拉山的山口，弗洛里亚山的山脊，末了，在最西边，那是毛赛恩山的峭峰，它的形状像一个被重担压弯了腰的人。”

我沉默下来：他在重新取出来的本子上记录完那些山名后，又立即将本子放回了衣服口袋。

“真是不胜感激，”他边说边同我热烈握手，这时，他那对绿色的大眼睛里闪着满意的光，仿佛我适才送给了他一个宝物。我正要离开他时，他补充说道：

“有人告诉我说，您对花和草很感兴趣。我们有共同点。我迷恋风景、插图画和人物肖像画。这个怪癖毕竟无伤大雅。我带了一些相当珍贵的书籍，您也许会感兴趣。假如某一天您光临敝处，我将不胜荣幸供您翻阅。”

我微微点头，但没有答话。我还从没有听见他说过那么多话。我离开了，留下他一个人待在岩石上。

“你把所有的山名都告诉他啦！？”威廉·富尔滕豪说话时双臂朝天举起，眼睛狠狠地瞪着我。我正在对古斯塔夫·罗佩尔讲述我与“另外那个人”邂逅的情况时，他正好走进五金制品店。我是在与“另外那个人”邂逅几个小时之后去五金制品店的。古斯塔夫曾经是我的伙伴。在学校，我们俩并排坐在一条凳子上念书，我当时经常同意他看我本子上的答案，作为交换条件，他则给我一些钉子、螺栓、绳子之类的东西，那是他从他父亲的店里偷来的，当时这个店还是他父亲当家。我刚才写的是他曾经是我的伙伴，因为在今天我就很难说了，他跟其他人一起是“发生过的事”的参与者和拥护者。他犯了无法挽回的错误！自那以后，他没有跟我说过一句话，即使我俩礼拜天望过弥撒之后在教堂前的广场上擦肩而过也一样，那时，醉红了脸的派佩神甫跌跌撞撞地将他的教徒们送到广场，再最后举手为他们祝福一遍，尽管祝福的动作并没有完成。我后来再不敢推开他的五金店的店门，我实在害怕在我们之间只剩下一条很深的鸿沟了。

富尔滕豪，我已经说过，我认为他很富裕，但也很愚蠢。他拍了一下罗佩尔的柜台，把一盒图钉都震落到了地上。

“可你得搞清楚你都干了些啥，布罗岱克，你把我们那些山的名字全都告诉了他，而且你说他全记到本子上了！”

富尔滕豪怒不可遏。他那肥大的耳朵变成了深紫色，仿佛把全身的血液都泵到了那里。我一再提醒他说，山峰的名称并非秘密，所有的人都知道，都熟悉，或者可以从资料上查出来，但那是白费口舌，根本没法让他平静下来。

“你竟然没考虑他会策划些啥阴谋，他会到处刺探些啥，就跟他现在做的一样，他会提好多问题，尽管那些问题表面上无关紧要。他还会装傻，轻言细语的，一副肉麻的样子。而且这家伙还不知道是从什么虚无缥缈的地方来的呢！”

我一再重复“另外那个人”对我说过的有关风景和插图之类的话，好让富尔滕豪稍微平静一些，然而，此举却使他的愤怒有增无减。他离开五金店时朝我甩出一句话，在当时我并没有把这句话当回事，但今天稍微一想，我便觉察出那句话本身包含的威胁和恐吓。

“别忘了，布罗岱克，一旦出了啥事，那就是你的错！”

他随即咔啦一声带上了门。古斯塔夫和我，我们互相看看，同时耸耸肩，然后开怀大笑，就像我们童年时常做的那样。

# 一四

我几乎花了两个小时才到达施特恩窝棚似的住房，而平时去他那里一个钟头就足够了。因为还没有人踩出通道，我刚跨过阔叶林的边缘进入大片的冷杉林，积雪之厚，竟没过了我的膝盖。森林十分静谧。野兽禽鸟踪迹全无。除了施陶比河水的汩汩声，周围一片杳然。施陶比河在山下两百米处往下流淌，流到一个十分突出的拐角，便拍打着巨大的悬崖峭壁，汹涌澎湃，白浪滔天。

我经过"林根"时，把眼睛转到一边去，而且没有停下脚步。我甚至加快了步伐，冰冷的空气一直沁入我的肺腑最深处，仿佛想使我的内心变得冷酷。我万分惧怕看见"另外那个人"的幽灵，仍然是原来那个姿势，仍然坐在他那把椅子上，面对着下边的风景，或者向我伸出双手恳求着什么。但他能向我恳求什么呢？

即使那天夜里我也在客栈，既然所有的人都变成了疯子，我一个人又能怎样呢？我的任何一句话、任何一个动作都会决定我的命运，我一定会得到跟他一样的下场。还有这一点让我感到恐惧：我知道，假如我当时在客栈，我可能毫无作为，以阻止那件发生过的事；我可能会尽量缩成一团，甚至在无可奈何之下参与那令人不寒而栗的一幕。这样的卑怯，尽管没有发生，仍然让我感到憎恶。事实上，我与其他人相去无几，我和所有那些包围着我，委托我写“报告”，期望以此证明自己无罪的人也相去无几。

施特恩住在世外，我的意思是说他住在我们的世界之外。而且他们家所有的人世世代代都如此生活：永远住在深山老林之中，与我们小镇只维持一种疏远的关系。不过他是施特恩家最后的一员。他独自生活着。没有娶媳妇，没有子孙。他之后，一切将归于泯灭。

他靠制革维持生活。他每个冬天下山去小镇两次，在气候宜人的季节下山的次数稍多一些。他出售毛皮，出售用冷杉树枝和树干制成的日用品。他用赚来的钱购买面粉、土豆、干豌豆、烟草、糖和盐。如果还剩下些钱，他便用来喝烧酒，然后醉醺醺地上山回家。他从不迷路，他的双脚对山路了如指掌。

我到达他那简陋的小屋时，发现他正在门口忙着用干树枝编扫帚。我向他敬礼问候，他只点点头，没有说一句话。施特恩对别人来访永远持怀疑态度。他随即进入房间，让房门大开着。

几根房梁上都挂着许多需要晾干的东西，有动物和植物，强烈的呛人气味混合在一起，让人难以摆脱。炉子里火苗很小，却烟雾弥漫。施特恩用一个长柄大汤勺从小锅里舀出很稠的粥，盛满两个大碗，这燕麦栗子粥显然是从早上熬到现在的。他随即切了两块硬面包，在两个酒杯里斟满暗红色的葡萄酒。于是，在动物尸体的奇臭包围中，我们俩面对面坐下，开始用餐，但仍然一言不发。那臭味足可以吓跑不止一个来访的客人，然而我，我对臭味并不感到陌生。臭味不会干扰我，我闻过更臭的气味。

在集中营，我从“罐子”里出来，还没有变成“狗布罗岱克”那段时间，我当了好几个月的“大粪人”。我干的活就是掏茅坑，茅坑上方，一千多囚犯的肚子每天好几次在那里减轻负担。茅坑的坑又大又深，长四米左右，宽两米，深一米。一共五个茅坑，我都必须仔细掏光挖净。干那些活，我手头只有一个木柄平底大锅和两个白铁大桶。我用平底大锅把两个大桶装满之后，便挑着桶在看守的押送下来来回回，走到河边，把大粪倒进河里。

平底锅与木柄之间就靠几根旧绳子捆绑，干活时平底锅经常脱落，掉进粪坑。于是，我必须跳到粪坑里，将双手插进大粪里到处寻找。头几次，我记得我曾翻肠倒胃地呕吐，把肚子里那一丁点东西吐得干干净净。后来我竟习惯了。人可以习惯一切。还有比臭大粪味更坏的东西呢。有许多东西闻起来没有臭味，但它们比所有的大粪更腐蚀感官，腐蚀心和灵魂。

押送我的两个看守都用浸了烧酒的手巾蒙住鼻子。他们站在离我几米的地方，互相讲一些女人的故事，故事里充满淫秽的细节，让他们笑逐颜开，满脸通红。我则走进大河，将桶里的大粪倒光。我每次都为成百上千的鱼苗那狂热劲感到吃惊，它们游到那黑褐色的旋涡里打滚，朝四面八方摆动着它们瘦小的银色身躯，好像为臭烘烘的食物欢喜得发狂。然而，湍急的流水很快冲淡了大粪，河里只剩下了清亮的水和游动的藻类植物，以及太阳的反光，阳光轻拍着水面，仿佛想在那里播撒一个个镜子的碎片。

有时，两个看守沉醉在他们的淫秽故事里，竟任随我在流水里洗澡。我拣一块圆石头当肥皂，用来搓我的皮肤，洗掉大粪和积垢。还有些时候，我竟能捉住几条小鱼，它们滞留在我的腿边，也许是希望还能得到些吃食吧。我用两个指头挤出它们的内脏，乘看守还来不及看见的当儿，把它们急急忙忙放到我嘴里。除了每晚发给我们两升散发恶臭的稀饭以及早晨一块立方状的又硬又酸的面包，他们禁止我们吃任何别的东西，违者处死。我长时间细细咀嚼着捉到的鱼儿，就像咀嚼美味的糖果。

在那段时间，大粪的臭味一直没有离开过我。臭味成了我唯一真实的衣裳。每天夜里，在我们的临时棚屋里，我获得了更大的空间睡觉，因为没有人愿意挨近我。人生来就是这样：他们宁愿相信自己纯粹由头脑构成，相信他们是思想、梦想、梦幻和奇迹的制造者。他们不喜欢有人提醒他们说，他们也是物质的人，从他们大腿间流出的东西，跟他们脑子里搅动和萌发的东西一样都是构成他们本人的一部分。

施特恩用一块面包擦净他的碗，然后吹了一声短短的口哨，便把一只瘦小的动物不知从什么地方招了出来：原来是一只白鼬，一只他驯养来陪伴自己的白鼬。小家伙跑过来吃他手里的东西，享受美味之余，还时不时用好奇的眼光看看我，它那对又圆又亮的小眼睛酷似黑珍珠或者黑莓树的浆果。我刚向施特恩谈了我所知道的有关狐狸的故事，我同时还报告了我访问利马特和皮茨大妈的情况。

他慢慢站起来，消失在房间深处的阴影里，然后走回来，把好多张用麻绳捆在一起的漂亮的红褐色毛皮放在大桌子上。

“你还可以把这些也算在你那些狐狸的总数里，这里一共十三只。我根本用不着杀死它们。我发现时它们已经死了，死的姿势全都跟你说的一样。”

施特恩取出一只烟斗，填满干栗树叶切碎的烟草，这时，我把手伸进毛皮里，狐狸毛又浓密又闪亮。我随后问他这一切究竟意味着什么。他耸耸肩，猛吸一口烟，烟枪发出劈啪的乐音，然后冲我喷出浓烟，让我咳嗽不止。

“我啥也不知道，布罗岱克。我啥也不了解。狐狸嘛，我又没待在它们脑袋里。”

他不做声了，只用手抚摩着他的小伙伴，白鼬开始在他的手臂上绕来绕去，还发出轻柔的叫声。

“我对狐狸一无所知，”他打开了话匣子，“但我记得施特恩爷爷谈到过狼的事。在他那个年代还有狼，可今天，我要是看见一只狼，那一定是一只从远处来到这里而且迷了路的狼，要不就是狼的幽灵。老施特恩有一次说到一个狼群的故事，据他说，那是一群非常漂亮的狼，有二十多只。他为了找乐子，便偷偷监视它们，稍稍追捕它们一下，就为了刺激它们的神经。后来，有一天，全没了狼的踪迹。他再也听不见狼群的叫声，再也看不见狼群的影子。他心想，那些狼准是对他的小把戏感到厌倦，所以跑到大山的另一边去了。冬天过去了。那个冬天大雪封山，十分寒冷。后来，春天又到了。他去森林转了一圈，就像去视察似的。就在毛伦塔尔山的大片悬崖峭壁脚下，他发现了啥？那整群狼的遗骸！已经腐烂了。那些狼一只不缺，全在那里，老的、少的、雌的，不是腰断了，就是头盖骨碎了。狼是不会从岩石上摔下来的，即便有一只，有时可能悬空时受到惊吓，有时滑了一跤，或者不慎蹬掉了峭壁上的一块岩石。但绝不可能是整个狼群。”

施特恩停止说话，直视我的眼睛。

“你的意思是说它们可能是自己找死？”

“我说的只是我从老施特恩嘴里听来的。如此而已。”

“但狐狸是怎么回事呢？”

施特恩挠挠头发。

“狼、狐狸，算得上是表兄弟之类吧。也许不只是人过分用脑想事。”

施特恩将刚才熄灭的烟斗再次点燃，抓过正想钻进他外衣里的白鼬，然后斟满我们的酒杯。

我们之间再次出现一大段沉默的时刻。我不知道施特恩在想些什么，但我自己却在尝试把他适才讲过的故事与老利马特对我讲过的话衔接起来，可惜我没有做到，我没有得出清晰的概念，没有找到我可以写在一份报告里的东西，这份报告应该让S城的某个官员能够接受，不皱眉头，也不将它扔进火炉里。

炉膛里的火正在熄灭，施特恩喂给它几束干染料木。我们还聊了一阵，也许有一个钟头，谈季节，谈冬天、野味，谈砍伐树木，但再没有谈狐狸。后来，因为天开始暗下来，我又想在入夜以前回到家里，我便向施特恩告辞，他把我送到外面。起风了，巨大的冷杉树顶发出沙沙的摩擦声。大块大块的雪从冷杉树顶上落下来，但风暴将雪块刮碎成了细粉，冰冷的白粉最后覆盖了我们的肩膀。我们俩握握手，就在那一刻，施特恩问我：

“那位学者呢，他一直待在小镇里吗？”

我险些询问施特恩他说的是谁，后来我一下子记起来，镇里有几个人就这样叫“另外那个人”：学者，也许是因为他的仪表令人肃然起敬吧。我没有立即回答他，我突然感到浑身发冷。我想，既然施特恩向我提这个问题，那就是说他对那件事一无所知，“发生过的事”那众所周知的夜晚，他并没有去客栈。因此，起码我们两人的手没有沾血。我真不知道对他从何说起。

“他走了……”

“那你等等，”他说，随即回到他的小破屋里。不一会儿他从屋里再走出来时，手上拿着一个包袱，他把包袱递给我说：

“这是他订做的。已经付过钱了。如果他再也不回来，你可以留着自己用。”

原来是一顶窄边软帽、一双连指手套，还有一双软底便鞋。这一切都是用美丽的貂皮制作的，做工非常精细，缝制得天衣无缝。我犹豫片刻，最后还是接过了包袱，夹在腋窝下面。就在这一刻，施特恩凝视着我的眼睛说：

“知道吗，布罗岱克，我琢磨，再也不会有狐狸了。它们全都死了。永远不会见到狐狸了。”

见我没有回答——因为我不知道能说什么——他紧紧握住我的手，再没有说一句话。犹豫片刻之后，我快步向原路走去。

# 一五

我曾说过，“另外那个人”到达的当儿，他同他的随从们经过河边的暗道时，夜幕正在降临。正如已经发现小老鼠的猫，它完全有把握在片刻之后把老鼠抓到自己的爪子里。

那个时辰真是奇特的一刻。所有的街道都杳无人迹，黄昏的微光让大街小巷沉入冰冷的灰色调当中，街道两旁的房屋都变成了稀奇古怪的幢幢黑影，包藏着威胁和暗示。黑夜竟有能力改变最习以为常的事物，改变最单纯的面孔，这的确令人称奇。另外有时黑夜并不改变而是揭示那些事物和面孔，仿佛在用漆黑的夜幕把外部的状况和人的内心遮盖起来时，黑夜得以揭露出它们真实的本质。谁听了我说的话都可能嗤之以鼻，认为我在描述另一个时代的恐惧，或以为我在编织一部小说。然而，在判断和谴责之前，最好把当时的场景设想一番：这个来自虚无缥缈处的男人——因为，正如富尔滕豪所说，他的确来自虚无缥缈的地方，富尔滕豪尽管蠢话连篇，有时也会说出些许真相；那人穿的是另一个世纪的服装，他的坐骑又那样古怪，箱笼又那样令人望而生畏——就这样进入我们的小镇，而这个小镇已是多年无人光顾，他，就如此这般光临了，不讲客套，再自然不过。眼见这番情景，谁又能不感到几分恐惧呢？

“我当时可没害怕，我。”

那是调皮猴德费尔，他家的老大，回答我的话。“另外那个人”到达时，正是他第一个在场。

我们交谈的场所是皮珀斯海姆咖啡店。是调皮猴的父亲坚持说，谈话在那里进行比在家里好。他一定在琢磨他可以因此去那里安安稳稳喝他几盅。古斯塔夫·德费尔是个毫无生气的小个子男人，常年穿一身邋遢的衣服，身上发出煮萝卜的味道。他在一些农庄里打短工，有几个子儿就喝酒花掉。他一旦醉醺醺回到家，必定先将住处和仅有的些许碗盏捣得落花流水，然后开始揍老婆，他的老婆比他重一倍，但那也挡不住他把她打得死去活来。他让老婆给他生了五个孩子，孩子身体瘦弱，成天闷闷不乐。老大名叫汉斯。

“他对你说了些什么？”小家伙看看他父亲，仿佛想得到他回答问题的授权，而他的老子却不理不睬。他眼睛里只有面前的酒杯，酒杯已经空了，他仍然出神地凝视着他用双手捧着的那只酒杯，流露出深沉的痛苦和忧郁。我向在柜台后边窥伺着我们的皮珀斯海姆示意，让他再给古斯塔夫斟一杯酒。皮珀斯海姆连忙从嘴里取出他一直在吸吮的使他牙龈出血、气息难闻的牙签，抓住一个酒瓶，来到古斯塔夫身边，给他的酒杯斟上酒。古斯塔夫的脸色略微开朗了些。

“他问我去施罗斯客栈的路怎么走。”

“他本来就知道客栈的名称还是你告诉他的？”

“他本来就知道。”

“那么，你对他说了些什么？”

“我对他说了怎么去那里。”

“他随后做了些什么？”

“他把我跟他说的话记到他的小本子上。”

“后来呢？”

“后来他给了我四个漂亮的玻璃球，他从一个口袋里取出小球，对我说：‘有劳您了。’”

“有劳您？”

“是这么说的，我啥也不懂，咱这里不这么说。”

“玻璃球呢，一直在你这儿？”

“彼得·吕利赢了我，拿走了。他可厉害了，他有一口袋玻璃球。”

古斯塔夫·德费尔根本没有听我们说话，他的眼睛一直盯在杯里烧酒的水平面上，平面下滑得很快。小瘦猴把脑袋缩进脖子里，他的额头青一块紫一块，还有疤痕、痂盖、肿块，有的是老的，有的是新烙下的。他的眼神，只要你与这样的眼神相遇，而且在其间停留片刻，它就会诉说如何挨打，如何痛苦，每天持续遭受的严酷打击留下了多少伤痕。

我再一次想起我在“另外那个人”手里看见过的那个小本子，他在本子上记录一切，比如，去离他当时所在的地方只有六十米的一家客栈的路怎么走。他在我们的家园停留的时间越长，那小本子的故事便越引起老乡们广泛的注意和思考。一开始还只是显得像一个古怪的癖好——动不动就取出来——一个可笑的恶习，这恶习时而让人哂笑，时而让人议论，后来很快变成了尖酸刻薄的争议话题。

我记得特别深切的是一次在集市上偶然听见的谈话，那是八月三日，集市已经结束，留在地上的只是些烂菜叶、脏干草、几段绳子、小木条箱的碎片，所有那些散乱的东西仿佛是被一波波看不见的海潮抛弃在那里的。

波朴切特特别喜欢集市，所以每个星期我都要带她去。圈在围栏里的小动物：山羊羔、兔子、母鸡、小鸭让她又笑又拍掌。还有集市上的气味，也让她脆弱的鼻孔发痒，比如面饼、油炸面食、热酒、栗子、烤肉的香味；声音也一样，男男女女的人声仿佛混杂在一个巨大的盆子里，有叫声、招呼声、小贩油嘴滑舌的叫卖声、卖圣像者的祈祷声，还有讨价还价的人群中发出的虚假怒吼声。但波朴切特最热中的，是维克托·海德基尔希带着他的手风琴来到集市，开始在露天奏出一些音符的那一刻，那些音符听起来有时像悲吟，有时像快乐的呼喊。有人给他让出位置，有人围着他。这时，集市里杂乱的噪音猛然消散，仿佛人人都在等待音乐，音乐在那一刻已经变得比任何东西都重要。

维克托，那是所有节日所有婚礼都少不了的人。在我们这里，唯有他懂得音乐，也只有他拥有一个还能弹奏的乐器。我相信在施罗斯客栈的小客厅里，就是那所谓的“觉醒联谊会”的成员聚会的小客厅里，一定有一架钢琴，也许还有一些铜管乐器——迪奥代姆曾对我证实这一点，因为，据他说，有一天，小客厅的门没有关严，他瞥见了那架钢琴。我跟他开玩笑说，他消息挺灵通嘛，他好像对那间屋子很熟悉，也许实际上他就是那个团体的成员，他把脸一沉，要求我闭嘴。维克托的手风琴和他的嗓音，也可以说是我们难忘的记忆。就在那天，他吟诵了一首《约翰妮悲歌》，使妇女们落下了眼泪，连男人们的眼睛也红了。那是一首爱情和死亡的悲歌，歌词的起源已经年久失传了，讲的是一个年轻姑娘的悲惨遭遇。她爱着一个男人却得不到那个男人的爱，她不愿看见那使她心跳的男人手挽着另一个姑娘，便在冬天的一个傍晚跳进施陶比河，永远躺在了冰冷的流水里。

艾梅莉亚有时陪我们一起去。我便挽起她的手臂，也带她去。她听任我给她带路，她的眼睛只看唯有她一个人能看见的东西。我即将叙述的谈话发生的那天，她坐在我的左边，一面哼着她那首歌，一面前后点着头，和着轻柔的节拍。波朴切特坐在我的右边，嚼着我刚给她买来的红肠。我们紧靠着菜市场最粗的一根柱子坐在那里。在我们前面几米远的地方，老罗斯维尔达·克鲁根格哈尔，一个半疯癫半流浪的老妇人，正在垃圾堆里找烂菜和畜禽的下水。她找出一根歪歪扭扭的胡萝卜，在眼前晃来晃去仔细观看，然后开始对胡萝卜说话，好像那是她的一个老熟人。就在那一刻，从柱子后面传来了粗大的嗓音。我立即听出来那是哪些人的声音。

一共有四个男人：埃米尔·多尔夏，护林员；路德维希·普芬林，马厩小厮；贝恩·福格尔，白铁匠；卡斯帕尔·豪佐恩，镇政府办事员。那四个人从黎明开始豪饮，早已被所饮之物热了身，集市和集市的节日气氛又火上浇油，使他们更加兴奋。他们扯着嗓门说话，话语间有时还磕磕绊绊，用的是不由分说的口吻，我很快就明白了他们谈的是谁。

“你们看见他那包打听的模样和他那到处乱瞅的眼睛了吗？”多尔夏喊道。

“那畜生，是地道的坏东西，这是我说的，一肚子坏水，邪得很！”福格尔补充说道。

"他可没伤害过任何人，"普芬林提请大家注意，"他散散步，他看看，还老微笑。"

"你忘了这句谚语：笑里藏刀。再怎么说，你那么笨，又是近视眼，你到撒旦家里都看不见他使坏！"

适才说话的人是豪佐恩，他甩出那些话就像他扔石头子儿一样。他接着用和缓些的口气说：

"他到这里来肯定有什么事，而且是不太明朗的事，是对我们不大妙的事。"

"你想是啥事？"福格尔问他。

"还没想出来，我正绞尽脑汁呢，还不大清楚，反正像他那样的汉子，一定有不可告人的想法。"

"他把什么都记在他的本子上，"多尔夏提醒说，"你们刚才没看见他站在武茨滕的羊羔面前吧？"

"瞧你说的，我们看见了，他停在那里好长时间，他写着，一边看羊羔，一边写着。"

"他没写，"普芬林纠正他说，"他画，我亲眼看见的，你再怎么说我看不见东西，他在干啥，我可看见了。再说了，他干得那么专心，你即便挠他的头，他也感觉不到。我当时站在他肩膀后面，我看来着。"

"画羊羔，那能说明啥？"多尔夏看着豪佐恩问道。

"我哪儿知道，我！你以为我啥问题都能回答？"

到此，谈话便停了下来。我还以为他们的闲聊真正停止，不会再继续了。但我错了。一个声音又传了过来，但我没法辨别这个嗓音，因为它变得非常低沉而严肃。

“羊羔，我们这里不多，我的意思是说我们当中不多……也许他画的一切，都像教堂的《圣经》里说的，是象征及诸如此类的东西，那是一种表达方式，说明大家现在如何，过去干过些什么，以便报告给他来的地方……”

我感到一股冷气穿过我的背部，刺着我的脊骨。我不喜欢那嗓音，也不喜欢它适才说过的话，尽管那些话的意思还有点模糊。

“这么说，那小本子，如果那本子起着你刚才说的作用，那就绝不能让它从我们这里出去！”

那是多尔夏作出的最后结论。他，我听出了他的声音。

“也许你有道理，”我始终没能听出来的前面那个声音又说话了，“也许那本子永远不应该去别的地方，或许是拥有小本子的那个人永远别想出去……”

接下去，什么也没有了。我在等待。我不敢动。过一会儿，我总算在柱子后面偏了偏头。连人影儿都没有了。那四个人已经离开，我却什么也没有听见。他们在空气中消失，有如在四月的清晨，我们大山的山脊上那一团团轻雾在南风吹拂下消失得无影无踪。我甚至问自己是否在梦中听到了那一切。这时，波朴切特扯了扯我的袖子。

“回家，我爸爸，回家？”

她的小嘴上沾满红肠的肥油，亮光光的，微笑使她的眼睛显得格外美丽。我在她的额头狠狠吻了一下，然后把她放到我的双肩上。她双手抓住我的头发，又用双腿拍打我的胸脯：“吁，爸爸！吁，爸爸！”我抓住艾梅莉亚的手，让她站起身来。她听任我拉她。我把她拉过来紧贴着我，我抚摩着她美丽的脸庞，吻吻她的脸颊，我们一家三口就这样回到家里，与此同时，我脑子里还一直回响着那些没露脸的男人的嗓音，以及那些声音传达出的威胁，这样的威胁犹如蓄势待发的种子。

古斯塔夫·德费尔终于在咖啡店的桌上睡着了，当然，更多是因为疲劳而非醉酒，身体的疲劳，抑或生命的疲劳。我已经好一阵没有同他的儿子谈“另外那个人”了，我们早已改变了话题。那孩子是个小鸟迷，这一点我以前并不知道。他执意要我告诉他我了解的或记录在我编写的一览表上的所有鸟类的品种。就这样，我们谈到了斑鸫，尤其是所谓的田鸫，以及别的鸟，如三月金翅鸟，正如它们的名字昭示的，这类鸟只在初春回到我们这里；然后是松林里比比皆是的交嘴雀、戴菊莺、山雀、乌鸫、雷鸟、大松鸡、山雉、蓝兵，这滑稽的名字来自它们胸前羽毛的颜色以及它们善斗的天才；还有小嘴乌鸦、乌鸦、灰雀、鹰和猫头鹰。

孩子今年十二岁，在他那被打得凹凸不平的脑壳下面隐藏着充满知识的大脑，他一谈到鸟类，眼神便活跃起来。相反，当他一转身看见我们的谈话使他暂时忘掉的父亲，发现他也在场时，他的眼珠又变得暗淡、沉浊了。于是，他凝视着自己的父亲：只见他大张着嘴打着呼噜，靠在旧木头桌上的脸显得扁平，他歪戴着鸭舌帽，白色的吐沫从嘴里流出来。

“我看见一只小鸟死了，”汉斯·德费尔对我说，“我就把它放在手里，我眼里就涌出泪水。我那是情不自禁呢。一只鸟死了，没有任何理由说明它该死。但如果我的父亲在这儿，就在我身边死掉了，就现在，一下子死了，我对您发誓，我一定会围着桌子跳舞，我还要请您喝酒。我说话算数！”

# 一六

我正在我们的厨房里。我刚戴上那顶貂皮窄边软帽。我还穿上了拖鞋，戴上了手套。

我感到身上非常暖和，这样的温暖让我舒适而昏昏欲睡。某个秋末的下午，你在长时间步行之后喝一两杯热酒，就会有那样的感觉。我很舒服，我在沉思。想的当然是“另外那个人”。我不是说穿戴了本属于他的衣帽，他订做的衣帽——还有他如何遇上了施特恩，正如我曾说过的，那极少光顾我们小镇的施特恩？他又如何打听到了施特恩善于缝制皮货？——就让我进入了他的思想，进入了他大脑里那个小世界，但无论如何我觉得我似乎因此而接近了他，而回到了他的身边，他也许会用一个手势或一个眼神告诉我更多的事情。

应该承认，我相当惊慌失措。他们委托我做的事远远超过了我双肩的承受能力，超过了我智慧的承受能力。我不是律师。我不是警察。我也不是说书的人。这个故事，假如有一天真的有人阅读它，就足以证明这一点，在这个故事里，我不停地回溯到前面，再返回来，不停地跳过时间的连贯性，有如跳过篱笆，不停地迷失在次要的情节里，也许还忽略了主要的，尽管并非有意为之。

我再次阅读这个故事前面的篇章时，我意识到我游走在字词句子里，有如一只被围猎的野兽，跑得飞快，东拐西拐，试图巧妙地甩开追逐它的猎狗和猎人。在那一片喧闹中，一切应有尽有。我在其中竹筒倒豆子，讲述了我的一生。写作能减轻我的负担，使我的心境得到宽慰。

至于别人命令我写的“报告”，那却有天渊之别。其中谈不上什么文笔，我只逐字逐句抄写别人的谈话。我在吃素。此外，奥施威尔在几天前已经通知我，我必须在星期五傍晚去镇政府一趟。

“星期五来看看我们，布罗岱克，你给我们念念……”

他亲自来到我们家对我说这件事。费多琳给他搬过去一把椅子，他既不向她致意，也不向她致谢，便把他那胖大的身躯放进椅子里。他摘下他的水獭皮鸭舌帽，拒绝了我建议他饮用的一杯酒。

“没时间，谢谢。大家都有工作。今儿早上还得杀三十头猪。如果我待在这里，他们就能把那些猪给糟践了……”

从我们头顶上传来脚步声。是波朴切特在楼上像鼩鼱一般小步走来走去。还有另外的脚步声，更缓慢，也更沉重，还传来了显得很遥远的人的嗓音，那是艾梅莉亚哼出的歌声。奥施威尔抬头听了片刻，然后看看我，似乎想说点什么，但又改变了主意。他掏出装烟草的小荷包，给自己卷了一支烟。于是，在我们俩之间出现了一大段像石头那么坚硬那么难以打破的沉默。奥施威尔是无缘无故地滞留在这里，所以他适才甩出一句话，说有人在农庄里等着他。他抽了两三口烟，厨房的空气里立即弥漫着蜂蜜和陈酒的味道。奥施威尔是不会抽随便什么烟的，他抽的都是富人的烟草，纯正的金黄色，切得十分精细，那是他在很远的地方订购的。

他再看了一眼楼顶，然后把他那张丑陋可憎的脸重新朝我转过来。已经听不见楼上的声音，没有了脚步声，也没有了艾梅莉亚的歌声。费多琳对我们不理不睬。她已经把土豆搓成了碎末，现在正用手将土豆泥揉成小饼。接下去她会把小饼放到滚开的油锅里炸，再撒上罂粟籽儿后她就可以端到我们饭桌上了。

奥施威尔清清嗓子。

“不太孤单吧？”

我摇头表示不。

他好像在思忖，抽了一口烟，呛得喘不过气。他的脸变得通红，红得像六月成熟的野樱桃，眼睛里也涌出了泪花。后来，咳嗽终于停止。

“需要什么东西吗？”

“不需要。”

奥施威尔用一只大手摸着双颊，仿佛在用手刮脸。我在心里琢磨他究竟想干什么。

“那好，我这就告辞了。”

他犹豫再三才说出这句话。我直视着他的眼睛，试图看清楚在他的眼睛深处究竟藏着些什么，但他立即把眼睛垂下去了。

我听见了一句非常奇怪的回话，一句仿佛并非从我口里说出的话，因为我感觉这句话充满威胁的意味：

“您装做好像她们俩根本不存在，这对你再合适不过，对吧？这样做对你最合适，对不对？”

这句话的结果是让奥施威尔彻底闭嘴了。我看见他试图思考我适才说过的话，看见他翻来覆去从各个角度琢磨我那两句话以便将它们结合起来理解，但他显然没有达到目的，因为他一下子跳了起来，抓起他的鸭舌帽，扣在自己脑袋上便走了。门被他带上时发出了轻微而又干巴巴的喵喵声。突然，就这一丁点喵喵声，我又看见自己站在这道门另一边的情景，那还是两年前我回来那天发生的事。

我走进小镇后遇见的所有人都睁圆了眼睛看着我，他们张大了嘴却说不出一句话。有的人逃到自己家里报告我回乡的消息，而且人人都明白，必须让我单独走路，还不能对我提任何问题。我当时最需要做的一件事，就是到达我家的门口，把手放在门把手上，推开门，听到大门发出的那一声轻微的喵喵声，回到我的家，找到我热爱的人，我时刻想念的人，把她抱在怀里，把她紧紧抱住，抱得她感到疼痛，最后把自己的嘴唇重新贴在她的嘴唇上。

啊，那些动作，那条路，那几米的路程，我在梦里曾多少次在那里走过！就在那一天，当我推开那道门，我的门，我家的门时，我浑身发抖，心跳得仿佛要震裂我的胸脯。我甚至以为自己快要窒息了，一旦我跨过门槛，我就会死在那里，会因过分幸福而死在那里。然而，那“吞噬生灵的女人”的面孔在这时竟突然出现在我的眼前，我一下子僵在了我的幸福感里。就好像有人抓一大把积雪放在我的衬衫和裸着的皮肤之间。究竟为什么正好在那一刻，那女人的面孔会从炼狱里钻出来在我的眼前晃动？

在战争的最后几个星期，集中营变成了比它此前更为离奇的地方。从不停歇、互相矛盾的谣传像火热而又冰凉的风暴袭来一般使它摇摇欲坠。一些新来的人悄悄传话说，战争即将结束，我们这些卑躬屈膝像死尸一样的人是在战胜者的营地里。于是，在我们这些已经变成活死人的人眼睛里出现了一抹早已消失的微光，那微光正在重新点燃还很脆弱的亮光。然而，看守们的凶暴立即消除了那些新来的人引起的短暂的不安和慌乱，好像为了证实他们仍然是这里的主人，他们拿我们当中第一个经过他们面前的人当出气筒，用棍棒、靴子、枪托揍他，把他按到污泥里，仿佛试图消灭什么痕迹或残留物。但尽管如此，他们的烦躁易怒和成天惴惴不安的面孔仍然促使我们想到，的确有什么事情正在发生。

主宰我的那个看守现在也不大管我了。而前几个星期他却像闹着玩儿似的在我脖子上套一个很大的皮圈，皮圈上拴一根编织的牵狗绳，就这样牵着我在集中营里到处走，我得用四肢爬在地上跟着他，他则用两条腿走前走后，大摇大摆。如今，只是在吃饭的时候我才能看见他。他悄悄朝代替我床铺的狗窝走过来，倒两大勺菜汤在我的碗里，但我明显感到他对这个游戏已经不再感到好玩。他的面孔已经变得灰暗，他的额头出现了我过去从未见过的两道深深的皱纹。

我知道，战前他曾当过会计，他有一个妻子，三个孩子，两男一女。他没有养过狗，只有一只猫。他长相并不咄咄逼人，神情还显得腼腆，眼神游移不定，一双小手保养得格外精细，一天有规则地洗好几次手，洗手时还老哼着军歌。他与其他看守相反，从不喝酒，也从不光顾那没有窗户的临时营房，有些女囚徒就在那里供看守们蹂躏，但我们从没有看见过她们。他是个很平常的人，脸色苍白，老成持重，说话口气平稳，从不抬高嗓门，但，就是他，在我面前，曾毫不犹豫地用牛筋鞭子两鞭抽死了一个囚徒，原因是那个囚徒见到他时忘了向他摘帽敬礼。他的名字叫约斯·沙伊德格尔。我此后一直尝试着把他的名字从我的记忆里抹掉，但记忆是不听命令的。只能在有些时候让它稍微迟钝一些。

一天清晨，集中营里出现了翻箱倒柜、鸡飞狗跳、吵嚷喧哗的声音，有人声嘶力竭地下命令，有人闹着问这问那。看守们往四面八方飞跑，起劲地打着背包，把大量的东西装到大车上。空气里弥漫着另一种味道，那味道压过了我们可怜的身子发出的臭味，那味道刺鼻而又意味深长：原来恐惧已经变换了阵营。

在纷乱躁动风雨飘摇中，看守们已经顾不上我们了。昔日，对他们来说，我们以奴隶的身份苟活着，而今日清晨，我们已经完全不存在了。

我躺在狗窝里，为了取暖，我紧靠着窝里的几条狗，我注视着眼前奇怪的溃退场面。我盯着他们的每个行动，听着他们的每一声呼唤、每一个命令，而那些命令已经跟我们毫无关系了。在大多数看守都离开了营地后，我在某个时辰竟看见沙伊德格尔朝临时营房走去，临时营房离狗窝不远，清点财物和人数的机构就设在那里。片刻之后，他从那里出来，还带着一个大皮包，包里似乎装着文件。一条狗看见他便汪汪叫起来。沙伊德格尔朝狗窝这边看看，停下了脚步，好像在犹豫。他再看一看自己的周围，证实没有人注意他，便快步朝狗窝走过来。他跪到我的身边，掏着自己的衣兜，从衣兜里取出一把我很熟悉的小钥匙，然后哆哆嗦嗦打开我的颈圈，他不知道如何处理那把小钥匙，便猛然扔到地上，仿佛那钥匙正在烧灼他似的。

“谁知道该谁为这一切付账……？”

沙伊德格尔喃喃说出了这句话，一句从会计口中说出来的并不高明而且可怜巴巴的话，一句没有尊严的话，说话的同时，他第一次正面看看我，也许在等待我给他一个解答。他的额头布满汗珠，脸色比平时更加灰暗。他做出这样的姿态希望得到什么？原谅？我的原谅？他就这样凝视了我好一阵，像哀求，也像惶恐。于是，我开始像狗一样狂吠一声，很长，一声极长的狗吠，忧郁的，凄惨的，旁边那两条狗连忙接应，使这狗吠延续下去。沙伊德格尔猛然站起身来，他惊恐万状，跑着逃走了。

不到一小时，集中营里已经见不到看守的踪影。只有寂静。听不到声音，也见不到人。后来，一些怯生生的人影渐渐从临时营房里走出来，他们还不敢实实在在往自己周围看一眼，也不敢说一句话。集中营各条通道上挤满了摇摇晃晃、疑虑重重的人，他们脸色晦暗，瘦骨嶙峋，步履迟疑。脆弱的人群很快密集起来，但始终默默无语，他们一边估量着自己面对的新情况，一边毫无目的地四处游走。如此奇特的长队伍在集中营踏步走着，似乎被谁也不敢明说的自由之光照花了眼。

当这条由痛苦的骨肉汇成的长河绕过看守官兵居住的临时营房时，难以置信的事发生了。一切都戛然停止。走在最前面的人举起了手，一言不发，人人都僵在那里。是的，难以置信的事发生了：面对几百个又逐渐变成人的创造物，单单出现了那“吞噬生灵的女人”。就她一个人。绝无仅有的一个人。

我并不相信命运。而且我已经不再相信上帝。我已经不相信一切。然而，我非常愿意承认，在这样的一次不期而遇里，在受苦受难的人群和作为刽子手的代表人物的她之间的一次不期而遇里，一定存在着比偶然性的标志更高一层的东西。

所有的看守都逃走了，为什么她还留在那里？她显然也已经逃走，然后又转了回来，很匆忙，一定是为了寻找什么忘记带走的东西。大家先听见了她的声音。就是那平常十分自信的、颐指气使的声音，那选定时刻下令吊死我们这些囚犯的封建老爷的声音，那在观看绞刑时给自己的孩子唱儿歌的声音。

我不明白她的话，我离现场有点远，然而我觉察到她说话的口气仿佛什么也没有改变。她显然不知道自己当时已是单独停留在集中营。是被抛弃的人。她显然以为那里还有看守随时准备执行她的哪怕最无足轻重的命令，随时准备打死我们，只要她愿意，只要她提出要求。然而，没有人回应她。没有人来到她身边为她服务或救援她。面对着她，没有人做出什么表示。她继续说着话，但她的声音逐渐起了变化。她说话的速度加快，与此同时，语音的强度却在减弱，后来又强到炸裂的程度，变成了嚎叫，然后重新弱了下来。

到今天，我还想得起来她那双眼睛。当那“吞噬生灵的女人”开始明白自己是最后一个留在集中营，而且是单枪匹马，也许，是的，也许她再也出不了集中营，她也一样，集中营马上会变成她的坟墓时，她在那一刹那的眼神，我现在还记忆犹新。

有人告诉我，她开始用拳头打站在第一行的那些人。没有人反击。他们只在她面前闪开一条路。于是，她逐渐进入那条行尸走肉的大河，却不知道自己永远也出不去了，因为在她后边，大河的波涛正在合拢。没有呼喊，没有呜咽。她的话语与她本人一同消失。她是被淹没的，她经历的死并没有仇恨，几乎是机械式地结束了生命，总之，她的死给人的印象是如此。我完全相信，哪怕我不能为此而发誓，没有人出手揍她。她死了，却没有挨过打，也没有听过一句咒骂，甚至没有见过任何的眼色，而她过去对囚犯的眼睛是那样的不屑一顾。我想象她是在某一个时刻绊了一跤，摔倒在地上。我想象她一定伸出了手，试图抓住在她身边走过去的影子，那些影子从她身上跨过去，踩在她身上，踩在她腿上，踩在她娇嫩雪白的胳膊上，踩在她肚子上，踩在她扑过脂粉的脸上。那些影子根本没有注意她，没有看她一眼，既没有给她任何援助，也没有朝她扑过去，他们只往前走着，走着，走着，把她踩在脚下，有如踩着尘土、泥土或灰烬。

翌日，我发现了她的残骸。那是一块可怜的肿胀物，全身发青。昔日的美丽已全部脱离了她，她看上去像一只牛羊大肠制成的薄膜气球，或者一个“干草仙女”，在仲夏节，人们抬着“干草仙女”在小镇的各条大街上游行，夜幕降临时，便把她扔到大火里烧掉，同时唱歌跳舞，歌颂夏季的来临。这类干草大娃娃一般由孩子们制作，他们将干草塞进女人的旧衣服里便制成了。那女人的面部已经不复存在，她已没有眼睛，没有嘴巴，没有鼻子。只剩下一个圆形的偌大伤口，鼓起来像一只球，圆球上粘着一长绺带泥的金色头发。而且我正是凭那绺头发认出了她。当我像狗一样匍匐在地上走路时，我觉得她的头发就像一缕缕阳光，刺眼而又淫秽。

她在死亡之际仍不忘攥紧拳头，两个拳头攥得之紧，活像两块石头。从一个拳头里滑出来一只制作精巧的金链子。在链子的一端显然有一枚像章，这类精致的像章上一般都雕刻着男女圣人的画像，新生婴儿受洗时脖子上都要挂这样的像章。也许正是为了取这枚像章她才只身回到集中营，她当时一定是发现孩子柔软的小胸脯前缺了这枚像章？她重新进入集中营，以为能够很快从那里出来。她显然不知道，一旦离开了地狱，就永远不能再回去。然而，说到底，死于无知或死于几千只重获自由的人的脚下，其中并没有什么根本的区别。闭上了眼睛，然后一切皆空。死神从来不挑剔。死神既不要求英雄，也不要求奴隶。给什么，吃什么。

# 一七

“啤酒不留任何污渍，烧酒也不留，但葡萄酒！”

派佩神甫不停地咒骂。他穿着短裤衬衫站在洗衣石旁边，用狗牙根制作的大刷子和一大块肥皂搓着他的白色祭披。

“而且，恰好在十字架上！假如我洗不干净这污渍，一些蠢蛋或者虔诚的女教徒会把它看成什么象征！象征已经让好多人垮掉了，我们就这么交往，用不着添油加醋！”

我看着他干活，没有说一句话。我坐在他厨房的一个角落里，椅子上的草垫破破烂烂。一股热气笼罩着厨房，热气里混杂着脏杯盘、凝固肥油、劣酒的臭味。几百个空酒瓶散乱地到处摆放，神甫在其中十来个酒瓶的细瓶颈上插上了蜡烛，蜡烛细弱的火苗朝楼板转动。

派佩停止搓洗，气恼地把衣服扔进石盆里，然后转过身来。他吃惊地看看我，仿佛已经忘记了我的存在，仿佛他刚刚发现我在他这里。

“布罗岱克，布罗岱克……来杯酒？”

我摇头表示拒绝。

“你目前还不需要酒。算你走运……”

他寻找着还有剩酒的酒瓶，搬动了好多瓶子，都是空的，空瓶发出不连贯的叮当乐音，最后总算找到了一只。他抓住瓶颈，仿佛他是否能活下去完全取决于这个酒瓶，然后给自己斟了一杯。他用双手捧住酒杯，把酒杯举到齐脸的高度，微微一笑，然后用自我奚落的低沉声音说道：

“这就是我的血液，你们瞧瞧，大家都来喝点吧！”

他一饮而尽，将酒杯底部往桌上咔啦一放，然后爆发出一阵大笑。

我是去了镇政府之后来看他的，奥施威尔要求我去那里介绍我的报告目前的状况。

那天，夜幕一下子降临小镇，有如斧头砍在砧板上。随着日间的流逝，大片的云团从西边聚集到我们的背斜谷，而且在那里被大山挡住不动了，犹如掉进了陷阱。云团开始发疯一般自我旋转，约莫下午三点钟，一股冰冷的劲风从北边刮过来，将云团刮开，分成了两部分。于是，密密麻麻的大雪便从分开的云团中间落了下来，不可胜数而又顽固的雪片，互相拥挤着，有如一支大军里下定决心的士兵，雪片到处攀附，房顶上、墙壁上、街面上、树木上。那天是十二月三日。在那一天的大雪之前，所有下过的雪都只不过是配角。我们都明白这一点。而这场雪，这天开始落下的大雪却已经不是开玩笑了。这是第一场大雪。接下去还会有许多场大雪，从此以后我们不得不与大雪相伴过日子，直到春天。

在镇政府大门前，“冻舌头”已经把点燃的两个灯笼挂在大门的两边。他正拿一个大铁锹在地上铲雪，铲出一条小路之后，便把雪堆成两堆。他衣服上盖了一层白色，沾在上面的雪片酷似羽毛。

他自己也就成了一只大鸟。

“你好，‘冻舌头’！”

“你……你好，布罗……布罗岱克！你……你……你……瞧见……下……下……的啥呀！”

“我来看镇长。”

“我……我知道。他在……在……上面等你。”

“冻舌头”比我小几岁。他老爱微笑，但他并非头脑简单。而且，他的微笑，只要认真看一看，可以说完全像是做鬼脸。那是因为很久以前，他的面孔有一天冻得僵住了，他的脸，他的微笑，他的舌头，全冻僵了。那时他才七八岁。也是一个严寒的冬天。镇上所有的孩子，很小的和稍大一点的，我们全都聚集在施陶比河的一个拐弯处，那年，施陶比河完全封冻了。我们在那里滑冰。大家笑着，互相推来推去。后来，在某一刻，有人，大家始终不知道是谁，把“冻舌头”的下午点心——一大块夹了一片肥肉的面包——扔了出去，扔得很远，扔到了离对岸一两米的冰上。孩子看见自己的点心抛得越来越远，便哭起来，无言的眼泪大滴大滴地流下来，圆得像槲寄生的浆果。我们在场的人全都笑了。接着，有个人叫道：“别哭了，去把点心找回来呀！”大家都静下来。所有的人都知道，点心停止滚动的地方，冰层一定很薄，但没有人说话。大家在等。那孩子犹豫片刻，也许为了挑战，为了表明自己并不缺乏勇气，或者干脆就因为自己太饿了，便走到冰上，走得很慢，匍匐着前进，人人都屏住了呼吸。大家都坐在岸上，一个紧挨着一个，瞧着他。他往前走着，像个小动物，很小心，我们猜想他在尝试让自己变得越轻越好，尽管他本人并不重。他越接近点心，我们这帮孩子也就从惊愕中醒了过来，于是，大家都开始鼓励他，有节奏地喊加油，而且节奏愈来愈快。在他伸手取面包和肥肉那一刻，一切都垮了。他身下的冰层像飞快取掉桌上的桌布一样一下子消退了，他没来得及叫一声便掉进了河水里。

当时，护林员霍贝尔大爷正好在不远处经过，我们的叫声引起了他的注意，他便在几分钟后用一根长竿子把孩子打捞了起来。那孩子的脸白得像奶油，连他的嘴唇都变成了青白色。他双眼紧闭，但还在微笑。大家真以为他死了。他家里人把他放到好几床被子底下，用酒精搓他的皮肤，几个钟头以后，他醒了过来。他的血管里重新有了生机，双颊也有了血色。他询问的第一件事就是他的午后点心，但他询问时说每一句话都磕磕绊绊，仿佛他的嘴巴已经在冰冷的流水里冻僵了，他的半死的舌头被封在了冰铠甲之下。自那天起，大家就只叫他的绰号：“冻舌头”。

到了楼上，我听见会议厅传出来的话音。我的心跳开始加快了些。在进去之前，我屏住呼吸，摘下帽子，敲了敲门。

会议厅很宽大。我甚至可以说，与人们在里面做事的规模比较，它有点大得过分了。这个厅是另一个时代的产物，在那个时代，估量一个市镇富有程度的标准是看它的公共建筑的大小。大厅的天花板高得无边无际。四周的墙壁只刷了白粉，墙上挂着几幅古老的地图，还有框起来的羊皮纸，纸上用复杂的斜体字写着这个市镇在它还属于莫伦夏伊姆的贵族管辖时期的权利、租约、徭役，后来，大帝[①]根据一七五六年的严格契约，授予它特权，宣布它解除

① 指普鲁士的统治者腓特烈二世，史称腓特烈大帝，1740至1786年在位。

了任何奴役。在那些文件上还用老旧发黄的带子吊着一些印章。

平时，那里有一张大桌子，桌子后面坐着镇议会的成员，镇长坐在中央，桌子面对的是好几排凳子，凳子上坐着前来旁听议会审议的公众。这天，桌子还在那里，但凳子已经被推到大厅的一个角落，而且乱七八糟地往上堆得老高。大桌子前面只放了一把椅子和一张很小的写字台。

“过来，布罗岱克，我们又不会吃你……”

奥施威尔坐在大桌子后面。刚才说话的人就是他，他的话引起其他人一片笑声，笑声并不响亮，但很自信，从笑声里可以听出某种共谋犯的心照不宣。其他人？就两个人。坐在镇长左边的是克诺普夫先生，他从脏兮兮的夹鼻眼镜上方看着我，同时填着他的烟斗。在奥施威尔右边，隔一张空椅子，是戈布勒，他将头朝我伸过来，同时又稍微偏到一边，仿佛今后他再也不能用眼睛而只能设法用耳朵观察人和事，因为他的眼睛越来越不听他使唤了。戈布勒……当我发现他也在那里时，我不禁勃然大怒。

“你坐不坐呀？”奥施威尔又说，试图让自己的语气变得热情些。“我们在这里都是朋友嘛，布罗岱克，你可别拘束，用不着害怕。”

我差点质问镇长为什么我的邻居也在场，甚至问他为什么克诺普夫先生也在场，他虽然是本镇的显贵，但并不是镇议会的成员。为什么是他们而不是别的人？为什么恰巧是这两个人？根据什么资格？什么职务？什么职权让他们能坐在大桌子后面？

所有这些问题正把我的脑子搅得天翻地覆时，我忽然听见房门在我背后打开了。舒心的微笑使奥施威尔满脸发光。

“来吧，请，”他恭敬地对我还没有看见的新来的人说道，“您什么也没错过，我们正准备开始呢。”

大厅里响起缓慢的脚步声，加上手杖鼓点般的哒哒声。新来的人朝我背后走过来。他走近了，但我不想转过身去。他在离我几步远的地方停下来，于是，我听见他对我说“你好，布罗岱克”，他今天晚上向我问好的声音跟他过去成百上千次向我问好的声音一样，我的心这才停止了狂跳。我闭上眼，我感觉自己的双手变得湿漉漉的，嘴里冒出一股苦涩的味道，苦味弥漫开来，仿佛想淹没我的嘴巴。脚步声又起，缓慢中依旧透着优雅。接下去是椅子刮地的声音，肃静。我睁开眼。恩斯特-彼得·利马特，我年迈的老师，刚坐到奥施威尔右边，他正用他那对蓝色的大眼睛看着我。

“你找不到话说啦，布罗岱克？干吧！我们都到齐了！你现在可以朗读你写的东西了。”

奥施威尔一边搓着手一边说出这番话，瞧他搓手的模样，就像他刚做了什么好事似的。并不是我无话可说，我突然丢失的并不是我的语言，而也许是一部分、又一部分信念和希望。

我亲爱的利马特老师，您坐在那里，坐在那张像法庭桌子一样的桌子后面干什么？这么说您也是那件事的知情人？

# 一八

面孔。他们的面孔。难道这又是一个迂回曲折的噩梦，跟那些让我在没有地标的世界晃来荡去的噩梦一样的梦？难道他跟那些人是一伙，那些将我送进暗无天日的集中营的人？我此刻在哪里？这一切有没有完的一天？难道地狱就是这样？我到底做了什么错事？艾梅莉亚，告诉我这一切……我把你丢在家里了。是的，我把你丢在那里了。我当时不在。我的天使，原谅我，我求求你。你很清楚，他们已经把我带走，我毫无办法。把事情讲给我听。告诉我我是谁。告诉我你爱我。别唱小曲了，我恳求你别再哼那个小曲，那小曲让我头昏脑涨，让我心碎。张开你的嘴，让它说话！我今后什么都能忍受。我什么都能听进去。我好累呀！我是那么微不足道，没有你我的生命会黯淡无光。我知道自己贱如尘土。我多么不中用。

今天晚上我喝多了点。已经是午夜，而且在外面。我什么都不怕了。应该把什么都写进去。他们可能会来。我等着他们。是的，我等着他们。

在会议大厅里，我念了几页，最多十来页，我在里面记录了几个证人说的话，再现了当时的情景。我把视线埋在字里行间，没有一次抬头看过面对着我听我念稿的人们。我不断从椅子上往下滑，因为坐椅往前倾。至于那小写字桌，它是那样矮小，我很难将腿伸到它下面。我坐的姿势非常不舒服，但这正是他们所希望的：让我在这宽大的议事厅里像受审一样感到不自在。

我用毫无生气的声音，用心不在焉的声音念报告。我还没有从惊愕和酸楚的失望中恢复过来，那是发现我昔日的老师也在那里时出现的惊愕和失望。我的眼睛在读，但我的思想却在别处。许多与他有关的回忆蜂拥到我的脑海里，非常久远的回忆，当时我第一次跨进学校的大门，我看见他的眼睛正停留在我身上，一对冰川样的蓝色大眼睛，很深的冰隙样的蓝色。还有那些难忘的时刻——我曾怎样留恋那些时刻呀！——那时，每晚放学后他都要把我留下来，他帮助我进步，赶上落下的功课，而且一直又耐心又慈祥地守在我身边。在那样的时刻，他的声音不像在教室里那么严肃。只有我们两人在一起。他对我说话那么温和，修改我的错误从不生气，总是鼓励我。我还记得，小时候，每当夜里我想念我的父亲时，我经常在无意中发现自己看见的父亲竟是他的轮廓。我还记得我当时为这个想法感到愉快而欣慰。

刚才我回到家里时，我把挂在墙上的那几串喇叭蘑菇扯下来扔进了火里，那是利马特在前几天我为狐狸之死访问他时送给我的。

“你疯了？喇叭蘑菇招你啦？”费多琳问我，她睁开一只眼睛，看见了我的动作。

“喇叭蘑菇？没招我。但编蘑菇串的手不大干净。”

她膝盖上放着一大团毛线和几根织毛衣的针。

“你说蒂贝尔萧伊，布罗岱克。”

蒂贝尔萧伊是蒂比珀伊当地的神奇语言，费多琳讲过好多那地方发生的故事，那语言只在爱尔菲[1]、地精[2]和妖精[3]之间使用，而人类永远听不懂。

我什么也没有回答。我取过一升装的玻璃烧酒瓶、一个酒杯，然后走进贮藏室。我必须花好长时间清除门上的积雪，而雪还在继续下。整个夜里都在下雪。风已经停止，雪花却唯我独尊，任着性子旋转飞舞，显得优美而又让人难以预料。

在议事大厅，当我读罢我写完的那部分报告时，出现了长时间的静默。就看谁第一个发言了。我这才首次抬眼看看他们。克诺普夫先生吸吮着他的烟斗，仿佛世界的命运完全取决于那只烟斗。但他只吸进了很小一口烟，这似乎使他格外气恼。戈布勒好像睡着了。奥施威尔在一个纸头上记下了点什么。只有利马特在微笑着端详我。镇长重又抬起了头，

“不错。很好，布罗岱克。很有趣，写得不错。就照这样写下去吧。”

他转身朝左右两边在场的人寻求赞同或授权他们发表意见。首先发难的是戈布勒。

“我原希望听到更多的东西，布罗岱克。我听见你打字打得那么欢。‘报告’远没有结束，但我觉得你好像写了好多东西……”

---

① 北欧神话中象征空气、火、土等的精灵。
② 守护地下金银财宝的神灵。
③ 指北欧民间传说中的妖精。

我尝试着掩饰我的愤怒。我尝试着冷静地回答问题，不显得吃惊，也不对所提的问题、甚至不对提问题的人出席此会提出异议。我真想对他说，他最好先关心关心自己老婆屁股上那团火，再考虑我写得怎么样！我回答道，对我来说，写这类报告并非轻车熟路，我很难找到合适的语气和词汇。缀合每个证人的证词、塑造当事人准确的形象、把握最后那几个月发生的事件真相，这些都非常困难。是的，我不停地在打字机上工作，但我困难重重，一再划掉重写，一再撕掉，重起炉灶，这说明我进展十分缓慢。

“但我说那些并不是想和你过不去，布罗岱克，那只不过是一点点意见，我很抱歉，”戈布勒说话时装出很为难的样子。

奥施威尔显出对我的辩解很满意的样子。他重又向左右的人转过身去。西格弗里德·克诺普夫似乎很高兴，因为他的烟斗又重新呼呼叫起来。他用慈祥的眼光看着烟斗，还用两个手心抚摩着烟锅，却对周围的人和物毫不在意。

“也许您要提个问题，利马特老师？”镇长转身恭敬地问年迈的教师。我感觉额头上冒出了汗，就像他在课堂上当着所有同学的面向我提问一样。利马特微微一笑，停了片刻，双手互相搓一搓。

“不，不是提问题，镇长先生，不如说是提一个意见，一个小意见……我很了解布罗岱克。我非常了解他。从很早以前到现在。我知道，他向来都是全心全意完成我们交给他的任务，但……怎么说呢……他是个幻想家，我说这话没有恶意，因为我认为幻想是很优良的品质，但在这种情况下，他不应该把一切搞得复杂化，他不应该将幻想和现实混淆起来，把存在过的和没有发生过的混淆起来……我恳求他注意，我恳求他照原定的路子走下去，不要让他的想象力主宰他的思想和他的句子。”

在接下去的几个钟头里，我一直在脑子里翻来覆去琢磨利马特的那一席话。其中有什么需要我好好理解？我不知道。

“我们不准备留你太久，布罗岱克。我猜想你急着回家。”

奥施威尔站了起来，我也连忙跟着站起来。我向那几个人微微点头致意，然后快步朝门口走去。克诺普夫先生竟选中这个时刻摆脱他昏昏沉沉的状态。他那老山羊一般的声音追上了我：

“你那顶软帽很漂亮，布罗岱克，也一定很暖和。我从没有见过这么好的软帽……你这是从哪儿弄来的？”

我转回身。克诺普夫正用他的罗圈腿一跳一跳地朝我走过来。他的注意力完全集中在我刚戴上的“另外那个人”的帽子上。他现在离我已经很近，便把他那只钩形的手伸向我的帽子。我感觉他的手指在毛皮上摸来摸去。

“非常独特，做工好精美呀……太棒了！你头上戴这样一顶帽子准定很舒服，尤其在快要到来的大冬天……我真羡慕你，布罗岱克……”

克诺普夫颤抖着抚摩我的帽子。我闻到他嘴里浓浓的烟味，看到他眼里闪烁着极度兴奋的光。我突然想到他是否发疯了。戈布勒这时走了过来。

“你没有回答问题，布罗岱克，克诺普夫先生刚才问你是谁为你制作了这顶帽子。”

我在犹豫。在保持沉默和向他甩出几句像刀尖一般的话语之间犹豫。戈布勒还在等待。利马特已经走近我们，他把他天鹅绒外衣的翻领紧紧围住他瘦瘦的脖子。

“戈布勒，”我终于用说知心话的口气说道，“说来你永远不会相信，但这却是纯粹的真话。不过我还得求你，这是个秘密，别告诉任何人。好吧，你能想象吗，这顶软帽是圣母马利亚给我缝制，是圣灵给我送来的！”

恩斯特-彼得·利马特大笑起来。克诺普夫也笑了。只有戈布勒沉下了脸。他用他那几乎瞎了的眼睛寻找着我的眼睛，好像想将它们抓破。我把他们几个扔在那里，自己先抽身走了。

外面还在下雪，一个钟头以前“冻舌头”扫出来的那条小路已经不存在了。镇上的几条大街都见不到行人。临街的山墙上挂的灯笼摇晃着它们的光晕。风又起来了，但刮得很轻，只吹得雪花四处飞舞。我突然感觉身边有什么动静。原来是野狗奥恩迈斯特，它正试图把它冰冷的脸贴到我的长裤上。它对我如此亲热，这使我吃惊。我甚至想到，它是否把我当成了另外一个人，当成了“另外那个人”，那是它过去与之格外亲热的唯一的人。

我们俩并排走着，那条狗和我，雪天冷空气的馨香与阵风送来的壁炉里冷杉的芳香围绕着我们。在这样奇怪的散步时刻，我已经不太清楚自己在想什么。然而，我知道我忽然远离了那些街道，远离了我们的小镇，远离了那些熟悉而又粗俗的面孔。我同艾梅莉亚走在大街上，手挽着手。她穿一件蓝色的呢绒大衣，衣袖滚了边，领子也有灰兔毛镶边。她的头发，她那非常美丽的头发卷在一顶小红帽里。天气严寒。我们俩都感到很冷。那是第二个晚上。我贪婪地注视着她的脸庞，她的每一个动作，她的小手，她的笑容和她的眼睛。

“这么说，您是大学生，先生？”

她的话音非常甜美，甜美的语调渗透在每一句话里，每一句话，无论好坏，都因此而变得很柔和，很有立体感。我们已经绕着湖面在埃尔西散步小道上走了三圈。那里不仅有我们俩，还有别的一对对恋人。跟我们一样，他们也互相看个没够，说话却很少，常常无缘无故地笑起来，然后再沉默下来。我向乌利·雷特借了一点钱，去小贩那里买了一个烫手的油煎鸡蛋薄饼，小贩在溜冰场旁边搭了一个小木棚。他在薄饼上额外加了一大勺蜂蜜，递给我们时说："给恋人的！"我们笑了，但互相不敢看一眼。我把薄饼给了艾梅莉亚。她接过去，仿佛那是一个宝贝，她把饼掰成两半，递一半给我。夜幕正在降临，随着黑夜的来临，冰冻使艾梅莉亚的脸颊变得更红，使她那对浅褐色眼睛变得更亮。我们吃着鸡蛋薄饼。我们互相凝视着。我们的生活刚刚开始。

奥恩迈斯特像呜咽一般长长地哼了一声，把我带回到小镇上。它再一次贴着我摩擦它的头，然后小步走开，同时左右摇摆着它的尾巴，仿佛在跟我道别。我用眼睛一直跟随着他，直到它钻进沿铁匠格特作坊堆放的柴禾里。它一定在那里找到了自己过冬的歇脚处。

我当时并不知道狗和我走了多少路。原来我们已经来到了小镇的尽头，离教堂和墓地很近。天还一直下着密密麻麻的大雪。森林离那里仅仅三十米，但已经看不清楚林木的边缘。我是看见教堂才想起了派佩神甫，当我发现亮光来自他的厨房时，便决定去敲他的门。

# 一九

派佩一边听我讲述，一边规律地斟满他的酒杯。而我呢，我竹筒倒豆子，说了个痛快。我说了又说，说了很久。除了我在“报告”以外写成的那些东西，我几乎什么都说了。但我同时也讲出了我的怀疑，我的恐惧。我讲出了我意识到已经掉入陷阱的奇怪的感觉，我掉进了陷阱，但我无法确切知道是谁用绳编织了这个陷阱，谁在操纵那些绳子，为什么他们把我推进这个陷阱，尤其不知道我该用什么方式从陷阱里逃出来。我讲述完毕，派佩沉默良久。说了那些话我自己倒感觉好多了。

“布罗岱克，你现在是在向谁交心，向普通人还是向勉强留任的神职人员？”

我犹豫着没有作答，因为我根本不知道该怎么回答。派佩感觉到我的尴尬，便接着说道：

“我向你提这个问题，是因为那不是一码事，你也知道这点，哪怕我明白你已不再相信上帝。我会帮帮你的忙，我也要向你说说心里话：我自己也不大相信上帝了。我对上帝说话已经好长时间了，年复一年，年复一年，而且许多年来，我真感觉他似乎在听我说话，他也在回应我，通过朕兆，通过我的想法，通过他启发我做出的动作。后来，那一切都停止了。我如今才知道他并不存在，或者说他已经永远离开了我们，这是一回事：我们都很孤独，如此而已。不过我继续撑着教堂的门面，显然撑得不好，但它仍然立在这里。这对谁都没有坏处，如果我让舞台垮掉了，这里一些上了年纪的灵魂会更加六神无主，你也看见了，每一次演出都给他们增添一些力量，继续坚持下去的力量。不过有一个原则我始终没有背弃，那就是保密原则，为忏悔保密。那是我的十字架，我背着那个十字架，而且我要把它背到底。”

他猛然抓住我的手，使劲握着我那只手说：

“我知道一切，布罗岱克。一切。你甚至没法想象这一切意味着什么。”

他停下来，因为他刚发现他的酒杯已经见底。他颤巍巍地站起身来，忧心忡忡地朝满屋的酒瓶看几眼。他摇了摇其中的五六个，最后找出一个还有些剩酒的瓶子。他微笑着将那只酒瓶捧在怀里，仿佛紧抱着有幸重新找回来的爱人，然后返回，再坐下喝起来。

“人类好奇怪。他们犯下滔天罪行时毫不犹豫，但后来却再也没法带着所犯罪行的记忆生活下去。他们必须摆脱这个记忆。于是他们来看我，因为他们知道我是唯一能够舒缓他们痛苦的人，他们便把一切都告诉了我。我是下水道，布罗岱克。我不是神甫，我是人-下水道。是任何人都可以往他脑子里倾倒脓血和垃圾以减轻负担缓解痛苦的人。倾倒完毕，他们便像没事人儿似的回家了。一切又焕然一新。干净纯洁。准备着重起炉灶。他们明白，在他们讲述一完毕，下水道就关上了。他永远也不会向任何人谈论此事。他们可以高枕无忧了，然而我，在那段时间，布罗岱克，我漫出来了，我脑子里装得太满，漫出来了，我受不了啦，但我仍然坚持着，我尝试着坚持下去。我死的时候也会满脑子储存着那些令人憎恶的事。你看见这酒了吗？是的，这就是我唯一的朋友。酒让我睡过去，让我在一定的时段，把我身上承载的那一大堆肮脏卑鄙的东西忘掉，把他们托付给我的那些腐朽堕落的负荷全部忘掉。我对你说这些，不是为了让你同情我，而是让你理解我……你为不得不讲述滔天罪行而感到孤独无援，而我，我为不得不原谅那样的罪行而感到孤独无援。”

他停下来，我透过许许多多晃动的烛光，清楚看见他眼里充满了泪水。

“我并不是一贯好酒贪杯，布罗岱克，这一点你很清楚。在战前，我每天喝的都是清水，我当时明白上帝一直在我身边。战争……也许各国的老百姓都需要那些噩梦。他们破坏了自己花了几个世纪建造起来的东西。人们摧毁了他们昨天还在赞扬的一切。过去被禁止的事后来却允许去做。过去被谴责的事后来却得到支持。战争，那是一只扫荡世界的大手。那是平庸之辈春风得意的地方，是罪犯接受圣人光环的地方，人人都在它面前顶礼膜拜，向它欢呼，向它高唱赞歌。在大家眼里，生活一定显得单调到令人丧气的程度，否则他们怎么会那样渴求杀戮和摧毁？我亲眼看见他们在深渊的边缘上蹦跳，在深渊的独木桥上行走，他们入迷地欣赏着空洞里呈现的恐怖，因为在那里涌动着最卑劣的七情六欲。毁灭！玷污！奸淫！屠杀！你如果看见他们……”

神甫用力抓过我的手腕，紧紧握住它。

“你认为他们为什么容忍我那些支离破碎的讲道，容忍我那些充满诅咒和醉汉狂言的弥撒？为什么他们所有的人都来教堂？为什么从来没有人要求主教撤我的职？因为他们害怕，布罗岱克，无非是因为他们害怕我，害怕我所了解的他们的所作所为。这个世界是由恐惧主宰的。恐惧依靠人类本身的愚蠢掌握着人类。恐惧把人们牢牢控制在自己的手心里，还时不时提醒他们说，只要它愿意，它随时可以置他们于死地。在教堂里，只要我在讲坛上，我就能看见那些人的面孔。我能看见那一副副在虚假平静掩盖下的面孔。我能闻到他们刺鼻的汗味。我能闻到那种气味。从他们屁股缝里渗出的可不是圣水，这一点你可以相信我！他们一定在咒骂自己向我兜了底……你还记得你当时帮我接待他们望弥撒时的情景吗，布罗岱克？”

我当时还是一个很小的孩子，派佩神甫给我的印象非常深。他的声音深沉、柔和，还没有受到酒的祸害。他从来不笑。我当时穿一件白色的长衫，长衫上有一个朱红色的皱褶圆领。我闭着眼睛闻焚香的气味，以为这样做上帝更容易来到我的心里。在我怡然自得的幸福里不存在任何裂隙。没有种族之分。没有人与人之间的区别。我已经忘记了我是谁，我从哪里来。我从不在意我大腿间缺一小块肉，也没有任何人指责我这件事。我们大家都是上帝的子民。在我们那小小的教堂里，我站在祭台旁边，派佩神甫站在祭台中间。他翻着《圣经》的书页。他挥动着圣餐面饼和圣餐杯。我摇着小铃铛。我给他送上水和酒，还有擦嘴的白色布巾。我知道存在着正直人的天堂和罪人的地狱。对我来说一切都似乎很简单。

“他来看过我一次……”

派佩埋下了头，他的声音也变得毫无生气了。我以为他又对我谈起了上帝。

“他来了，但我相信我听不懂他的话。他是那样……那样与众不同……我理解不了……我理解不了他的意思。”

但我猛然明白神甫谈的是“另外那个人”。

“这事只能那样结束，布罗岱克。这个人，他像一面镜子，你懂吧，他不需要说一句话。他照出了每个人的模样。或者说他是上帝在金盆洗手之前派出的最后一个使者。我呢，我是下水道，但他，他是镜子。而所有的镜子，布罗岱克，都只能以破碎告终。”

仿佛为了支持他的话语，派佩拿起面前的一只酒瓶冲墙壁扔过去，然后再拿起一只瓶子甩过去，再拿一只，再拿一只，瓶子一只接一只被摔碎，往厨房的四面八方飞出成百上千的玻璃碎片。他笑呀，笑得像个受苦受难的人，还一边叫着：“七年的苦难！七年的苦难！七年的苦难！”然后戛然停止，他扑在桌子上，双手捧着脸，哭得像个孩子。

我在他身边待着，不敢动，也不敢说任何一句话。他吸了两口长气，声音很大，然后便安静下来。他就那样精疲力竭地靠在桌子上，头藏在双臂里。蜡烛一支接一支燃尽了，厨房也逐渐陷入半明半暗之中。从派佩的身体里传出平静的鼾声。教堂的钟敲了十下。我从房间里走出来，轻轻把门带上。

来到外面，我突然感到周围很明亮。原来雪已经停了，天空已经完全放晴。最后的几片云还试图缠住施尼克尔科普夫山，但后来从东边刮来一阵风，把云团劈成极细的条状，终于将它们扫除干净。星星展示出它们银色的华丽首饰。我抬头观赏着它们，感到自已好像跳进了黑暗而又闪闪烁烁的海洋，漆黑的海底装饰着无数亮晶晶的珍珠。珍珠离我那么近，我甚至傻乎乎地伸出了手，仿佛我的手指能抓住一大把，然后放在我衣服里，回家送给波朴切特。

从各家各户的壁炉里冒出笔直的烟。空气又变得干燥起来，房前屋后一堆堆的积雪表面已经结成坚硬闪亮的冰层。我感觉到了衣服口袋里那几张纸，那几张我几个钟头之前在别人面前念过的纸。几张很薄很轻的纸，但它们的分量是那么沉重，它们烧灼着我的皮肤。我又回想起派佩关于“另外那个人”对我说过的话，而我却很难在一个醉汉的酒后狂言和一个习惯玩弄比喻之人迂回曲折的话语之间作出公正全面的判断。我想得最多的是，为什么“另外那个人”去看望神甫，既然当时我们大家都很快发现了他老躲开教堂，而且从不去教堂望弥撒。他能对神甫说些什么呢？

经过施罗斯客栈时，我瞧见大厅里还有灯光。于是，也不知道为什么，我突然有了进去的念头。

迪特尔·施罗斯站在他的柜台后边，正在同卡斯帕尔·豪佐恩谈着什么。为了说话，他们俩身子往前倾得那么厉害，看上去就好像准备拥抱似的。我向他们问好，他们一下子愣在那里。我随即坐到大厅犄角的一张桌子前面，正好在壁炉旁边。

“你还有热酒吗？”

施罗斯点头表示有。豪佐恩朝我转过身子，简单点一下头，算是道晚安。然后他又弯身凑到施罗斯耳朵边上，说了几句悄悄话，施罗斯好像对他的话表示同意，他便拿起他的鸭舌帽，一口喝完他那杯啤酒，再也不看我一眼就走了。

在“发生过的事”之后，我这是第二次来到客栈。跟前一次一样，我很难相信，在这样一个十分平常的地方会发生处死的场景。这家客栈跟所有的乡村客栈没什么两样，几张桌子，一些椅子，几条长凳，一些容量为一升的玻璃瓶放在多层木架上。几个带镜框的镜子上面蒙了那么厚的烟炱，长久以来已经不能照出任何东西了。一个柜子里放了些棋盘和棋子。地上铺着一层木屑。楼上是住房。确切地说有四间客房。其中三间很久无人问津。那第四间，最大的一间，也是最漂亮的一间，曾留宿过“另外那个人”。

“发生过的事”后第二天，我访问过奥施威尔之后曾在皮茨大妈家待了近一个钟头，以恢复我的神志，清醒我的头脑，抚慰我的心灵，当时皮茨大妈在我面前一边翻她的植物标本集，一边评论所有那些躺在书本里的花儿。后来，当发生的一切在我脑子里逐渐清晰起来时，我谢过皮茨大妈便离开了她而且直接来到客栈。我发现那里门窗紧闭。那是我第一次看见施罗斯的客栈处于那样的状况。我敲敲门，敲得又重又急，然后在那里等待着。毫无动静。我再敲门，敲得更重。这次，一个窗户开了一点，施罗斯露了面，显得疑心重重，胆战心惊。

“你想要啥，布罗岱克？”

“想跟你谈谈。给我开门吧。”

“也许现在不是时候。”

“给我把门打开吧，施罗斯，你很清楚，我得写‘报告’。”

这句话是我不由自主说出来的。我还是第一次利用这句话，这让我感到非常不适应，但这句话却对施罗斯起到了立竿见影的作用。他关上窗户，我听见他急急忙忙走下楼来。几秒钟以后，他拉开门闩，打开大门。

“快进来！”

他立即在我身后关上了大门，关得那么快，我禁不住问他是否害怕鬼魂从外面溜进来。

“别拿这事开玩笑，布罗岱克……”

他随即画了两次十字。

“你想干吗？”

“想让你把房间指给我看。”

“啥房间？”

“别装出不明白的模样。就那个房间。”

施罗斯好像考虑之后又在犹豫。

“你为什么想看房间？”

“我现在就是想看看。我想写得很准确。我不愿意忽略任何东西。我应该把什么都讲清楚。”

施罗斯用手摸摸额头，他的额头发亮，就像刚刚用熬熟的猪油擦过似的。

“没有什么大不了的东西好看，但如果你坚持要看……跟我来吧。”

我们往楼上走。施罗斯肥胖的身躯占据了整个楼梯，他每走一步，梯级就弯一下。他自己也气喘吁吁。上到楼梯平台，他从围裙口袋里掏出一把钥匙交给我。

“你自己想干啥就干啥吧，布罗岱克。”

我试了三次才把钥匙插进锁孔。我没法控制我颤抖的手。施罗斯在我身后保持一定的距离，设法缓过气来。锁孔里终于咔啦响了一下。我打开房门。我感觉我的心似乎变成了一只被追捕的小鸟的心。我害怕重见这个房间，就像害怕遇见某个死人一样，但我所看见的一切让我那么吃惊，我的忧虑立即烟消云散了。

房间里空空如也。既没有了家具、物件，也没有了衣服、箱子，仅仅剩下一个固定在墙上的大橱柜。我打开橱柜的两扇门。里面也空无一物。什么都没有了。仿佛“另外那个人”压根儿就没有住过这里。仿佛他从来就没有存在过。

“他那些行李都到哪里去了？”

“你说啥呢，布罗岱克？”

“别把我当傻瓜，施罗斯。”

房间里散发着湿木头和肥皂的气味。地上已经用许多水擦洗过。在原来放床的地方，可以看到落叶松地板上有一大块颜色很深的痕迹。

“是你把地板洗刷干净的？”

“这事总得有人干吧……”

“那么，这个痕迹是怎么回事？”

“你认为是怎么回事，布罗岱克？”

我朝施罗斯转过身来。

“你认为……”他重复说，一副厌倦的模样。

# 二〇

今天清晨我醒得很晚。我脑子里好像有许多把斧头在敲来敲去。我想昨天晚上我实在喝得太多了。那一瓶烧酒几乎全部喝光。我的嘴干得像火绒，而且再也想不起来我是如何奇迹般找到了回床上睡觉的路。我写到很晚，我记得当时我的手指已经失去了知觉，因为寒冷已让它们僵得发木了。我还记得打字机键盘的故障越来越多。像蕨菜一样的冰花紧贴玻璃窗展开它们的枝叶，我烂醉如泥，竟以为朝贮藏室围过来的是一片森林，森林让贮藏室变得气闷，让我同那间小屋一起感到窒息。

我起床以后，费多琳没有向我提任何问题。她为我准备了一种浸泡出来的热饮，我又闻到了欧百里香、薄荷、长生草的香味。她只简单地说："把这个喝了，你现在的情况，喝了有好处。"我照她的吩咐把茶喝了下去，就跟我小时候一样。她随即把一个篮子放在我的面前，篮子是阿尔弗雷德·武茨维勒在我起床之前送来的。篮子里有土豆浓汤、一块黑面包、半条火腿、苹果和大葱。但没有钱。这与平时不一样，平时会从S城寄来一张汇票，证明行政当局并没有完全忘记我。在那种情况下，既有钱，也有三四张官方文件，盖了无数个官印，签章，会签，以证明付了款。但这一次，篮子里只有食品。我不能不把我昨天晚上在镇长和其他人面前试演的事与这些食品联系起来。他们就这样酬劳我。给我一点报酬。为“报告”。为我已经写过的，尤其，尤其为我没有写进去的。

费多琳忙着给小木桶里的波朴切特洗澡。小女儿在桶里拍手，还用小手在热水里扑打着玩。她哈哈笑着，老嚷嚷：“小鱼！小鱼！”我把水淋淋的她抱到怀里，紧紧贴在我的心上，我吻着她赤裸的皮肤，皮肤又柔韧又热乎，这让她笑得更欢了。艾梅莉亚在我们身后，她站在窗前，眼睛凝望着远方，凝望着背斜谷白茫茫的土地，嘴里哼着她那支百哼不厌的歌。波朴切特在我怀里挣扎着，我便把她放到地上。她抓一把肥皂泡在手里，然后跑到她妈妈身边，把肥皂泡朝她扔过去。艾梅莉亚朝小家伙转过身来，仍旧不停地哼着她的歌。她把她那毫无生气的视线放在小波朴切特美丽的笑脸上，然后再转身凝视着那白茫茫的一片。

我感到自己无能为力而且毫无用处。我很想写一些东西。但谁会读那些东西？谁？我最好还是把波朴切特和艾梅莉亚抱在怀里，把费多琳背在背上，拿起装满粮食、衣服和几个漂亮纪念品的小包袱，从这里远走高飞。从头开始。一切从头开始。人似乎只有这样才能被承认，昔日内泽尔教授曾对我们作如是说。“人就是永远从头开始的动物。”内泽尔在像平民演说家那样说出他的警句时喜欢停顿片刻，双手放在他那大写字台上，停顿后总会出现长时间的静默，我们如何填补那段静默时间，那就各随其便了。

“人就是永远从头开始的动物。”然而，不停地从头开始做什么？从头开始他的错误，还是重新建造他脆弱的脚手架，那脚手架也许能让他爬到离天只有二指远的地方？这一点，内泽尔从没有说过。也许因为他知道，生活本身，我们尚未完全进入的生活本身最终会使我们明白这一点。或许干脆就因为他也不清楚，因为他本人在人生道路上从未有过踌躇，因为他向来只在书本里吸吮奶汁，他已经忘掉了真实的世界和在真实世界过往的人们。

昨天晚上，我并没有邀请施罗斯，但他给我送来热酒之后便坐到我的对面。我明明感到他想对我说点什么，但我，我对他却无话可说。我脑子里还装满了适才派佩神甫向我述说的一切。再说，我当时想做的事，仅仅是喝一杯热酒，再感受感受壁炉的火如何使我的身子重新暖和起来。如此而已。我并不寻求别的东西。因为已经有好多没有答案的问题和需要我发明的大机器的几百个待拼凑的零件在我脑袋里乱蹭乱动了。

“我知道你不太喜欢我，布罗岱克，”施罗斯突然喃喃说道，可我已经忘记了他还坐在我的对面，“不过，你也知道，我并不是最坏的。”

我觉得这客栈老板似乎显得比平时更肥胖，出汗更多。他搓弄着自己的手指，咬着自己肥厚开裂的嘴唇。

“人家怎么说，我怎么干，就这么简单。我不想惹麻烦，但这也挡不住我想事……我，我只是个头脑简单的人，我没有你那么聪明，不管你怎么想，兴许，我也没啥太坏的毛病。我不是最坏的。没错，‘同根兄弟’占领我们小镇时，我伺候他们在这里喝过酒。可你让我当时怎么办？伺候人喝酒是我的本行。我总不至于拒绝他们喝杯啤酒让他们把我杀了吧？我对你的遭遇一直感到遗憾，布罗岱克，我向你发誓，我没有参与整你的事，你可以相信我……至于那些人对你老婆干的……我的上帝……”

当施罗斯提到艾梅莉亚时，我险些冲他的脸吐唾沫，但他后来说的一席话迅即阻止了我。

“我也很爱我的老婆，这你知道。你兴许觉得这很奇怪，因为她不大漂亮，你一定还记得。但自她走了以后，我觉得自己过的是半拉子日子。啥都不重要了。战争期间，要是格特还在，兴许我就不会伺候‘同根兄弟’喝酒？只要她在，我就感觉有底气……兴许我会冲他们的嘴脸吐唾沫？兴许我会拿我切葱头的菜刀开他们的膛破他们的肚？再说，她要是还在，兴许……兴许那‘说悄悄话的人’就死不了，兴许我宁愿别人杀我也不让别人在我屋里杀他……？”

我感觉我的肚子七翘八拱。我有点恶心。热酒并没有过去。酒不但没有让我暖和，反而让我的腹部隐隐作痛，仿佛在我的肚子里突然来了一只小动物，试图用牙齿到处乱咬。我注视着施罗斯，就好像我从没有见过他似的。仿佛迷雾的一角已被撕开，被撕开的一角渐渐露出了它背后令人意想不到的风景，风景错落有致，和谐得出奇。与此同时，我也在考虑施罗斯是否在哄骗我。事后对所发生的事感到后悔，这向来不难理解。后悔不花一个子儿，后悔还能让人用猛水冲刷双手，洗刷记忆，使双手白净，记忆清新。不过，派佩神甫关于忏悔和下水道问题对我说的那些话毕竟有些道理！所有那些人恐怕都去过教堂，施罗斯也可能并非去那里的最后一个人。再说，我还清楚记得“发生过的事”那天晚上此人的姿态和面部表情，他并没有退避三舍的样子。他似乎并不想否认在他家里犯下的罪行，不管他事后对我说了些什么。他当时看上去并不是一个被吓坏了的人，也不是对所发生的事感到憎恶的人。

我真不知道应该怎样思量。我一向不清楚应该如何考量问题。这一点显然是集中营对囚犯们的巨大胜利：一部分人死去了，另一部分人像我一样，虽然逃出了魔掌，却在心底永远保留着部分后遗症。他们此后遇见所有的人都会思忖，那些人的眼光深处是否存在着想追捕、拷打、杀戮的愿望。我们已经变成了永恒的猎物，变成了那样的人，那种人无论做什么，都会把新的一天看做漫长的接受考验的一天，都会在夜幕降临的傍晚感到一种特异的宽慰。在我们身上存在一种使失望和不安宁感发酵的酵素。我相信，到我们死去为止，我们已经成了被摧毁的人类的记忆。我们是永远不能愈合的伤口。

“你兴许不知道，我们过去有过一个孩子，”施罗斯继续说。“在那段时间费多琳给你写信时可能没把这事告诉你。那段时间你离我们很远，你在读书。一个孩子，只活了四天四夜。一个男孩，接生婆老保拉·贝克那尔特，愿她安息，老保拉说，那孩子简直就是个小施罗斯。她当时把孩子从格特的肚子里取出来，那是四月七日。外面，鸟儿叽叽喳喳，落叶松的芽大得像李子。她第一次把孩子放到我怀里时，我真以为我抱不住他呢。我害怕把他抱得太紧，怕我这双大手把孩子闷坏了，又怕让孩子滑到地上，像水晶似的摔碎了。格特老嘲笑我，他呢，那小家伙，哭得好厉害呀，又伸胳膊又蹬腿。但他一找到格特的奶头，就使劲吃奶，再不愿停下来，就好像想把奶吸干似的。我让汉斯·杜达用一段胡桃木给孩子做了一个摇篮，摇篮好漂亮，汉斯本来打算用那段木头做一个立柜，但我把几个金币放到他的工作台上，我们俩就成交了。”

施罗斯肥大的指甲很脏。随着他对我讲他孩子的故事，他竟不自觉地试着让指甲互相刮刮干净，但他没能把一个个指甲的黑边刮掉。

“孩子把摇篮占满了。他用两只小脚丫子拍打摇篮底儿，使好大的劲，敲出来的声音真好听，就像远处林子里斧头砍木头的声音。格特想管他叫斯特凡，我呢，我更喜欢赖夏特。其实，我们有点措手不及：我和格特一直都以为只可能生个女孩。我们已经给那从没有来过的小女孩起了一个名字，叫丽丝贝特，因为丽丝是我母亲的名字，贝特西是格特母亲的名字。可是，那个小男子汉一出世，接生婆把他朝天上一举，我们倒没名字给他了。就在他活着的短短四天里，我们不停地笑着吵呀吵，格特和我。我说‘赖夏特’，她就回敬我‘斯特凡’。那都成了游戏，游戏末了，准是拥抱和爱抚。所以孩子到死也没个名字。他死得没名，自那以后，我一直怨我自己，就好像他是没名字才死了似的。”

施罗斯停止说话，埋下了头。他全身都僵住不动，仿佛连呼吸都停止了。而我，我嘴里充满桂皮和丁香的香味，肚子里却一直有什么东西到处乱咬。

“我夜里睡觉时，有时会梦见他，他朝我伸出手，伸出他那双小极了的手，然后便走了，走远了，就像有啥力量牵着他似的，我呢，我没有名字可叫，我没有名字叫住他，跟他说话，把他留住。”

施罗斯又把头抬起来，在说这些话时，他用他那双又大又圆的眼睛一直瞧进我的眼里。占的地方太多，快漫出来了。简直快让我窒息了，那眼睛。他显然是在等我说话，等我说一句话，一句什么样的话？我很清楚，鬼魂可能具有顽强的生命力，有时，鬼魂比活人更专心。

“一天早上，我醒来时，啥声音也没听见。格特已经不在床上。她正在摇篮跟前。她看着孩子，自己一动不动。我叫她。她啥也没回答。她甚至没有朝我转过头来。我朝她走过去，嘴里还哼着那两个名字，斯特凡，赖夏特……格特噔一声跳起，往我身上扑过来，就像一个发疯的野兽，想打我，想撕我的嘴，抓我的脸。摇篮里，我看见了孩子的脸。他两眼紧闭，皮肤灰黑，像石板岩瓦片。”

我不知道我在施罗斯那里还待了多长时间。我也记不起来他是否曾继续跟我谈他的孩子，或者坐在我对面一言不发。壁炉里的火已经接近熄灭。他没有再添燃料。火苗已经消失，后来，少许火炭也跟着灭掉了。天很冷。我不一会儿便站起身，施罗斯把我送到大门口。他紧紧握住我的手，好一会儿，然后向我道谢。他说了两次谢谢。谢什么？

在回家的路上，我的头嗡嗡作响，我感觉我的两鬓像两面铙钹一样在互相敲打。我惊异地发现我在大声叫着波朴切特的名字，叫了好多声：“波朴切特，波朴切特，波朴切特……”有如抛在空中的许多带响声的石子儿，将我尽快带回了家。我禁不住想起施罗斯死去的孩子，想起他对我叙述的有关他的一切，想起他在我们这个世界生活的那些时日。人的一生多么难以理解。一旦被猛推进生命里，他会常常问自己来这里干什么。也许正因为如此，某些比别人聪明些的人，仅仅稍微推开生命的大门，往里边看一眼，一发现门背后有些什么，便产生了尽快关上门的愿望。

也许正是他们有道理。

# 二一

我再回到第一天。或者不如说第一个晚上。“另外那个人”到达我们小镇的那个晚上。我谈过他同德费尔家的老大不期而遇，但我没有谈过他稍后来到客栈的情况。我曾三次让三个不同的证人给我叙述当时发生的事：施罗斯本人，面包师傅梅尼居·维尔弗劳，他当时已经去客栈喝酒，还有多丽丝·克拉特迈尔，一个脸色红润、头发淡得像干草的年轻姑娘，她正好在那一刻经过那里。还有别的证人，客栈的里里外外都有，但我询问的这三个人陈述事实的方式正好相同——细节大致吻合——所以我认为没有必要走得更远。

“另外那个人”从他的坐骑上下来，同德费尔家老大谈过话之后，便继续走在一条条大街上，手里牵着马缰绳，驴子在他们身后几步远的地方跟着走。来到客栈门前，他把缰绳系在环子上，然后，他没有像其他所有人那样，也就是说推开店门走进去，他敲了三下门，随即等在那里。他这个动作是那样非同寻常，结果反而让他等了很久。“我以为他是个闹剧演员，”施罗斯对我说，“要不就是个大孩子！”总之，什么动静也没有。人家没有给他开门，而他，他也没有把门推开。已经有几个人停下了脚步，其中就有小多丽丝。他们停下来是为了观赏这里出现的奇异现象：马、驴、装载的东西，还有那奇装异服的家伙，他站在门前，扑了粉的圆脸上挂着微笑。几分钟过后，他又在门上敲了三下，敲得更干脆、更用力。“到这会儿，我心想，出了点不寻常的事，我便去看了看。”

于是，施罗斯打开了店门，他同“另外那个人”面对面站在那里。“我险些一句话也说不出来！这家伙是从哪儿钻出来的？从马戏团还是从神仙故事里出来的？”但“另外那个人”并没有给他时间恢复镇静。他摘下帽子，露出他全秃的圆脑袋，握着那顶滑稽的帽子向店主行了一个礼，显得灵活而儒雅。他说：“我向您致敬，先生。我的朋友们——”说到这里，他指了指驴和马——“和我本人走了很长的路，旅途十分劳累。您能否垂爱接纳我们住宿？当然，我们有能力付账。”

施罗斯坚信“另外那个人”说的是：“我向您致敬，施罗斯先生”，但小多丽丝和维尔弗劳起誓说不是那回事。显然，那滑稽客人的出现和他向店主提出的要求让施罗斯吃惊得回不过神，所以他一时间有点心不在焉。“我呢，我真不晓得立马能回答他啥！有多少年咱这儿没来外人了，除了你知道的那些家伙！再说，他讲那些话，用的都是内地的语言，不是我们的方言，我的耳朵，它已经不习惯听那种话了。”

梅尼居·维尔弗劳对我说，当时，施罗斯有好一阵没有答话，只顾盯着“另外那个人”瞧，挠着自己的脑袋。至于他，“另外那个人”，他好像站在那里一动不动，笑呵呵的，仿佛那一切都很正常，好像时间在一个狭窄的管道里一点一滴地流失完全无关紧要。“连他的驴和他的马都纹丝不动，”说话的是多丽丝·克拉特迈尔。“那两头牲口看着施罗斯，它们的眼睛显得非常聪明。”她向我报告这些情况时，身子有点发抖，说毕，她画了两次十字。在我们这里，如果说大多数人认为上帝是离《圣经》和香火很远的神，鬼魂却不一样，鬼魂离大家很近，而且许多人相信自己在某月某天曾经看见过。

施罗斯最终还是开口说了话。“他问客人准备住几夜，”维尔弗劳说。我去拜访他时，他正在揉面。他光着上身，胸脯粘满了面粉，眼睛边上也如此。他双手捧着大面团，举起来，转过来，再把面团扔到和面槽里，重新揉搓。他跟我说话却并不看我。我在两袋面粉和柴禾之间找到一个座位坐下。炉火已经呼呼叫了一个时辰，小小的房间好像在燃烧的木头气味里蒸煮。“对方好像考虑了一会儿，而且一直在笑，他看看自己的马和驴，就像在征求它们的意见似的，他最后用他那怪怪的嗓音回答说：‘我想，我们将在这里住很长时间。’于是，施罗斯只顾点头，点了好几次，然后建议他进店，显然因为他不知道该说些什么，又不愿显得太蠢。”

两个钟头之后，“另外那个人”便在施罗斯匆匆忙忙打扫出来的房间里安顿下来。客人的箱笼行李已经搬到楼上，他的马和驴也已躺在很舒适的草垫上，马厩属于佐尔茨内尔大爷，一个骨瘦如柴的可爱的老头，他家正好是客栈的紧邻。客人要求在牲口身边放一小桶很清纯的水和一桶饲料。他还亲自来到马厩，看看牲口是否安顿好了。他用一团干草刷刷它们的身子，然后在它们耳边说一些谁都听不见的话。最后他放三个金币在佐尔茨内尔大爷的手里，这笔钱正好印证了他说过的，足够两头牲口好几个月的寄宿费。他走出马厩时，还向马和驴说再见，并祝它们夜里快乐。

在此期间，客栈已然人满为患，许多人都跑过来亲眼看看这奇异的景象。我本人天生不是个好奇的人，但我应该承认，我也去看过。消息以闪电的速度向街头巷尾及各家各户传了个遍，客栈里足足挤了三十来个人，而外面，温暖的夜幕已经降临到每家的屋顶上。尽管如此，那天晚上，大家仍然白花了不少钱，因为“另外那个人”一上了楼，就再没有下来过。大家你一言我一语，觥筹交错好不热闹，施罗斯两只胳膊哪能满足那么多饮酒的人！他一定会私下对自己说，归根结底，来一个旅客还是有好处。这让他的生意跟赶集或举行葬礼时一样兴隆。梅尼居·维尔弗劳不停地讲述“另外那个人”到达时的情景，他的奇装异服，他的马和驴，渐渐地，因为大伙儿都请他喝一杯好让他口若悬河，他开始给他讲的故事添枝加叶，与此同时，他说话仍免不了磕磕绊绊。

不过，时不时也从楼上传来脚步声，于是全大厅的人都安静下来，人人都屏住了呼吸。大家的视线都放到楼板上，好像想把楼板看穿。他们在想象那客人的模样，想象得有形有肉，栩栩如生。尽管连他的脑袋都没有见过，他们却千方百计想进入他脑袋内里迂回曲折的脑纹里。

在某个时辰，施罗斯上楼去问他各方面是否还可以。谁都想听见他们的谈话，但毫无办法：连那些把大耳朵伸到楼梯上的人都是白花力气。施罗斯下楼后，大家围了上去：

“怎么样？”

“啥怎么样？”

“咳，他对你说了些啥？”

“他说他想要一份‘小吃’。”

“一份‘小吃’？那是啥玩意儿呀？”

“就是清淡的晚餐，他对我说的。”

“你要给他做啥？”

“做他要求我做的！”

每个人都想看看一份“小吃”究竟像什么东西。大多数人都跟着施罗斯到厨房去看他如何准备。只见他先拿出一个大托盘，在托盘上放三大片肥肉、一根红肠、几根醋渍小黄瓜、一罐奶油、一市斤麸皮面包、一盘酸甜卷心菜、一块山羊奶酪，还有一杯葡萄酒和一盅啤酒。在顾客当中走过去时，施罗斯用双手恭恭敬敬端着托盘，其他人也都默默地给他让路，就像在什么圣物面前让路一样。只有维尔弗劳的声音搅动了肃静：原来他还在讲述“另外那个人”到达客栈门口时的情景。没有人再听他说话，但，从他的状况看来，他再也没法明白这一点。就像晚些时候他不明白自己搞错了和面槽和他的床一样：他在床上揉完面团以后，竟在和面槽里睡着了。第二天对他来说，成了口干嘴黏头又痛的一天，对我们所有人来说，是没有面包吃的一天。

我回到家里时，费多琳正在等我。

“出什么事啦，布罗岱克？”她问。

我给她讲述我了解到的故事。她仔细听我说话，摇摇头。

“这一切都不妙，不妙……”

她说的不过是一句话，但就这一句话竟惹恼了我，我生硬地问她为什么这么说。

“畜群终于平静下来时，就不应该给它们理由重新骚动，”她回答道。

我耸耸肩。我是个性格浮躁的人。我也许是——我今天才意识到这一点——这个小镇上唯一对一个陌生人的到来感到高兴的人。我觉得他的到来肯定了某种新生，某种生命的回归。对我来说，那就像谁搬走了一块封闭地窖多年的沉重的铁板，地窖的空气突然接收了风的洗礼和烈日的光焰照射。但我当时无法想象，阳光有时也会变成妨碍别人的东西，阳光照亮世界，使世界光芒四射，但虽然无意，也会照出人们竭力藏匿的一切。

费多琳对我的了解有如了解她摸过成千上万次的衣服口袋。她这时站在我面前，直视着我的眼睛，然后把手放在我的脸上，她那只抚摩我脸颊的手一直在颤抖。

“我太老了，我的小布罗岱克，老成这样……我会很快离开这个世界。你得当心自己，你已经从别人回不来的地方回来过一次了，运气永远不会光顾两次，永远不会。你现在已经有了负担，想想她们，她们俩……”

我个子并不太高，但就在这一刻，我突然发现费多琳有多么矮小。她像一个小孩，一个老人面孔的小孩，一个弯腰驼背、干瘪瘦削、弱不禁风的女人，面容憔悴，满脸皱纹，稍微强劲一点的风就可能把她像尘埃一般吹走。她的眼睛在白翳下闪闪发光，她的嘴唇有点颤动。我把她紧紧贴在胸前，长时间拥抱她。我想到那些小鸟，那些个头小得可怜又迷失了方向的小鸟，那些体质虚弱、疾病缠身或因未能跟着同类长途跋涉而感到悲痛的飞鸟，它们逆来顺受，秋季即将来临时便在屋顶边缘和低矮树枝间栖息，羽毛蓬乱，满心恐惧，等待着可能置它们于死地的寒冷到来。我吻了费多琳好多次，先吻她的头发，然后吻额头，吻脸颊，就像我小时候那样。我又闻到了她的气味，蜡味、炉火味、新洗过的床单味，从我生命的开始，或几乎一开始，这种气味总会让我的嘴角出现开始平静的微笑，哪怕在睡梦中也如此。我就这样长久地把她贴在我心上，与此同时，我的思绪像闪电一样快速地来往于我生命的每一个时刻，把每一个分散的时刻连缀起来，构成一幅奇特的镶嵌画，这幅镶嵌画唯一的效果是让我更进一步感受到时间的流逝和一去不复返的每个时辰。

费多琳站在这里，紧紧依偎着我，我可以同她说话。我闻到她的气味，我感觉到她的心在跳动，这也意味着我的心似乎在她的身体内跳动。我又想起了集中营。当时占据我们思想的只有一个死字。我们无休无止地生活在即将死亡的意识里，很显然，这样的恐惧使有些人变成了疯子。人，哪怕他知道自己总有一天会死，也不能持久地生活在一个让他时刻意识到自己会死的世界里，一个浸透着死亡，成天只盘算死亡的世界里。

“我一文不值”，被吊死的人脖子上挂的牌子就写着这几个字。我们非常清楚，我们一文不值。我们太清楚了。一个一文不值的人。一个送死的一文不值的人。死亡的奴隶。死亡的玩具。逆来顺受地等死的人。最奇怪的是，我虽然是一个一文不值的创造物，住在微不足道的地方，萦回在脑际的全是死亡，这些却都未能使我感到害怕。我不怕自己死亡，或者说，如果我怕死，那是出于某种动物性的条件反射，瞬间即逝的条件反射。相反，当我把死同艾梅莉亚和费多琳联系起来，我就会难以接受死亡的概念。的确，只有别人的死，所爱之人的死，而非自己的死可能使我们忧心如焚，使我们被摧毁。正因为与那样的死亡抗争，我才需要战斗，在死亡的黑色亮光面前挥动一些人的脸庞和面孔与它抗争。

# 二二

一开始，我们小镇是把“另外那个人”当做君主一类的人物来欢迎的。而且在那一切里面好像存在什么魔法。我们这一带的人性格本来就不算开朗。显然是因为我们地处背斜谷山区，森林峡谷夹在悬崖峭壁之间；气候多雨、多雾、多冰冻、多雪暴、多酷热，这几多也许能对此解释一二。除此之外，当然还有战争，那场什么也没有改善的战争。战争使各家各户的宅门关得更紧，使每个人的心灵更加封闭，战争把宅门和心灵锁得严严实实，让锁在那里面的东西躲避着阳光。

然而，在最初那段时间，当他光临小镇引起的难以置信的惊讶过去之后，“另外那个人”倒并非有意地显示出一种魅力，甚至连最敌视他的人都被他这种魅力软化了。所有的人都乐意看见他，儿童、妇女、老人，他自己也高兴地顺水推舟，向这拨人微笑，也向那拨人微笑；在女士们面前脱帽敬礼，向男士们点头致意。可是他一句话也不说，如果不是某些人在第一天晚上听见过他说话，大家都可能把他当成哑巴。

他每次在大街上行走都会引来一帮闲得无聊的笑嘻嘻的小孩跟

在他身后，他则送给他们一些小礼物。礼物虽小，孩子们却把它们当成了宝贝：彩带、玻璃球、金色绳子、彩纸。那些东西都是从他的各个衣兜里掏出来的，仿佛那些衣兜成年累月都装满了那类玩意儿，甚至让人相信他的行李也装满了那些东西。

每当他去佐尔茨内尔大爷的马厩里拜访他的两匹坐骑时，孩子们便待在门外观察他，不敢进去，再说，他也没有邀请孩子们进去。他向他的马和驴致意，一直叫着它们的名字，而且用您称呼它们，一边抚摩，一边朝它们灰色的双唇间塞进去一些金黄色的糖块，糖块是他从一个绛紫色的小口袋里取出来的。小淘气们一边张大嘴巴瞪圆眼睛观看那情景，一边猜想他用的是什么语言来琢磨出那些句子，再悄悄说给那两头牲畜听。

说真的，他对他的马和驴说的话比对我们这些人说的话多得多。施罗斯奉命在每天清晨六点敲他的门，不能进屋，只能把托盘放在他的门前，托盘里放着千篇一律的食品：一块松甜圆面包——“另外那个人”已经向维尔弗劳预付了多日的面包钱——一只生鸡蛋，一壶开水和一只碗。

“他总不至于光喝白开水吧！”一天晚上，鲁道夫·朔伊林甩出这么一句话，他自己从十二岁开始就只喝“无用的东西”。“另外那个人”喝的是茶，一种很浓的茶，他用过的杯子边上都留下了大片深褐色的痕迹。我尝过一次这种茶，当时，他邀请我到他房间里聊一会儿天，并给我看了一些他带来的书。这种茶在嘴里留下一股皮子和烟的味道，还有腌货的味道。我从没有喝过那样的东西。

至于午餐，他总是下楼去大厅里吃。于是总有一些好奇的人前去观看，尤其是观看他用餐的方式，看他如何讲究地握着叉子和餐刀，如何高雅地把餐刀插进鸡肉或者土豆里。

一开始，施罗斯的确曾绞尽脑汁，试图从记忆里找出一些与贵客匹配的食谱，但他很快放弃了这种努力，而且是应“另外那个人”的请求放弃的。尽管这位客人身体滚圆，脸颊红润，他却吃得非常少。每次用餐完毕，他的盘子从不见底，里面总留下一半剩菜剩饭。相反，他却不停地大杯喝水，仿佛口干舌燥一直折磨着他。这现象让又瘦又长像灯杆一样的马库斯·格拉茨说，幸好他没有在施陶比河里撒尿，否则施陶比河准定洪水泛滥。

每天晚上，他只吃一份浓汤，外加一点清淡的东西，而且与其说是浓汤，还不如说是原汁清汤。用罢晚餐，他便上楼回到他的房间，上楼前总要向客栈的其他顾客点头致意。他的窗户亮到很晚，有些人甚至说，他们曾看见他的窗户亮了整整一夜。无论如何，大家也免不了会琢磨他究竟在夜里干些什么。

在他借住在小镇的最初几天，他每个下午都迈开大步在我们的大街小巷走来走去，很有规律，就像在画方格或画平面图。没有一个人真正搞清楚了他究竟在干什么，最好的办法是长期紧跟着他，但只有小孩子这么做。

从他的穿着打扮看上去，他俨然准备在某个古老的、尘封已久的、充满过时词句的寓言故事里扮演一个角色。他走路时脚有点向外摆，左手放在一根漂亮的象牙柄手杖上，右手则紧紧握住他那个黑色小本子，本子在他手指间动来动去，活像一只滑稽的驯养小动物。

有时，他会把一头牲畜带出门遛遛，呼吸点新鲜空气，带马或带驴，从不同时遛马和驴。他牵着牲畜，不时讨好地拍拍它的肚子，朝施陶比河两岸走去，稍稍接近巴普蒂斯特尔布吕克河的上游，让它能吃到新鲜肥嫩的青草。他自己则肥胖的臀部贴地坐着，一动不动地看着清亮的流水和旋涡，仿佛从旋涡里会出现什么奇迹。孩子们停在稍微靠后的地方，在较高一些的土坡上。他们都很尊重他保持的沉默，所以没有孩子朝河水里扔小石头。

“另外那个人”来到我们小镇两个礼拜以后，发生了第一个事件。我相信那是镇长一手策划的，尽管我不能发誓加以肯定。我从没有向镇长提出过这个问题，因为那并不怎么重要。相反，真正重要的，是那天晚上发生的事情本身。那是六月十日晚上。

到那时，所有的人都明白了，“另外那个人”并不光是经过我们这里，他正在使自己习惯这个地方，而且显然准备长期住在我们的家园里。六月十日整个白天都流传着一个消息，说以镇长为首的全镇的人即将欢迎新来的客人，这是大家的职责所在。届时将有人演讲，有音乐，甚至有当地土话叫“杯盘会”的夜宴，意思是摆一张非常大的桌子，桌子上放着酒杯、酒瓶、各种食品，一般是在一些民间活动的晚上举行。

黎明时分，“冻舌头”就忙着搭一种小台子，但在菜市场旁边搭起来时，实际上倒像个断头台。在太阳还没有使天空的黑色消退殆尽时，就从那里传来了斧头咚咚的敲击声和锯子的嘎吱声，把不止一个游手好闲的人从床上赶了下来。到早上八点，人人都知道了这个消息。十点，大街上的人比赶集的日子还多。到了下午，“冻舌头”在一条很长的纸横幅上写画完毕，横幅挂在台子上方，写的大字歪歪扭扭，句子的意思是表示欢迎：“Wi sund vroh wen neu kamme”，这个句子是迪奥代姆琢磨出来的，显得有点怪。这时，两个流动商贩也不知怎么打听到了消息，正在向他们周围的人兜售圣牌、老鼠药、刀子、纱线、历书、种子、神像和毡帽。我认识他们，因为我曾在去山脊和去森林的路上碰见过他们。这两人是父子，肮脏得像生了头癣，头发黑得像墨水。大家甚至不知道他们姓甚名谁，都管他们叫“飞毛腿”，因为他们能在很短的时间跑很长的距离。老父亲向我打招呼。

“谁告诉你们有联欢会？”

“风。”

“风？”

“谁会听风说话，风就告诉谁许多事。”

他一边卷烟，一边狡黠地看看我。

“你回到S城啦？”

“没权，大路一直禁止通行。”

“那你怎么进货呢？靠风？”

“不，不是风……是黑夜。只要熟悉黑夜，黑夜就是神仙的大氅，穿上大氅就足够了，可以依靠它想去哪里就去哪里！”

他大笑起来，露出仅剩的四颗牙齿，牙齿长在他的下颌上，活像长在荒芜丘陵上的纪念树。稍远一点，迪奥代姆正忙着监督“冻舌头”完成横幅上的大字。他冲我招招手，但我向他提出一直困扰我的那个问题已经是后来的事了，当时我们俩并排坐在一起，而且仪式即将举行：

“是你琢磨出来的？”

“琢磨啥？”

“那个句子。”

“是奥施威尔告诉我的。”

“他告诉你什么啦？”

“告诉我琢磨点什么，琢磨几个字……”

“怪怪的，你那个句子。为什么不用Deeperschaft写？”

“奥施威尔不愿意。”

“为什么？”

“我不知道。”

我自己一时半时也不知道。到后来我才有时间进行思考。“另外那个人”是个谜。没有人知道他是谁。没有人知道他从哪里来，他为什么来我们这里。谁也不知道我们讲本地土话时他是否听得懂。写画出来的那个句子也许正是谋求解答最后这个问题的一种方式。而且是一种相当幼稚的方式，一种没有达到目的的方式，因为那天晚上，“另外那个人”来到台子旁边时，他看了看横幅上的标语，他停下脚步，从头到尾浏览了那个句子，然后继续往台子的台阶走去。他是否看懂了那个句子？谁也不知道。他对此没有说一句话。

迪奥代姆琢磨出来的这个句子有点怪，尽管他也许并非有意为之。句子希望表示，或者不如说可以表示多层意义，因为方言就像一块柔韧的织物，能将它朝四面八方拉长。

“Wi sund vroh wen neu kamme ”可以理解为“一位新来的人到达，我们感到高兴”。但也可以理解为“出现新事物，我们感到高兴”。这已经与前面大相径庭了。最怪的是，根据使用“vroh”这个词的语言环境，它既有“满意”、“高兴”的意思，也有“小心”、“警惕”的意思，因此，假如偏重于后面这层意思，人们就会感到这句子怪怪的，而且令人忧虑。刹那间谁都不会注意到这点，但这句子后来却一直回响在我的脑际。那是某种警告，其核心已经包含着恐吓的味道，有如举起的拳头，有如轻轻挥舞着、在阳光下闪闪发亮的刀。

# 二三

那天下午，我把艾梅莉亚和波朴切特带在身边。我们上山，一直上到卢茨的那间简陋的小屋。过去，那里是牧羊人遮风避雨的地方，但已经有二十年没有人用它了。如今，小屋周围的牧场已经被灯心草和枝蔓丛生的毛茛覆盖。在蔓延的苔藓植物面前，牧草也后退了。一个个水塘已经出现，开始只是一些小水洼，随后，小水洼把这个地方变成了有名无实的牧场，只不过暂时还没有成为沼泽罢了。关于这个变化，我曾写过三个报告，试图理解这种变迁，对它作出解释，而且我每年都在同样的季节回到那里，丈量这种变化的幅度，考量这种变化的性质。牧羊人小屋离我们小镇有两小时的步行距离，在小镇的西边。去那里的小路已经不像过去那么难走，因为每年都有几百双木屐踩在上面，使它更深，更成形。小路跟人一样，也会死亡。一条条小路渐渐堵塞、填平，再裂成小段，被野草湮没，最后消失。要不了几年，就只能看见路脊，大多数人畜也就把那些小路忘记了。

骑在我肩膀上的波朴切特与云彩聊上了天。她对云彩说话，仿佛它们都能听懂她的话。她让云彩赶快往前挤，让它们收起自己的大肚子，把偌大的天空只让给太阳。从山上下来的空气给她的脸蛋新添了几分红润。

我牵着艾梅莉亚的手。她走路稳健，眼睛时而看看脚下的土地，时而朝远方望去，望着被普林茨霍尔尼山脉画得起伏不平的天际。但我看得很清楚，无论看近处还是望远方，她的眼神都没有真正放在风景上。她的眼睛犹如两只蝴蝶，两个活动的美丽精灵，它们仿佛被风携带着，无缘无故地飞到这里，飞到那里，看上去很透明，但从来不考虑自己在做什么，自己看见了什么。她默默地往前走，短促的呼吸显然不允许她继续哼唱她那支永恒的歌。她一直微微张着嘴。我始终牵着她的手。我能感觉到她的体温，她却什么也意识不到，她也许已经不知道如此这般牵着她的人有多么爱她。

到达小屋旁边，我把艾梅莉亚安顿在屋门前的一张石凳上坐下。我把波朴切特放在她妈妈身边，让她乖乖待在那里，说我去做记录，要不了多长时间，等我回来，我们便在这里吃苹果胡桃仁点心，这都是费多琳用一块白色大抹布打包放在我身上的。

我开始丈量。我找到了每年都作为依据的方位标志，是几块大石头，过去就是靠这些石头划定牧场的边界。与大石头相反，我却花了更大的力气才找到砂岩凹槽，这砂岩凹槽几乎完美地标明了牧场的中心。它是在一块完整的岩石上开凿出来的，我小时候第一次看见它时，它让我想到被抛弃在陆地上的某一艘小船，一艘为诸神建造的船，这艘船从今以后会让那些不够灵活因而不善于利用它的人，让那些不够强壮因而无法搬走它的人感到碍手碍脚。

我总算在一个很大的水塘中央找到了凹槽，奇怪的是，这个水塘的面积在一年间竟扩大到三倍之多。整个石头都在水塘的水面上消失了。它在波涛的透明棱柱后面再也不会让人想到一艘小船，却只会想到一座坟墓，一副原始而沉重的棺材，棺材里空空如也，也许——这想法使我哆嗦不已——正在等待应该永远躺在那里的她或他。

我骤然把眼睛转开，往远处寻找波朴切特和艾梅莉亚的人影，但我只能看到牧羊人小屋的一堵坍塌的墙壁。她们俩在另外一边，看不见，无影无踪。我连忙把丈量工具丢在水塘岸边，像疯子一样往小屋那边跑去，我喊着她们的名字，一种荒谬的、强烈而又深沉的恐惧攫住了我。小屋离水塘并不算远，但我感觉自己似乎永远不能到达那里了。我脚下的土地很滑。我的腿陷进了一个个湿漉漉的窟窿、泥坑，淤泥发出一种像垂死者的叹息一样的声音，好像要把我吞掉。到达小屋时，我已经精疲力竭，喘得快窒息了。我的双手、我的长裤和我钉了钉子的皮鞋全都沾满了烂泥，散发出泥腥和湿草味。我甚至没法叫出她们俩的名字，而我正是为了她们才跑成这样的。后来，我看见了。我看见一只小手从墙角伸出来，抓住一棵毛茛，将花连梗掰了下来，那只小手随后又往另一朵花伸过去。我的恐惧以它攫住我的速度立即消失。波朴切特的小脸出现了。她看看我。我在她眼里看到了惊愕。“坏爸爸，我爸爸好坏！”她笑起来。我也笑了。我放声大笑，笑声很大，很大，让所有的人，让天下万物都能听见我的笑声，让世界上所有希望我噤若寒蝉的人，让世界上密谋吞没我的一切都知道我在笑。

波朴切特自豪地捧着她为她妈妈采摘的那束花，有毛茛、雏菊、勿忘草。所有那些花草都洋溢着生机，仿佛它们都不明白自己适才已经跨过了死亡的门槛。

艾梅莉亚已经离牧羊人小屋很远。她向牧场边缘的方向走去，然后在一个类似岬角的地方停下脚步，岬角那一边，斜坡断裂成了断崖。她的脸转到别国的平原那边，平原展现出一望无际的景象，在一片片的晨雾当中隐隐约约，仿佛在沉睡。她一直往前面伸着双臂，看上去仿佛正在准备起飞，她轻盈的侧影在白中泛蓝的远处突显出来，那份优美恐怕人间难得一见。波朴切特朝她跑过去，贴着她的身子，她想用她太短的胳膊紧紧抱住妈妈的大腿。

艾梅莉亚一动不动。她那被山风吹散的头发在空中飘来飘去，有如冷冷的棕色火焰。我放慢脚步走近她。她的香气和她又开始哼唱的那支歌曲的片段随风飘了过来。波朴切特跳起来总算抓住了她一只胳膊。她握着妈妈的手，把那束野花放到她手里。花儿一朵接一朵从她张开的手指间飞了出去，她却没有用丝毫的动作留住它们。波朴切特在她左右跑来跑去想抓住花儿，而我，往艾梅莉亚那边却一直走得很慢，只见她的身子在天空的映衬下仿佛悬空挂在那里。

温柔英俊的王子
你走得实在太远
温柔英俊的王子
没有你的嘴唇
度过了多少夜晚
温柔英俊的王子
有多少曙光升起的日子
温柔英俊的王子

你是否在梦中见到我

有如我在梦中和你相见

温柔英俊的王子

你和我总有一天清晨

重逢在故园

艾梅莉亚在我怀抱里跳舞。在一月光秃秃的树下，像我们这样陶醉在青春里的青年有好几十对。我们在公园路灯雾蒙蒙的金黄色灯光里合着小乐队的节拍滑动着步子，小乐队在亭子里演奏乐曲，音乐家们都穿着暖和的裘皮大衣，活像一些奇特的动物。那正是我们接吻的前一刻。那一刻之前是几分钟的晕眩。那是另一个时期。是混乱之前。当时就有这首歌，初吻之歌，用古老语言唱的歌，这首歌穿过一个接一个世纪，就像游子跨过一个接一个边境。字句粗糙的爱情歌曲，神话歌曲，一夜和一生的歌曲，“温柔英俊的王子”已经变成了令人觳觫的单调歌曲，艾梅莉亚自我封闭在里面有如关在监狱里，她在里边活着却并非真正在生活。

我把她紧紧抱在怀里。我吻她的头发，吻她的后颈。我在她耳边说我爱她，我永远爱她，说她身边有我，一切都为了她，我正贴着她。我用双手捧着她的脸，把她的脸转到我这边。于是，我看见她的眼睛里掠过一抹长期失踪者的微笑，与此同时，涌出的眼泪沿着她的脸颊流了下来。

# 二四

回到小镇，我又看见六月十日这特殊的一天大街上的热闹景象。男人和女人正在广场上聚集起来，摩肩接踵，形成了熙熙攘攘的人群。

好长时间以来，我总是躲开人群。我回避他们。我知道，他们是一切或几乎一切的根源。我指的是坏人坏事，战争以及战争在许多人脑子里打开的所有“火山口”。我可是亲眼看见过那些正在行动的人，当时他们知道自己并不孤立，他们知道自己可以淹没、溶解在即将囊括他们、超过他们的群众里，而群众是由成千上万按他们的形象打造出来的人构成的。人们永远可以对自己这么说：错误应归咎于那些拖他们下水，煽动他们，让他们像玻璃蛇一样绕着棍子跳舞的人；群众意识不到他们的行为、他们的未来和他们今后的行程。这种说法不符合实际。事实真相是，群众本身就是魔鬼。群众会繁殖，它偌大的身体是由成千上万别的、有意识的身体构成的。而且我知道，从来不存在幸福快乐的群众。也没有宁静的群众。甚至在他们的欢笑背后，在他们的微笑、音乐、单调的歌曲背后就有鲜血，沸腾的血，躁动的血，自我转圈、而且在自己飞速推挤旋转的旋涡中发疯的血。

很久很久以前就已经有了先兆。当时我在首都，他们派我去那里求学。是利马特出的主意。他先向当时的镇长西贝柳斯·克拉斯巴赫谈起此事，然后再与派佩神甫谈。他们三人都认为，小镇需要至少有一个镇上的年轻人受到比别的青年更好的教育，需要他去外面看看世界，然后回到镇里，成为学校教师、卫生干事，也许还可能成为公证人克诺普夫先生的接班人，因为这位公证人已经开始老迈衰弱，他出具的公证文书和通知有时不止让一个顾客吃惊。于是他们选中了我。

可以说，在某种意义上是小镇派我去首都的。如果说出主意的是我谈到的那三位，那么送我去并支持我的就几乎是全镇的人了。每个月末，“冻舌头”都要挨家挨户进行募捐。他摇着铃铛，重复说着那同一句话：“为布罗岱克的学习！为布罗岱克的学习！”人人都根据自己的愿望量力而行。可能是几个铜板，也可能是一件呢子外套、一顶帽子、一张手绢、一罐果酱、一小口袋小扁豆，给费多琳的一些买来的生活必需品，因为我去了那边，就不能工作赚钱帮助她了。我就这样经常接到小额汇票和滑稽的包裹，我的女房东弗拉·海特尼茨每次爬了六层楼弄得精疲力竭后，一边嚼烟，一边带着怀疑的神态把汇票和包裹交给我，黑色的烟草把她的嘴唇染得乌黑，使她的口气极为不佳。

一开始，首都吵得我头昏脑涨。我一生从没有听到过那么嘈杂的声音。我觉得一条条大街就像一条条汹涌的急流，熙来攘往的行人和车辆吵得我的头天旋地转，我经常逃到街边，紧贴着房屋的大门，以免被毫不停歇的车水马龙猛然啄了去。我住的房间，窗户锈得只能开一指宽。房内除了放我的草床垫，几乎没有别的空间，我白天把床垫卷起来，再放一个木板，那就是我写字的台子。那个城市，除了盛夏或严冬有几天明朗的日子，其余的时间永远处在烟尘和煤灰的浓雾包围之中，煤烟懒洋洋地从无数个烟囱里飘出来，互相搅缠在一起，然后日复一日地停留在天空打瞌睡，使太阳退居二线，离我们很远。最初那段时间，我感觉无法忍受这样的生活。我不停地想念我们的小镇，想念那充满树脂馨香的背斜谷，住在那里就像躲在母亲的怀抱里。我甚至记得我还在床上哭过几次。

那所大学坐落在一幢宏伟的巴洛克式建筑里，三百年前那是一位马扎尔[①]王子的宫殿，后来，在革命时期被劫掠，再后来卖给了一位举足轻重的种子商人，商人将它改建成了仓库。一八三一年，霍乱大瘟疫像猎狗追踪业已衰弱的野兽一般迅速蔓延到全国，这个宫殿便被征用，改成了公立医院。在那里看病的人少，在那里死亡的人多。多年以后，到十九世纪末，皇帝才作出决定，把这个大楼改建成大学。人们打扫了一个个公共大厅，在里面安放了长凳和讲台。太平间变成了图书馆，解剖室成了某种小客厅，老师们和一些出身权势家庭的学生可以在那里吸烟、聊天、读报，他们坐的是浅褐色的大皮圈椅。

大多数学生都来自资产阶级家庭。他们面色红润，双手纤细，指甲洁净。他们从小到大一直吃得饱，穿得好。像我这样身无分文的人仅仅是极少数。只要看看我们受过野外空气洗礼的脸，看看我们的穿着、我们笨拙的动作，看看我们生怕不能就位、生怕一再搞

---

① Magyar，中亚高原蒙古族的一支，九世纪西迁，定居在多瑙河中游平原现匈牙利一带。

错地方的恐惧，人们就能很快把我们认出来。我们来自远方。我们不是本市的人，甚至不是本市附近乡村的人。我们睡在屋顶下，房间供暖很差。我们从不回家，或者很少回家。那些有家有钱的子弟不大注意我们，为此，我认为他们并不蔑视我们。只不过他们很难想象我们是些什么人，我们从哪里来，我们是在怎样荒凉而又雄伟壮丽的景色当中成长起来的，我们在大城市里过着什么样的生活。他们经常在我们身边走过却视而不见。

几个礼拜之后，我不再害怕城市了。我对它可怕而充满敌意的一面不予理睬，我只记住了它的丑陋。而这种丑陋，我能在几个小时之内就把它忘得一干二净，因为我以极大的热情投入了学习和书本当中。事实上，我几乎从不离开图书馆，除非去一些课堂听老师授课。我找到了一个新伙伴，乌利·雷特，他跟我同岁，与我一样贫穷，可以说他也是他们小镇派来学习的，希望他学成回乡后能用他的知识造福更多的人。雷特来自边境的加利奈克丘陵地区，他的语言说起来很涩口，听起来很刺耳，随处有我听不懂的熟语，那语言使他在许多同学眼里成了一个古怪的人或粗野的人。我们不在学校的图书馆或我们的寝室里，便在大街上徜徉，走完一条街再走另一条街，同时谈论着我们的梦想，规划着我们的未来。

乌利是个咖啡馆迷，但他没有足够的钱经常光顾那里。他常常把我拉去欣赏咖啡馆，只见那里的煤气燃着蓝色的火苗，蜡烛的火苗是红黄色，女人们的笑声直冲天花板，天花板却遭香烟和烟斗吐出的烟雾覆盖；男人们穿着讲究，冬天穿裘皮，春天围丝巾；穿紧身白罩衫的侍者干净利落，酷似一支非战斗军队的士兵，光看一看这样的景象就足以让他像孩子一样笑逐颜开。

“咱把时间都浪费在书本里了，布罗岱克，这里才是真正的生活呢！”

乌利与我恰恰相反，他在城市里真是如鱼得水。他了解这座城市所有的街道和城里人所有的伎俩。他喜欢这里的灰尘、噪音、烟臭、暴力、地域的广阔。他喜欢这里的一切。

“我相信我不会回我们小镇……”他常对我这么说。我对他说，是他的家乡把他送到这里的，他的小镇就指望他了，白说，他用几句话或一挥手背便将这些话堵了回去。

“一帮醉鬼和粗人，我们那儿就有这些。你以为什么呢，你以为他们送我来这里是发善心吗？不是别的，是利益促使他们这么干！他们希望我回去时就像填鸭似的满肚子知识，然后就让我为这些知识一辈子付账。你别忘了，是无知所向无敌，布罗岱克，不是知识。”

哪怕他想咖啡馆比想学校的长凳多，乌利·雷特可一点不傻。他有时候说出一些句子足以刊印在书本里，但他说的时候却一脸的无所谓，仿佛一说完就马上对那些句子和对他本人嗤之以鼻，然后大笑起来，那笑声又像鹿叫，又像练声，总会引得行人转过身来。

# 二五

关于知识和无知、孤单和众多之类的问题引来了麻烦，正是这种麻烦使我在学习结束前便离开了那座城市。为了扰乱那个不断扩展的庞然大物，突然在那里出现了一些产生于子虚乌有的传闻和谣言，两三次谈话，发表在某日报上的未署名的只有几行字的文章，某个江湖艺人在市场上的自我吹嘘，某一首来路不明的歌曲，而这首歌曲凶狠的副歌却在转眼间被所有的街头歌手传唱。

人们参加的集会越来越多。几个人在一盏路灯下一站，互相说说话，马上就有人参加进来，别的人也加以仿效。片刻之间，就这样聚集了四十来个人，他们弓着背，不时地略微动一动，或对别人说的话略表赞同，但谁也不知道说话者是谁。接着，幢幢的人影仿佛被一阵狂风吹散，转眼之间便没了踪影，空空如也的人行道又开始了百无聊赖的等待。

从东部边境又传来了一些奇怪而矛盾百出的消息。有人说，在边境那边驻防的军队全部在移动，而且是以最谨慎的动作在夜里进行的，还说他们亲眼看见了部队正以空前的规模在进行调动。还有人说，他们听见了机器挖壕沟、地下通道、战壕和秘密工事的声音。末了，有人说，刚刚研制出了威力和射程都强大得难以想象的武器，而且准备投入使用，还说，首都到处都有间谍，他们准备在时机到来时放火烧毁那些新武器。饥饿也在折磨大家的肚子，主宰大家的脑子。前两年的夏天酷热难熬，这座城市周边的平原上，庄稼绝大部分都枯死了。每天都有一帮一帮的破产农人拥进城里，他们面黄肌瘦，茫然的视线停留在所有见到的东西上，仿佛准备偷掉它们。孩子扭着母亲的裙子不放。因为那些面色白里透黄的小家伙两腿发软站立不稳，他们还经常靠在一堵墙上，或靠在母亲的膝头站着就睡了过去，母亲支撑不住，便顺势坐到地上。

就在那段时间，内泽尔教授在讲台上大谈我们的伟大诗人，他们在许多许多世纪之前的蒙昧时期——那时首都还只是个大乡镇，我们的森林里到处是熊，是狼群，是原牛和野牛；那时，来自远方大草原的游牧部落散布着死亡，血流成河——把许多原创的抒情史诗精雕细刻成无数的诗句。内泽尔能看懂古希腊文、拉丁文、辛布里①文、阿拉伯文、阿拉米②文、哈萨克文和俄文，但他却不会看看自己的窗外，不会在大街上走回自己耶肯魏斯街的家里时把头从书本上抬起来。他在书本里是学者，对世界却是睁眼瞎。

有一天，出现了第一次游行。一百来人，不会更多，大多数是破产的农民和失业的工人，他们从阿尔贝格广场的市场出发——平时，在那地方聚集着很多寻找临时工作的人——没有得到回应后，便喊着口号朝议会的方向快步走去。到达那里，他们遭遇了在议会

---

① Cimbri，古代日耳曼民族部落，曾于公元前二世纪与条顿人一起侵略高卢地区。
② Aramaean，古代闪族游牧民，公元前一千五百年左右进入叙利亚边缘地带，后侵入内地，其语言成为当时那一带的通用语言。

大厦前的栅栏外站岗的哨兵，哨兵没有使用武力便将他们驱散了。我和乌利当时正赶往大学，亲眼看见他们从我们身边走过去。人们可能会认为那一队人有点喧闹，如此而已，有时大学生们也会结成那样的队伍庆祝他们领取了毕业证书，只不过这支队伍中的人们面容呈土灰色，而且相当紧张，他们的眼睛流露出隐隐约约的愤恨之情，这跟大学生的面容和眼睛的表情是不一样的。

“我还没来劲，他们的劲头就会过去！”雷特用嘲笑的口吻说，说罢便抓住我的胳膊，把我拉到一个他昨天才发现的新咖啡馆那边，想把这个咖啡馆指给我看。我们走远了，但我还时不时回头看看那些在大街上逐渐消失的人，他们的队伍就像一条很粗很长的蛇的蛇尾，而看不见的蛇头在我想象里却越变越大。

翌日，以及接下去的六天，同样的现象再次出现，不同的是，每次游行的人数都越来越多，哄闹声也越来越大。搀和到工人农民队伍里的还有妇女，也许是他们的妻子，还有一些不知从哪里出来的人，从来没有谁见过这些人，但他们让人想到羊倌或牧马人，只不过他们手头没有赶牲口的棍子和梭镖，只有叫喊和口号。这一来，只要议会大厦门前的士兵用他们的刀背敲打那些人当中几个人的脑袋，每天都会发生一些流血事件。如今，报章杂志登载的全都是这类群众运动，而当权者却保持着耐人寻味的沉默。礼拜五晚上，一个士兵被扔过来的一块铺路石严重击伤。几小时之后，全城都张贴了告示，告示声称，在新的命令发出之前，禁止一切集会，所有的游行都将受到最坚决的镇压。

给那一切火上浇油的是，次日黎明时分，有人在伊瑟廷居斯教堂附近发现了维格赫特·鲁帕赫肿胀的尸体，维格赫特·鲁帕赫是一位失业的印刷工人，据说他是头几批游行的发起人，因为他以他的革命观念而闻名遐迩。的确，许多人都远远看见过他那张半月形的蓄着络腮胡子的大脸，他总是走在游行队伍的前头，也听见过他用男中音喊着要面包，要工作。警方很快认定说，他是被人用又短又粗的木棍打死的，说有人最后一次看见他正从屠宰街区众多下等酒店当中的一家走出来，那些酒店供应黑葡萄酒和走私烧酒。他出店门时已经半醉，走路偏偏倒倒。他身上的身份证件和他的手表已被抢劫一空，口袋里分文全无，显然是被某个酒友或路上碰见的歹徒杀害的。然而，已经开始狂热起来的全城民众对警方的解释作出的回应是在城中心聚集起来呐喊，恐吓。仅仅几个小时，鲁帕赫已经变成了烈士，成了正在进入老年衰退期的当权者的牺牲品，当权者既不会养育他的子孙，也不会保护他们，抵御正在我们边境外修筑工事而不受惩罚的外国的威胁。在鲁帕赫的死亡里可以看到外国伸进来的那只手，可以看到背叛人民的那只手。于是，真相已经变得毫不重要。大多数人都不准备聆听真相。在过去的几天里，他们已经在脑袋里放进了太多的炸药，他们已经编织了一根漂亮的火绳，从此以后，火星就掌握在他们手里。

全面爆炸发生在礼拜一，那是在一个空城的礼拜天之后，当时可以说这个城市已经被抛弃，已被突如其来的罕见瘟疫折腾得荒无人烟。礼拜天晚上，艾梅莉亚和我，我们照样在街上散步，装做没有看见我们周围的一切，而那一切已经预示着即将发生某个空前严重的事件。

我和她认识已经五个礼拜了。我正在进入另外一个世界。突然间，我发现这个世界和我自己的生活很可能以全新的节奏继续下去，而且，从我热爱的人儿胸中发出的温柔而匀润的声音是世界上最动听的声音。我们总在同样的地方、同样的街道散步。可以说我们不约而同地确定了我们的圣地，那就是我们最初定情的地方。我们在剧院门前走过，然后经过翁德－德－博格尔大道朝埃尔西散步小道走去，那里还有音乐台和溜冰场。艾梅莉亚要我对她谈谈我的学习，我读些什么书，我的家乡是什么样子。“我非常想了解那一切，”她说。

她是在一年前来到这个城市的，当时带在身边的唯一宝贝就是她的双手，她擅长刺绣，能绣出精美的绣品，变换各种复杂的针法，她绣的花边纤细到可以与霜花媲美。“在我后边只有漆黑一团，没有别的，只有漆黑一团。”一天晚上，当我问起她的家庭和她从哪里来时，她回答的这句话又把我带回到我自己的过去，我遥远的几近死亡的童年、被摧毁的房屋、坍塌的墙壁、冒着烟的断壁残垣，我能记忆和费多琳对我讲述过的一切。于是，我爱艾梅莉亚又像爱我的妹妹，爱一个跟我一样来自深渊的人儿，跟我一样除了朝前看别无选择的人儿。

礼拜一那天清晨，我们在像章厅听内泽尔讲课。我始终不明白为什么大家这样称呼这个天花板很低矮的大厅，大厅的墙壁打了蜡，可以照出我们有点模糊的形象，但墙上没有任何装饰。讲课的主题是口耳相传上千年的伟大民族史诗《坎特·托伊斯》第一部分的韵律结构。内泽尔讲课时从不看听课的我们。我相信实际上他主要是对自己说话，而且大多数时间都保持这样奇怪的讲课方式：自我独白，不在意我们的存在，更不在意我们的意见。他一边狂热地论述着诗篇的五音节、六音步，一边用发蜡梳理着自己的头发和胡须，填着烟斗，一板一眼地刮擦着自己上衣翻领和翻袖口上密密麻麻的饮食污渍，用很薄的小刀清理着指甲。我们当中也就不到十个人在注意听他讲课，其余的人大多数在打瞌睡或仔细研究着天花板的裂缝。就在他起身在黑板上写下两句诗——那两句诗我现在仍记忆犹新，因为诗篇的古老语言在很多方面都酷似我们的方言：

他们在喃喃细语中来到这里，
随即消失在浓雾和土地中。

——的当儿，课堂的门猛然被推开，碰到墙上发出了咔拉声，同时从外边传来一阵可怕的喧闹声。我们大家都不约而同地朝那边转过身去。我们看见一些怒目圆睁的脸、摩拳擦掌的手臂和冲我们大声怒吼着的嘴："全体出动！全体出动！为鲁帕赫报仇！叛徒死定了！"门洞里只能看清四五个人的脸，显然都是些大学生，他们脸部的轮廓虽然模糊但还算熟悉，他们一定是被身后巨大的怒吼声支持并推到第一线的。后来，他们又猛然销声匿迹，与方才在我们面前猛然出现如出一辙，留下了敞开的门，活像水磨盘的窟窿。片刻之前还在我周围的那些人仿佛被一种不可抗拒的自然力量所驱动，几乎全部被那窟窿吸走了。我周边响起了一片推倒椅子和长凳的碎裂声、喊叫声、怒骂声、吼声，然后，一下子，鸦雀无声。浪涛已然渐行渐远，带走了野蛮，把野蛮推广出去，散播到全城。

在像章厅只剩下了我们四个人：弗里茨·舍费尔，一个胳膊很短的大胖子，他上三级楼梯就喘不过气；尤利乌斯·卡克内格，一个从不跟任何人交谈的人，他永远通过浸透香水的手巾进行呼吸；巴特莱奥·米察，一个聋子，以及我。当然，还有内泽尔，他举着粉笔看见了发生的那一切，微微耸耸肩，然后继续上课，一副若无其事的样子。

# 二六

那奇特的一天，我是在大学的墙内度过的。我在那里有安全感。我不愿出门。我听见外面一片令人胆寒的响声，然后是一片寂静，寂静蔓延开去，杳无止境，最后竟让人感到那寂静与哄闹同样令人忧虑万分。我整个下午都没有离开图书馆。我知道艾梅莉亚在与另一个刺绣姑娘合租的带家具的房间里，没有出门，很安全，那姑娘脸色红润，头发像羊毛，名叫古德龙·奥斯特里克。昨天晚上我让她们答应我一整天别出门。

我还清楚记得在那样奇特的时刻我在图书馆试着阅读的那本书。那是一位医生的著作，医生名叫克劳斯·赖因霍尔德·玛利亚·梅斯内尔博士，内容谈的是瘟疫在各个历史时期的蔓延。书中有表格，有图解，有数字，还有给人深刻印象的插图，那些插图与冷冰冰的科学调查形成鲜明的对比，因为插图用某种令人毛骨悚然而又珍贵的浪漫主义使科学调查熠熠生辉。其中有一幅插图让我感到格外不舒服，插图呈现的是某个城市的一条又破陋又狭窄的街道。马路上的铺路砖凹凸不平，街道两旁的房屋全都敞开着大门。从大门内逃出来几十只老鼠，又肥又黑，鼠毛蓬乱，嘴脸歪扭；与此同时，有三个穿齐脚长袍、脑袋裹在只露眼睛的尖形风帽里的男人，正在将一具具僵硬的尸体堆放在手推车里。远处，几缕轻烟在天际划出一道道条痕，近景则是一个衣衫褴褛的孩子，他似乎想避开镜头，坐在地上，用双手蒙住脸。奇怪的是，三个男人中没有一个人理会他，显然已经把他归入即将死亡或注定要死亡的那类人里。只有一只老鼠凝视着他。老鼠用后腿站立起来，一副狡黠而又嘲讽的神气，似乎在对蒙着脸的孩子进行拷问。我在这幅插图面前停了很久，我在琢磨这幅版画的作者真实意图何在，为什么这个医生要引用这幅版画。

约莫四点钟，光线一下子暗了下来。天空乌云密布，那是承载着雪的乌云，雪果然开始在城市上空下了起来。我打开图书馆的一扇窗户。大片大片的雪花飞到我的脸颊上便立即融化了。我看见大街上人影幢幢，来来往往，脚步却跟平时没有什么两样。城市似乎又恢复了原有的面貌。我抓起自己的上衣便离开了大学。我当时还不知道，就在那一刻，我已和那所大学永别，再也不会回去了。

要回到我的房间，我必须经过萨尔茨瓦赫广场、西贝柳斯-福-雷希特大道，穿过柯勒希老街区，那是全市最古老的一部分，里面狭窄的小巷纵横交错，小巷里开着不计其数的小店铺，最后还得顺着威廉公园和特尔姆那些阴森森的建筑往前走。我走得很快，也不大抬头。我一路上和许多人影交错而过，他们也跟我一样走得很快，其中也有几个人大声说话，似乎有些醉意，而且他们之间还在笑。

在萨尔茨瓦赫广场和西贝柳斯-福-雷希特大道，地上已经有了积雪，不算多的行人在雪地上留下了他们忙碌的来往脚印。乍一看这些地方，人们可能会认为什么也没有发生，这个城市经历了一个很平常的礼拜一，大街上提前进入睡眠状态无非是因为天气太坏、太冷，就跟黑夜稍微提前降临一样。

然而，必须走进柯勒希老街区迷魂阵一般的胡同网才会明白根本不是那么回事。是一种声音提醒了我这一点。那是玻璃的声音，我走路时脚下发出的碎玻璃的声音。我刚走进去的那条胡同的地上星星点点到处都是碎玻璃，而且在我的视线所及的地方，也能看见到处闪光的玻璃碎片，只不过有些地方被积雪覆盖了。我不禁遐想起来，这里曾经有人撒过大量的宝石吧！这一来，那条胡同竟变成了闪闪烁烁美不胜收的仙境，而且这仙境还是某个童话故事的背景，就缺故事的情节和某位公主了。然而，当我的视线停留在那些被砸得像死亡动物的嘴一样张着大口的玻璃橱窗上时，最初那些幻象便在刹那间烟消云散了。只见一个个店铺内部被蹂躏得七零八落，木桶被拦腰砍开，腌咸鲱鱼、风干肉、醋渍小黄瓜和酒从桶里滚了出来；货摊脏得面目全非，商品散落到各个角落。踩在碎玻璃地毯上的脚步声与痛苦的呻吟声、哭叫声交织在一起。也不知道是谁在这样哭诉，因为哪里都见不到活着的人。相反，三具尸体横躺在一家裁缝店门前，头部被打得发青，而且肿胀得吓人。门框上只剩下了一扇门，就在这扇门上有人用红色颜料涂写了几个字："肮脏的外来人"，然而，"外来人"这个词有点含糊不清，它也可以理解为"叛徒"，按民间的用法甚至可以理解为"下流坯"、"污秽"。有些字母的红色颜料还在往下滴。可以相信那些字是用人血写成。一卷一卷的布料散了一地，有人曾经试图放火烧掉它们。被砸碎的橱窗框上还残留着一些玻璃碎片，看上去就像一个个边角细脆得难以想象的星星。

“肮脏的外来人”这几个字在其他许多地方也能看到，有的还添加了另外的内容：“为鲁帕赫报仇。”我不断回头看那三具尸体。我感到晕眩，眼前的死人使我模糊回忆起另外的死人，另外的尸体，他们像牵线木偶一样躺在那里，他们已经没有人的轮廓。我又重新成了那个在断壁残垣间踟蹰的小男孩，他被抛弃在瓦砾和砖头石块当中，到处都在燃烧，他搞不清楚自己是尚未消失的噩梦中的玩具，还是决定与他闹着玩的某个时代的玩具，就像猫决定与老鼠闹着玩一样？在我那些记忆的片段不期而至的同时，我又回忆起在梅斯内尔博士的著作里看见的那幅插图的所有细节，一缕缕的黑烟、数不胜数的老鼠、孩子、穿黑衣的人、大堆的尸体。我眼前的一切：胡同里令人毛骨悚然的场面、我童年的回忆以及版画上再现的那些细节仿佛骤然间都重叠在了一起，以便合力打造它们的恐怖和令人憎恶的惨状。我摇晃了一下，险些摔在地上，但我忽然听见有人在叫我，一个声音在叫我，微弱的、破碎的声音，就像成千上万的玻璃碎片发出的声音。

原来是一位老者，他蜷缩在稍远处的一个大门角落里。他瘦骨嶙峋，雪白的长胡须将他的脸拉得更瘦更长。他在发抖，朝我伸出了手臂。我连忙跑到他身边，他却不停地重复着一句话：“疯了，疯了，疯了，都成了疯子……”他说的是费多琳那种古老的语言，我试图将他扶起来。

“您住哪里？就在这条街吗？”

他用眼睛盯住我的眼睛看了几秒钟，但他似乎并没有听懂我问他的问题，又一个劲儿重复说着那句话。他的衣服有好几处都被撕破，他血迹斑斑的左手好像已经毫无知觉。我抱住他的身体，想把他扶起来，但我刚把他扶起靠在墙上，就听见背后有人在叫喊。

“呀，他们还在动！他们在嘲弄我们！他们，他们站起来了，可我们的鲁帕赫却死了！”

有三个家伙朝我们走过来。他们当中每个人都拿着一根长棍，左臂上都戴了一个袖章一类的东西，黑色袖章上写着交叉起来的两个词第一个字母：“W. R.”。他们一边笑着，一边大声说着话。他们都戴着鸭舌帽，帽檐使他们的轮廓在阴影里无法看得很清晰，所以就我所能看见的，其中一个人的脸似乎有些熟悉，但我感到恐惧正侵入我的心田，我的思维也逐渐变得模糊。看见他们的人可能会认为他们喝醉了，但他们身上并没有酒味。光愤怒和仇恨就足以使人们的头脑陷入混乱。那是最烈性的烧酒。唉，后来在集中营我曾在多个场合见证了这一点。

那老者还一直在重复说着那句话。而且我相信他根本没有发现那三个人的到场。三人中的一个用长棍顶住他的胸脯：

“你马上跟着我说：‘我是大粪外来人！’说呀，跟着我说一遍！”

但老者没有听见他说话，也没有看见他。

“我认为他听不懂您的话，他受伤了……”

这两句话是脱口而出的，而且一说出来我就后悔了。那长棍立即戳到了我的胸口上。

“刚才是你在说话吗？你竟敢说话？瞧你那坏蛋嘴脸，你是谁？你也一样，你就有外来人的臭味！”他竟朝我两肋打了一棍，使我顿时感到喘不过气。就在这一刻，他的伙伴，就是刚才我感到有些熟悉的那个人，进行干预说：

“不，我认识他，他叫布罗岱克。”

他把自己的脸朝我的脸靠过来，刹那间我认出了他。那是三年级的一个学生，他经常光顾图书馆，跟我一样。我不知道他的名字。我只记得我曾多次看见他翻阅天文方面的论文，而且把很多时间花在看天文图上。

“布罗岱克，布罗岱克……”那个看上去像他们头头的人说道，“这是地道的‘外来人’名字！瞧他的鼻子！他们的鼻子，就那东西暴露了他们！还有他们的眼睛，他们往外突出的大眼睛，突出来就是为了什么都看，什么都拿！”

他继续把棍子往我的两肋戳，就像对待不听话的牲畜一样。

“费利克斯，放了他吧！咱们不如光管那老东西，他可是铁板钉钉的坏家伙。他的店铺就在那边，我了解这店铺。真正的贼，就靠放贷肥了自己！”

这帮人中的第三名还一直没有说话，他这时搀和进来说：

“他归我！该我干了！你们俩各自都揍了两个！”

他也一下子走了过来，此前他一直待在阴影里，我这才看清楚，原来他还是个小孩子，也许只有十三岁，不会更大，皮肤白里透红但嫩得不堪一击，牙齿在黑夜里都能闪出白色，他笑起来像个疯子。

“你们瞧瞧，这小乌尔里希想要他那份乐子呢！可你还太嫩，我的兄弟，奶水还在从你耳朵里往下滴呢！”

老者似乎睡着了。他已经闭上了眼睛。他已经不再说话。那孩子狂怒地推开他的兄长，用他的长棍尖把我赶开，然后在那蜷缩在地上的老人面前站定。鸦雀无声。夜已经浓得像污泥。一股朔风猛地刮进胡同，使地上的雪轻轻飞舞起来。谁也没有动。我对自己说，我正在做梦，或者正在施蒂皮斯皮尔小剧院的舞台上，那个剧院经常演出一些滑稽剧，没头没尾，有时也有残忍的场面，但总是以搞笑结束。然而，那孩子突然又兴奋起来。他把棍子举过头顶，然后嗥叫着向老人砸下去，老人没有叫，但他睁开眼，睁得大大的，并且浑身颤抖起来，仿佛有人把他扔进了结冰的河里。孩子又冲他打下去第二棍，打在额头上，然后是第三棍，打在肩膀上，然后是第四棍，第五棍…… 他再也没有住手，而且一直在笑。他那两个伙伴一边鼓励他，一边拍手，还有节奏地大喊“啊咿！啊咿！啊咿！啊咿”，让孩子合着节拍打。老者的头骨像两个石子夹核桃一样喀嚓一声裂开了。那孩子像疯人一样继续打下去，而且越来越用力，嗥叫声越来越响。然而，渐渐地，尽管他没有停止打人，尽管他看着他的牺牲品时一直在笑，尽管他的伙伴一直在鼓掌，他溅满鲜血的脸却变了颜色。对他适才犯下的丑恶罪行的憎恶仿佛深深进入了他的血管，流入他的四肢，流入他的肌肉、他的神经，侵入他的大脑，使他的大脑得到洗涤，洗尽了一切污垢。他打人的节奏慢了下来，随即停止。他带着憎恶看看沾满鲜血和骨头碎片的长棍，再看看自己的手，仿佛那两只手并不属于自己。他随即把视线转到老人身上，老人的脸已经没有形状，眼皮紧闭的双眼肿得吓人，看上去像两只苹果。

那孩子猛然把长棍往脚边一扔，仿佛棍子在烧灼他的手心。他感到一阵剧烈的痉挛，随即吐出两口黄色的液体，之后便跑掉了，他已被黑夜吞进肚里，与此同时，他的两个伙伴却笑得直不起腰，那个头头，他的哥哥，冲他的方向喊道：

“干得漂亮，小乌尔里希！这老头已经送命！从今以后你就是男子汉了。”

他用脚踢了踢老者的尸体，尸体在雪中摇晃了一下。这青年随即挽住同伴的胳膊，口里吹着时髦的小曲心安理得地走远了。

我没有动。那是我第一次亲眼看见虐杀一个人。我内心感到茫然。脑子空空如也，嘴里充满苦涩的胆汁。我没法把视线从老人的尸体上移开。鲜血渗进了雪里。雪片一到达地上，便狼吞虎咽地吃掉了地上的红色，画出一些从未见过的凹陷的花瓣。又一阵脚步声使我浑身哆嗦起来。有一个人又朝我走了过来。我相信他们回来准备把我也杀掉。

“快逃，布罗岱克！”

是那个大学生的声音，那个一连几小时凝视着大部头图书上星空和银河系插图的大学生。我抬头看看他。他也看着我，没有仇恨，只带着几分蔑视。他冷静地说：

“逃走吧！我不会老在这里拯救你。”

他往地上吐一口吐沫，转身走了。

# 二七

翌日，传言不胫而走，说在大街上收了六十七具尸体。有人说，警方在有能力阻止时竟没有阻止任何一起罪行。当天下午预计会进行新的示威游行。整个城市处在燃烧的边沿。

我黎明即起。昨天一夜没有睡觉，眼前不断出现那小孩凶手的脸和他的老年牺牲者的面容，耳边不断响起孩子凶恶的嗥叫和老人反复说出的那句话，以及棍子沉闷的敲击声和骨头断裂的咔嚓声。我已经作出了决定。我把几件日用衣物打成一个小包，把房间钥匙交还给女房东弗拉·海特尼茨，她接过钥匙，什么也没说，我向她说了几句道别的话，她只用缺牙的嘴轻蔑地微微一笑算是回答。她正把肥肉和葱头往长柄平底锅里倒。她的小房间充满刺眼的油烟。她把钥匙往钉子上一挂，然后干她的活，仿佛我已经不存在了。

我在大街上走着，脚步急促。街上行人很少。有些地方还能看见昨夜留下的污迹。有些面带恐惧的人互相低声讨论着什么，一听见哪怕最微小的声音便迅速转身看看。有些大楼的门上还刷着大字标语："肮脏的外来人"，而且在好多车行道地面上还残留着碎玻璃，碎玻璃在我脚下咯吱作响，让我不寒而栗。

我事先写好一封给乌利·雷特的道别信，准备在他房间里见不到他时留给他。我想错了。他真在屋里，但躺在床上，醉得和衣睡了过去。他手上还拿着一个剩下一半酒的酒瓶，浑身散发出烟叶、臭汗和低级谷物酒的味道。他外衣的右边袖子已经被撕破，上面还有一条又宽又长的痕迹。是血迹。我以为我的朋友受伤了，然而，把他的袖子翻上去一看，我才明白他没有受伤。我突然感到浑身发冷。我不愿意往深里想，我强迫自己什么也不想。乌利正大张着嘴睡觉。他在打鼾。很响。我把道别信放进他的衬衣口袋里便走出了他的房间。

我从此再没有见过乌利·雷特。

我为什么写了上面那句并不完全真实的话？我曾经再见到过乌利·雷特，或者不如说我完全相信我曾经再见过他一面。那是在集中营。他在另一边。我的意思是说，他在看管我们的人那一边，而不在我们这边，我们当时只有苦痛和顺从。

那是一个霜降的清晨。我当时名叫“狗布罗岱克”。我的主人沙伊德格尔要遛狗，于是我戴上了颈圈，系在颈圈上的是牵狗绳。我必须用脚用手在地上爬着走路。我必须像狗一样到处嗅气味，像狗一样吃饭，像狗一样撒尿。沙伊德格尔在我旁边走着，一副办公室职员小人得志的模样。那天，他散步一直走到卫生所的临时建筑。在进去之前，他把牵狗绳牢牢系在钉死在墙上的一个铁环上。我蜷缩在尘土里，双手捧着头，试图忘掉刺骨的寒冷。

就在那一刻，我相信我看见了乌利·雷特。我看见了乌利·雷特。我听见了他的笑声，他那格外特别的笑声，像铃声一样尖厉而清脆，像摇转玩具的嘎嘎声一样快活。他背对着我。他同另外两个看守在一起，离我只有几米。他们三人都拍着手取暖，乌利，或者说乌利的鬼魂，正在说话：

“没错，我告诉你们，一个地道的小天堂，却在离这个沙伊策普拉茨四公里的土地上！有一个火炉烧得好欢，一个圆得像火腿的女侍端来的鲜啤酒上面起着白泡，那女侍一点不怕生！谁都可以在那里吸几个钟头的烟，在那里遐想，忘掉这些腐蚀我们生活的肮脏鬼！”

他说毕便大笑起来，其余的人也跟着他笑，他随后把手一挥准备转身走开，而我，连忙把我的脸更深地埋进我的手里。并不是我害怕他认出我，不是。是我不愿意看见他。我不愿意同他的视线相遇。我最大的愿望是将我的幻想深深埋在我的思想最深处，那幻想就是：这高大肥胖，庆幸自己当上了刽子手的人，这个离我咫尺却生活在活人世界，却与我处于两个不同世界的人可能不是乌利·雷特，不是曾与我朝夕相处的乌利·雷特，我同他分享过剩余的面包，分享过菜盘里的土豆，我们共同度过了多少幸福的时刻，梦想的时刻，手挽手散步的时刻！我宁愿怀疑那是假的而不是真的，哪怕这种怀疑多么缺乏根据多么脆弱。是的，我宁愿怀疑，因为我相信真相会置我于死地。

生活真是个奇特的东西。我的意思是生活的激流，那把我们带得太远，以至很难跟上的生活激流，在流过一段奇怪的流程之后，把我们或放在右岸，或放在左岸。我不知道大学生乌利·雷特如何竟变成了集中营的一名看守，也就是说变成了那台吞噬我们的巨大的死亡机器上一个上了油的、听从使唤的零件。我不知道他是经历了什么样的磨难或什么样的滑坡才走到了那一步。我所熟悉的乌利，那个连一只猫都不会伤害的乌利，怎么会去为那样的体制服务，为那碾磨人类，使人类沦落到与之相比连鼠妇[①]都值得羡慕的不堪状态的体制服务？

集中营唯一的优点就是占地面积广阔。我此后再也没有见到过那可能是乌利·雷特的人，再也没有听见过他的笑声。在那冰冷的清晨见到的一幕也许是经常光顾我的众多噩梦当中的一个？但这个噩梦毕竟显得太真实了。真实到集中营被打开那天，我跑遍了所有堆着尸体的通道，尸体里有囚犯，也有几个看守。我把尸体一个一个翻转过来，心想也许会找到乌利的尸体，但情况并非如我所想。我只看见了集中营那“吞噬生灵的女人”的遗体，我观看良久，有如人们观看一个无底的深渊，或回顾无休无止的痛苦。

就在后来被称为“清洗之夜”的第二天，我把道别信放进乌利的衣服口袋里之后，便急匆匆来到艾梅莉亚的住处。她正在自己房间的窗前安静地干着刺绣活儿，她的女伴古德龙·奥斯特里克也在刺绣。她们俩看见我都很吃惊。按照我对她们的要求，她们已经两天没有出门，一直在拼命工作，好按时结束一份重要的订单——新娘嫁妆中的一张很大的绣花桌布。艾梅莉亚和她的朋友在一块白色麻布上绣了几百朵小百合花，百合花又与许多大星星搀和在一起。我一瞧见那些星星，就感到浑身发麻。两个女伴的确听到过人群的脚步声、尖叫声和喊声，但她们的街区离柯勒希老街区很远，而大多数劫掠和屠杀都发生在老街区。她们一点也不知情。

我把艾梅莉亚抱在怀里。我把她紧紧贴在我的心上。我告诉她

---

① 甲壳纲无脊椎动物，别称潮虫、西瓜虫等。

我准备离开，我这一走就永远不会回来，我强调说我是来接她的，我要带她跟我一起走，去我们家，去我们小镇。那里有大山，那里完全是另一个世界，在那里人们都能得到保护，不会受任何侵害，那里的山脊、牧场、森林是我们最可靠的屏障，我还说我希望她成为我的妻子。

我感觉她贴着我在轻轻颤抖。我仿佛在承接一只小鸟的抖动，这样的抖动一直进入我身体的最深处，使我的身体格外活跃起来。艾梅莉亚把她美丽的脸庞朝我转过来，她微笑着，久久紧抱着我。

一个钟头之后，我们离开了那座城市。我们手拉着手，走得很快。我们并不孤单。男人、女人、整个家庭、小孩和老人都像我们那样往外逃，他们都肩挑手拿着箱笼行李，有的箱子装到箱口，已经无法关上，露出了里面重重叠叠的衣物和餐具；有的手推车上挤满了箱子和捆得很松散的大包小包。所有的人都神色严峻，满脸恐惧，眼光游移。没有人说话。人人都在加快脚步，仿佛最紧迫的事是把我们背后的一切甩得越远越好。

究竟是谁在驱赶我们？是别的人，还是事物的进程？我还身强力壮。我还是个青年，然而，想想我的一生，那就像一个瓶子，人家总想尽量往瓶里装些比它的容积多得多的东西。所有的人一生都如此，还是因为我生在一个摒弃一切极限，践踏生命有如在轮盘狂赌中出牌一般的时代？

我这个人要求并不高。我宁愿一辈子不离开我们的小镇。大山、森林、河流，这一切于我足够了。我真愿意远离喧嚣的尘世，然而在我周围有那么多的民族在相互残杀。有那么多的国家被消灭，在历史书里仅仅留下了它们的国名。一些国家吞并了另一些国家，使被吞并者山河破碎，惨遭蹂躏，受尽侮辱。而正义往往不能战胜邪恶。

为什么我就该和千千万万别的人一样背负并非我自己选择的十字架，为什么我就该承受并非为我的肩膀特制的而且与我毫不相干的长期苦难？究竟是谁决定前来打乱我默默无闻的生活，刨掉我惨淡的平静、我有意的隐姓埋名，将我当成九柱戏狂赌中一个失去控制的小球抛出去？是上帝？要是这样，如果他存在，如果他真存在，那就请他隐藏起来。请他把双手放在自己的头上，把头埋下去。也许，正如派佩神甫过去对我们宣讲的，许多人愧对他，然而今天我却知道，他应该愧对我们当中的大多数人，如果说创造物今天能够制造出那样可憎的恐怖，唯一的原因就是造物主给他的创造物传授了秘诀。

## 二八

我适才又从头到尾重读了一遍我的故事。我说的不是公家的报告，而是这一整份坦诚的告白。它没有顺序，我想到哪儿说到哪儿。但我没有必要替自己辩解。词句来到我的脑子里，有如锉下的铁屑飞到吸铁石上，我便毫无顾忌地把词句倾泻到纸页上。如果说我的故事像一个超乎寻常的庞然大物，那是因为它是对我这一生的形象描绘，而我又深感无力承受这样的一生，于是我这一生经历的一切便顺水漂流而下。

六月十日，那是为欢迎“另外那个人”举行“杯盘会”的日子。全镇的人，甚至镇外的人都聚集在菜市场附近，站在“冻舌头”布置的小台前等待。我曾经说过，好长时间以来我从未见过如此众多的人集中站在如此狭窄的地方。那不过是些平和的人，笑容满面，心情愉快，但我仍然禁不住想到那几天在大街上游行的人群，也就是犯了疯魔症的首都在“清洗之夜”的前几天，我看见眼前这些平和的脸好像都是些假面具，假面具掩盖着始终睁着疯狂双眼张着血盆大口的真实面目。

维克托·海德基尔希用他的手风琴演奏着所有我们熟悉的单

调歌曲。在傍晚温暖舒适的空气里，油炸饼、烤香肠、面裹油炸食品、蜂窝饼、“热板油”的香味与小镇周围草地上干牧草的清香混在一起。波朴切特极其快活地闻着那些香味，同时和着海德基尔希奏出的那些陈旧的音乐拍着巴掌。艾梅莉亚和费多琳都留在家里。太阳在霍尔尼山的山脊后边缓慢地沉落下去。它好像从容不迫，拖延着白昼的时间，让自己也感受感受节日的气氛。

但突然间，大家猜想仪式即将开始了。人群中骤然出现一阵轻微的骚动，犹如一阵轻风吹动了白蜡树叶。似乎有人向维克托·海德基尔希打了招呼，只见他猛然停止了演奏。会场上还有几个人的说话声、笑声和喊声，但那些声音也在逐渐减弱，直到湮灭成鸦雀无声。这时，我闻到从我身后传过来一股鸡舍味。我一转身，看见戈布勒站在离我两步远的地方。他提提他那怪怪的草编贝雷帽向我致意。

“大伙儿是来看戏的吧，邻居？”

“看什么戏？”我反问他。

戈布勒用手指了指我们周围的一切。他冷冷一笑。我什么也没有回答。波朴切特扯扯我的头发说：“黑鬈发我爸爸！黑鬈发！”在我右边十来米的地方，忽然有了点动静，是鞋子在地上摩擦的声音和闪开身子时衣服的窸窣声。众人看见大块头奥施威尔正在劈开两边的人群，在他身后，一眼就能瞧见一顶帽子在跟着他往前走。两个礼拜以来我们已经学会了认出这顶帽子，帽子看上去类似发亮的黑色甜瓜，看不出年代、时间，也看不出地点和戴帽的人，因为那顶帽子似乎单独飘浮在空中，仿佛在它下边并没有戴帽人的头。镇长来到小台前，毫不犹豫地走了上去，到达台上后，便煞有介事地一扬手请那个只让人看见帽子的人也登台与他站在一起。

“另外那个人”倍加小心地踩得绿色木梯咔咔作响，总算来到了台上，站在奥施威尔身边。台子离菜场的地面不过几米，其实还不到三米，而“冻舌头”钉的木梯也只有六级，然而，眼看“另外那个人”登台的模样，你会认为他是在攀登霍尔尼山脉最高的山巅。他攀爬起来实在太慢也太困难了。当他终于来到镇长身边时，人群里发出一阵吃惊的喃喃声，因为必须承认，对大多数在场的人来说，他们是第一次亲眼看见人们议论颇多的那个人，那个穿着衣服的活生生的本人。台子既不宽大，也不太高。“冻舌头”建造时只凭他个人的判断进行计算，而他量尺寸的根据显然是他自己的个头和肥瘦：他瘦得活像一根盖缝木条。然而，奥施威尔却高大得像一个巨人，而“另外那个人”也圆得像一块大圆面包。

镇长穿的是节日的盛装，是他那套一年只穿三次的礼服，每次都在大场面亮相：小镇节、圣马太庙会、万灵节。那套礼服与他平日穿的衣服不同之处只在于一件绿色的有镶边花饰的上衣，这件上衣胸前的扣子是一排十个肋形花饰。在我们这里，为了活下去，最好不显山不露水，质朴原始得像高山牧场上露出的一块花岗石。这一点，奥施威尔早就心知肚明了。他才不会炫耀自己呢。

“另外那个人”显然不是一回事。他从月球上掉下来，甚至来得更远。他不了解我们这里的风俗习惯，也不知道我们山里人是怎样的性格，脑袋里都想些什么。他如果少系一些饰带，少擦点香水和香脂，我们也许不会认为他如此让人不舒服。他如果穿粗呢衣服、绒布衣服，加一件旧羊毛外套，也许他最后能融入我们的四壁，而且我们的小镇也会逐渐——当然不是接纳他，要做到这一点起码需要五代人的努力——容忍他，有如大家容忍从不知什么地方过来的猫或狗，那些猫狗显然是从森林的腹地过来的，但它们步态安详，叫声节制，走在大街上也是一道风景。

然而，“另外那个人”，尤其在那一天，简直就是反其道而行之：两个黑缎子翻领之间是雪白的褶裥，表链、钥匙链，还有不知什么链在他的将军肚上集镀金饰品之大成；还有鲜艳的袖口翻边和与之相匹配的纽扣、蓝黑色的礼服、编织的腰带、有饰带的长裤、石榴红的护腿套、漆皮鞋，别忘了，还有他抹了脂粉的双颊，他那又胖又圆像熟得过头的苹果一样的双颊，以及他发亮的小胡子、刷过的连鬓胡和粉红色的嘴唇。

他和镇长紧靠着站在那小台子上，形成了十分滑稽的一对，他们待在马戏团的帐篷里恐怕比待在乡镇广场上更合适。“另外那个人”微笑着。他从脑袋上摘下了自己的帽子，把帽子放在自己的手里。他微笑却没有对象，因为他并不看任何一个人。在我周围，悄悄话再次嗡嗡起来：

“Teufläsgot！一个公民像那样成啥体统？”

“那是个人还是个气球？”

“是只胖猴，没错！”

“没准儿他来的那地方时兴这个！”

“那是个蠢货，没错，一个神经不正常的人！”

“住嘴，镇长要讲话了！”

“爱讲不讲，咱照样欣赏那怪物！”

奥施威尔好不容易从他的衣服口袋里扯出两张叠了又叠的纸片。他花好长时间把纸片抹平，为的是让自己显得泰然自若，因为大家完全能够感觉到他有点心慌意乱，说白了，他不大自在。他发表的演说价值连城，我得把它全文复述一遍。倒不是我一字不漏地将它记在了心头，而是我在前几天干脆向奥施威尔要来了这份演讲稿，因为我知道他把所有关乎他行使职权的东西都归了档。

“你拿那讲稿干什么？”

“为了写‘报告’。”

“你干吗追溯那么远？我们又没有要求你写那么多。”

他用不信任的神态提醒我，他似乎在怀疑其中有陷阱。

“我心里想的是，说明我们小镇如何热烈欢迎他，这比较有利。”

奥施威尔推开他面前的账簿，接过瞎姑娘递给他的酒壶和两个杯子，倒上啤酒，把一个杯子推到我面前。我明白我的请求使他感到烦恼，他在犹豫，但他末了仍旧说道：

“如果你认为这对我们有利，那你就这么做吧。”

他拿起一小张纸，在上面慢慢写了几行字，然后把纸片交给我。

“你去镇政府，把这个交给豪佐恩，他会把讲稿交给你。”

“这份讲稿，是你个人拟的吗？”

奥施威尔把啤酒杯放在桌上，看看我，神气里有被冲撞而引起的不快，也有怜悯之情。他随即用我完全不熟悉的温和口气对瞎姑娘说：

“你出去吧，莉泽，好吗？”

小姑娘点头行礼之后便退了出去。奥施威尔等她拉上门后说道：

“你瞧这女孩子，布罗岱克，好吧，她眼睛是瞎的。她生下来就是瞎眼。你能看见的你周围的一切，这大箱子、这挂钟、那个我曾祖父亲手制作的家具、从窗户可以看见的这一片坦内林根森林，她什么都看不见。她当然知道这一切都存在，因为她能感觉到，能闻到，能摸到，但她看不见。即使她要求看见它们，她也看不见。于是她就不提出这种要求。她不用这类要求去浪费时间，因为她知道谁也不会让她的要求得到满足。”

他停下来，喝了一大口啤酒。

“你应该努力像她那样做，布罗岱克。你应该只要求你能够得到的、对你有用处的东西。其余的，对你没有任何用处。否则就会让你迷失方向，往你脑子里装一些不知什么样的思想，让那些思想在你脑子里煮呀，沸滚呀，而这一切都毫无结果！我这就对你说一件事。那天晚上，你答应写‘报告’，你说你要用第一人称的‘我’来写，但这个‘我’字的意思就是指我们大家。这事你还记得，对吧？好，你想想，这份讲稿，那都是我们大家所思所想所写的。读‘报告’的人可能是我，但那是我们大家想出来的。你只应该这么干。再来一杯吗，布罗岱克？”

到镇政府，我把那纸条交给卡斯帕尔·豪佐恩时，他做了一个鬼脸。他准备说点什么，但话到嘴边又忍住了。他转过身去，拉开两个大抽屉。他略微托起几叠簿册，最后抓住了一个茶褐色的纸板书壳，书壳里装了好几十页大小不同的纸。他把那些纸页浏览一遍，最后抽出演讲稿递给我，没有说一句话。我拿过那些纸页正准备放进我的衣兜，他却一把拦住我说：

“镇长的字条上说，你有权看讲稿、抄讲稿，但不能带走！”

豪佐恩一扬头，指指旁边一张桌子和一把椅子，然后抬抬鼻子上的眼镜，离开我，重新坐到他的小桌前写他的东西。我坐下来，开始抄文件，特别注意不要漏掉一个字。豪佐恩不时抬起头观察我。他的眼镜镜片太厚，透过镜片看他的眼睛，简直大得无以复加，活像一对鸽子蛋，而他却有一张非常清秀端正的脸，一直得到女人们格外的青睐。因此，他脸上这样的不协调会让人想起一只巨型的虫子，一只偌大的苍蝇，那苍蝇可能偷了某个被砍了头的人的尸体，然后将自己的头猛地插到那无头尸体上。

"亲爱的我镇全体男女乡亲和周边的邻里们，还有您，亲爱的……先生，我们非常乐意欢迎您来到我们的家园里。"

在往下复述奥施威尔那晚在台上所讲的一切之前，我得先说说当时的气氛和镇长的表情：那天傍晚的温馨与"发生过的事"那个晚上的寒冷和恐怖之情简直判若云泥，而镇长刚开始演讲，说了声"亲爱的先生"，便卡壳了，显出局促不安的样子，看着"另外那个人"，等待他用自己的名字来补充他的话，因为全镇没有一个人知道他的名字。然而，"另外那个人"依旧沉默着，微笑着，没有丝毫张口说话的迹象，弄得镇长只好用微带质询的口吻重复了几次"……先生……先生"。那之后，他才不得不一无所获地继续演讲下去。

"自从战争在此地留下残酷而难以忍受的痕迹到如今，在这漫长而痛苦的岁月里，您是第一个，暂时也是唯一的一个到访的客人。过去几个世纪，许多来自南方大平原的旅行者经过我们山区的公路到达遥远的北方海滨和滨海城市。他们总能在这里找到愉快而吉祥的歇脚处，古代的编年史就曾谈到过我们这个小镇，用老话称它是‘令人感到宾至如归的歇脚处’。我们也不知道在此歇脚是否是您的初衷。无论如何，您暂住在我们这不起眼的群体当中，这本身就给了我们无比的荣耀。您有如人类的春天，在极为漫长的冬天过后回到我们当中。我们希望在您之后，别的人也光临我镇，使我们逐渐重新回归人类的群体。请您，亲爱的……先生——”说到此处，奥施威尔又停了下来，看着“另外那个人”，给他时间说出自己的姓名，然而，这姓名仍然不肯露面，于是，奥施威尔再一次清清喉咙，重新拾起他的讲稿——“您别匆忙对我们作出不利的判断。我们经历了太多的严峻考验，我们的离群索居当然会迫使我们处在人类文明的边缘。然而，对那些真正了解我们的人来说，我们比我们表现出来的样子更值得人尊敬。我们曾经历过痛苦和死亡，我们必须重新学习生活。我们还需要学习的不是忘记过去，而是战胜过去，让过去永生永世远离我们，我们要竭尽全力阻止过去干扰我们的现在，更要阻止它干扰我们的未来。我谨代表全镇的男女，代表我有幸管理的我们美丽的小镇，向您，亲爱的先生，”这一次，镇长没有作任何停顿，“表示欢迎，现在我请您讲话。”

奥施威尔看看人群，叠好他的讲稿，同“另外那个人”握握手，这时，掌声直冲云霄，一群燕子在蔚蓝加粉红色的天空仿佛陶醉了，它们在此起彼伏的飞翔中拼比着速度。掌声逐渐停歇下来，会场又恢复了肃静，沉重的肃静。“另外那个人”在微笑，但谁也不知道他在对谁微笑，对挤在前排的农夫？农夫们听不大懂镇长的演讲，只等着喝葡萄酒和啤酒的时刻到来；对奥施威尔？大家明显感到肃静的时间拖得越长，奥施威尔越焦躁不安；也许是对天空、对燕子微笑。他始终没有说一句话，这时突然刮来一阵劲风，一阵非常温暖、甚至很热的风，这样的风足以让牲畜棚里的牲畜神经受到刺激，使它们烦躁，烦躁到无缘无故地冲着门和墙壁尥蹶子。阵风钻到欢迎横幅里，将横幅拦腰撕破，然后继续舞动横幅，将它的碎片卷起来，缠绕在一起，最后把大部分碎片卷走，碎片迅速朝鸟儿们飞去，朝云朵、朝夕阳飞去。那一阵风来无踪，去无影，有如飞贼。欢迎横幅的残骸也掉了下来。只剩下了两个字："我们"。那句话接下去的部分已经消失在空中，杳无踪影，被遗忘、被摧毁了。我再一次闻到身边有母鸡味。原来是戈布勒又挤到我这边来了，他贴着我的耳朵说：

"'我们'！布罗岱克，我们是什么……？我在想我们算什么……"

我没有回答他什么。波朴切特在我肩膀上哼小曲。刚才大家鼓掌时，她也使劲鼓掌。横幅的事故曾一度分散了人群的注意力，但几分钟过后大家又恢复了平静，而且继续等待着。奥施威尔也在等待，但凡了解他一二的人都明白，他不可能这样等下去。也许"另外那个人"也明白这点，因为他此刻动了动，将他的双手放在脸上，然后将双手继续往上伸，再缩回到胸前，合在一起，仿佛准备祈祷，同时轻轻点点头，朝左，朝右，微笑着说："谢谢。"就一个"谢谢"。然后礼貌有加地鞠了三个躬，就好像他刚演出完毕站在前台谢幕似的。大家面面相觑。有些人张开嘴巴，嘴大得足以顺利放进去一个圆面包；另一些人互相碰碰胳膊肘，并且用眼睛互相询问；还有些人耸耸肩，或挠挠头发。接着，有一个人带头鼓掌。这一切都是摆脱尴尬的方式。大家是在模仿他呢。波朴切特又高兴起来。"过节，爸爸，过节！"

再说“另外那个人”，他戴上帽子，走下高台，下台脚步之慢跟他上台时一样，然后在人群中，在镇长的眼皮子底下消失得无影无踪。镇长傻了眼，呆呆地站在那里，垂着胳膊，与此同时，幸存的横幅碎片搅扰着他无边软帽上的皮毛。在他站立的台子下边，人们一个接一个躲开他，快步朝摆放食品的支架那边，朝大啤酒杯、小酒杯、小酒壶、红肠和香甜圆面包那边走去。

# 二九

有人进入贮藏室！有人进入贮藏室！我可以肯定是戈布勒！对此我可以发誓！只能是他！再说，还有足迹，有雪地上的足迹，带泥的肥大足迹，而且足迹的走向是他的住宅！他甚至没有掩盖！那些人自我感觉那么强大，他们甚至不想费神去掩盖这个事实：他们所有的人都在窥察我，我时时刻刻都处在他们的监视之下。

我离开不到一个小时去给费多琳买毛线，去弗里达·佩尔策尔的小店铺里买三团毛线，这家店铺什么都卖，饰带、针、线、闲言碎语、纽扣、论尺买的布料，这段时间就足够他进入贮藏室翻箱倒柜！一切被倒腾得乱七八糟！所有的东西都被掀翻，被打开，被挪了位！他甚至没有试图整理一下被他推倒弄乱的东西！而且他撬开了我写字台的抽屉，也就是迪奥代姆的写字台抽屉，将抽屉砸坏，扔在地上！他找什么？当然是找我写的东西。他听见我打字的时间太长。他怀疑我在写“报告”以外的什么东西！然而他一无所获！他什么也不可能得到！我藏东西的地方太可靠了。

我适才发现了这一切，我气冲牛斗。我没有多想。我看见了足迹，我冲到戈布勒家，用手掌使劲敲他的门。夜幕已经降临，小镇的人也已进入梦乡，然而戈布勒家还有灯光，我可以断定他并没有睡觉。来开门的是他的老婆。她只穿了件内衣，当她看见来访者是我，她便笑起来。在逆光处，我只能猜想她肥臀丰乳的形状。她披头散发。

“晚上好，布罗岱克，”她说，说话间多次用舌头舔舔自己的嘴唇。

“我要见你的丈夫！”

“你不舒服啦？你病了吗？”

我扯着嗓子喊出那家伙的名字，嗓子都喊哑了，但我仍旧不停地喊。楼上有了动静，戈布勒不一会便现身了，他手里拿着一支蜡烛，头上戴了一顶睡帽。

“出啥事啦，布罗岱克？”

“该你对我说出啥事了！你凭什么搜查我的贮藏室？你为什么砸碎我的写字台抽屉？”

“我向你保证我没……”

“别把我当傻瓜！我知道是你！你监视我从不休息！是别的人叫你这么干的吗？雪上的脚印一直到你家！”

“脚印？什么脚印？布罗岱克……要不要进来喝杯药茶，我相信你会……”

“假如哪一天你再这么干，戈布勒，我发誓我会……”

“你会怎么样？”

他靠近我。他的脸离我的脸非常近。他竭力透过他眼里那层一天比一天厚的白膜看清我的表情。

“理智点，已经是夜里了，我劝你回去睡觉……我劝你照我说的做……”

突然，戈布勒的眼睛让我感到恐惧。那对眼睛已经失去了人味，看上去活像冰眼、冻眼，我在十一岁时曾看见过一次这样的眼睛。那时，小镇派了一队人马去寻找弗罗克斯凯姆村的两名护林员的尸体，那两名护林员被雪崩的雪流冲到施尼克尔科普夫山的山坡下了。他们把两人的遗体放在两块很大的床单里，床单挂在几根杆子上，然后抬下山。我看见他们从我们的小破屋不远处经过，当时我正拿着罐子去取水。其中一个死人的一只胳膊伸出了床单，一闪一闪，好像在给搬运人走路打拍子。我还从一个缝隙看见了另一个死人。我看见了他的眼睛，他固定而发白的眼睛，那是一种没有光泽的纯白色，仿佛所有置他们于死地的雪都倾倒在他的眼睛里了。我大叫一声，扔掉水罐，跑回小破屋，扑进费多琳的怀里。

“永远别再告诉我我该做什么，戈布勒。”

我没有给他时间回答我便抽身走了。

我刚才用了一个钟头把贮藏室的东西整理好。他没有偷掉任何东西，那还用说，这里根本无东西可偷。我写好的稿件藏得严严实实，永远不会被任何人找到。我现在正把稿件拿在手里。稿子还有点温热，我把它们贴到我脸上准备闻一闻时，我闻到了纸张的气味、墨水的气味，还有另一种气味，一种皮肤的香味。不，任何人永远也找不到我的藏匿处。

迪奥代姆也有一个藏匿处，我刚刚发现这个藏匿处，而且完全出于偶然。我想把被砸坏的写字台抽屉修理一下，于是，我把台子翻转过来，让它四脚朝天躺在地上，就在这时，我看见一个像是大信封一样的东西贴在写字台的木板下，正好在抽屉的位置，抽屉可以掩盖它。抽屉是空的，但在抽屉上方却粘贴了这个谁也猜想不到的信封。

信封里装的实际上是五花八门的东西。我刚才作了一番分拣。首先是一张很长的名单，分成两栏：一栏的题目是“写成的小说”，另一栏是“待写的小说”。头一栏里有五个书名：《泉边的姑娘》、《多情的上尉》、《鲜花盛开的冬天》、《米尔娜的花束》和《澎湃的心潮》。我不仅熟悉这些书名，而且知道这些小说的内容，因为迪奥代姆曾经在他的小屋里给我朗诵过，他那间小屋里挤满了书籍、簿记和纸张，只要一接触蜡烛，随时都可能燃烧起来。我每次听他朗诵都要和瞌睡作斗争，然而迪奥代姆是那样为他的故事和辞藻而激情满怀，他压根儿就没有觉察到我在打瞌睡。

我在念名单时不觉微笑起来，因为那些书名又让我回想起我和迪奥代姆共同度过的那些时刻，我仿佛又看见了他那像章一般英俊的脸庞，他的面容在朗读时显得那样生动。在阅读另一份名单，即“待写的小说”名单时，一想到我躲过了什么，我便禁不住大笑起来。迪奥代姆竟列出了六十来部小说的书名！大多数都十分雷同，而且都是从虚构的爱情到公式化的大团圆结局。不过其中有两个书名显得鹤立鸡群，而且迪奥代姆用铅笔在书名下面画了好几道杠杠：《正义者的背叛》和《悔恨》。《悔恨》还被他抄写了四遍，而且字写得越来越粗大，仿佛迪奥代姆的铅笔到那里就结巴起来了。

迪奥代姆在另一张纸上编写了类似他家家谱的东西。里面有他父母的姓名，他的祖父母和曾祖父母的姓名，他们的出生年月和出生地点。还有叔叔伯伯、婶娘姑母、堂兄堂弟和远房的祖父母。但也留有一些很大的空白，一些窟窿，有些行写到中间就突然停止，留下空白或问号。这一来，家谱里一些支族非常丰满，甚至过于丰满，名字拥挤，几近崩塌，而另一些支族却空空如也，以杠杠代替，杠杠烟消云散时也一直默默无闻。于是我想到，我们的家谱排列起来也可能构成一大片无名和有名的死亡者的奇特碑林。我自己的家谱一定会在其他许多枝叶浓密得令人窒息的家谱压抑下烟消云散，而多少世纪以来那些家庭一直把家谱当做最珍贵的遗产保留了下来。再说，我的家谱也许算不了家谱，无非是一根极细的树干而已。在我的名字上边最多有两根枝桠，而且很快就被砍断了，枝桠光秃秃的，绝对无叶无声。但也许我能设法为费多琳找到一个位置，就像人们有时能够在孱弱的植物身上嫁接更强壮的接芽一样，为的是给它注入力量和元气?

信封里还有两封信，这两封信都曾被人读了又读，因为信纸已经磨得又轻又薄，好几处折痕都快裂开了。两封信的末尾署名人都叫玛格达勒娜，信是很久以前寄给迪奥代姆的，那时他还没有移居到这个小镇。是两封恋爱信，然而，第二封信谈的是爱情的终结。在谈到爱情终结时言辞简练，没有华丽的辞藻，也没有引起悲情效应的措辞。写信人谈及此事好像在谈生活的真谛，谈一个不可抗拒的事件，这事件逼迫人们俯首帖耳，接受命运的安排。

我并不想在这里转抄这两封信的全部或部分。这两封信不属于我，也不是我个人的故事。在读这两封信时，我在想，也许就是因为这两封信，迪奥代姆才来到我们这里，才让他过去的生活与他当时在我们小镇逐渐建立起来的日常生活之间保持那么大的距离。我不知道他这个伤口是否已经愈合，也不知道他是否真正愿意伤口愈合。有时，人们很喜爱自己的伤疤。

在我手里掌握着迪奥代姆生活的一些片段，一些最核心最重要的细节，把它们聚集起来，就能更清楚地阐释一个逝去的灵魂。想到他的一生，我的一生，艾梅莉亚的一生，费多琳的一生，还有“另外那个人”的一生——说实在的，我对他几乎一无所知，谈他的一生也不过凭自己的想象而已——这个小镇便以一种新的面目出现在我的面前：我突然发现它好像是一个处于极致点的地方，来到这里的人总把黑夜和空虚抛在身后；这里却并非人们可以重新开始干点什么的场所，而仅仅是一切都可能结束、一切都应当结束的去处。

然而，在这个褐色大信封里还有别的东西。

还有另外一封信。

一封寄给我的信，我带着极大的好奇心抓住这封信，因为听一个已经逝去的人对你说话是很奇特的。迪奥代姆的信以这句话开始：“原谅我，布罗岱克，我请求你原谅我……”结尾也是这句话。

我刚读了这封长信。

是的，我刚刚读完。

我不知道我是否能让我读信时的所感所思形成一个概念。而且我根本不能肯定我真有所感有所思。但无论如何，我可以发誓，我没有丝毫痛苦：我在阅读迪奥代姆的长信时没有感到痛苦，那封信实际上是一番长时间的忏悔，而我这个人已经缺乏感受痛苦的最基本的器官。我已经不再拥有这样的器官。在集中营，他们已经把我那些器官一个一个抽走了。可惜呀，从此以后，那些器官再也没有在我身上生长出来。

# 三〇

我相信迪奥代姆一定认为我读了他给我写的这封信之后，我最终会咬牙切齿地恨他。迪奥代姆还把我归入人的范畴，然而他搞错了。

昨天晚上，整理完毕贮藏室之后，我偶然发现了那秘密的藏匿处，而且浏览了褐色信封包含的全部内容，那一切结束以后，我回到床上艾梅莉亚身边。夜深了。她睡得很沉。我紧贴着她蜷缩起来。我接触到她的全身和她的温热，很快就睡着了。我甚至没有再想一想我适才读到的东西。我整个心灵感到出奇的轻松，身子却因疲劳和羁绊的解除而格外沉重。我成功地坠入睡乡，就像童年时期每晚那样。我还做了梦，不是那种通常会折磨我的梦，如我围着“火山口”黑黢黢的深坑不停地转呀转，不是，我做的是很宁静的梦。

我又见到了大学生克尔玛。他还活着，而且穿着他那件漂亮的绣花白麻布衬衫。那件洁白的衬衫更衬托出他晒黑的皮肤和他细长的脖子。我们没有走在去集中营的路上，也没有日日夜夜同别的人一起挤在火车车厢里。我们是在一个我完全不熟悉的地方，我甚至说不清是在某个住宅里抑或在外面。克尔玛也不像我认识他时的样子。他身上没有任何挨打的痕迹。他刮了胡子的脸显得精神饱满。他的衣服散发出香气。他在微笑。他在对我说话。他说了很长时间，而我，一直听着他说话，没有打断他。后来，有一会儿他站了起来，他不用对我说，我也知道，他必须走了。他看着我，对我微笑，我们最后交谈的话语，我还记得很清楚：

“克尔玛，我们在车厢里经历了那一切之后，我当时应该停下来，像你一样，我不应该继续跑，应该在路上停下来。”

“你做了你认为应该做的事，布罗岱克。”

“不，还是你做得对。我们理应那么做。我是个懦夫。”

“我不知道我是否做得对。布罗岱克，一个人的死永远抵偿不了另一个人的牺牲。这应该是很简单的道理。再说，也不该由你来评判你自己。也不该我来评判你。人，本不应该互相评判。人不是为此而生的。”

“克尔玛，你是否认为现在我去与你聚会的时间已经到了？”

“留在那边吧，布罗岱克。你的位置还在那边。”

我现在还记得的就是他这最后几句话。我当时想靠近他，我想抱住他，把他贴在我的心上，然而，我能紧抱的只是一阵清风。

我并不认为梦境像有些人硬说的那样，能预告任何东西。我只是想，梦，因需求而出现，梦是乘夜的空当对我们说出我们在大白天也许不敢承认的一切。

我不准备把迪奥代姆的信全部复述一遍。再说，我已经没有这封信了。我能估量迪奥代姆写这封信付出了多么大的代价。

我并不是自愿去集中营的。是他们把我逮捕后送到了那里。当时，那些“同根兄弟”刚进入我们小镇不到一个礼拜。战争是在三个月之前开始的。我们当时与世隔绝，对外面的事知之甚少。大山常常保护我们不受烦扰，但它同时也使我们一生中部分时间处于孤立无援的状态。

我们是在一天清晨看见他们到来的，长长的队伍风尘仆仆地在边境公路上快步往这边赶。没有人试图让他们的推进放慢步伐，谁都知道，无论如何那都是毫无用处的，而且，我认为每个人脑子里都装着奥施威尔两个儿子之死，这正是大家希望避免的，谁都不愿意再出现死亡。

另一方面，最重要而且也是可以理解的，是那些战胜了所有交战部队的一路高奏凯歌耀武扬威、头戴钢盔、全副武装来到我们小镇的人，与我们国家其他大多数居民相比，同我们这个地区的老百姓更为亲近。对这个地区的人来说，国家这个概念几乎不存在。国家有点像一个女人，她时不时让他们想起她，通过一句温馨的话语、一个要求，然而，他们从来没有真正看见过她的眼睛和嘴唇。而这些以战胜者的身份前来的士兵，他们与我们同风俗同习惯，语言与我们十分相近，稍作努力便能听懂我们的方言并且运用它。我们地区近百年的历史与他们国家的历史有着千丝万缕的联系。我们有共同的民间传说，共同的歌曲、诗篇、老话，我们烹调肉食和熬汤的方式也是一样的，我们还有相同的忧郁和喝酒醉倒的相同癖好。说到底，边界无非是在地图上画的线而已。它们可以切割各个世界却不能分离各个世界。有时，边界一划出来就被人们遗忘了。

进入我们镇的小队一共一百来人，这个小队由阿道夫·布勒上尉指挥。我对此人知之甚少。我记得他是一个矮小的人，非常瘦，有习惯性的抽搐病，约莫二十秒钟下巴朝左边抽搐一次。他骑的马毛皮极脏，满身污泥，马鞭从不离他的手，那马鞭很短，鞭头是编织的辫子。奥施威尔和派佩神甫站在小镇入口处欢迎那些战胜者，恳求他们宽待这里的居民和他们的房屋，而镇里却到处门窗紧闭，人人自危。

布勒上尉并没有从他的坐骑上下来，他高高在上听着奥施威尔嘟嘟哝哝说话。在他身边，一个旗手用一支长枪顶着一面红色和黑色相间的军旗。第二天，这面军旗就代替了我们的国旗在镇政府屋顶上飘扬。军旗上印有这个小队所属的团队名称："所向披靡"，以及团队的座右铭："后无来者"。

布勒没有理会奥施威尔，他的下巴朝左边抽了几下之后，他便用马鞭把镇长轻轻推开，在士兵的护卫下往前走了。

大家可能会认为，他即将要求自己的士兵住得暖和，在各家的山墙内找床睡觉。不是那么回事！部队驻扎在菜市场的广场上，打开帐篷，转眼间便把帐篷支了起来。接着，一些士兵挨家挨户敲门搜集和没收所有的武器，大多数时间没收的都是猎枪。他们干这一切没有丝毫粗暴的痕迹，竭尽礼貌之能事。与此相反，当老爱自作聪明的彩陶修理工阿洛伊斯·卡托尔对他们说他家没有任何武器时，他们便立即用枪瞄准他，把他那兔窝一样的家翻了个底朝天，最后竟找出一支老掉牙的蹩脚步枪。他们把步枪杵到他的鼻下，然后把他和他的老枪带到布勒的面前。布勒正在他的帐篷前喝李子酒，他的勤务兵手捧酒瓶，随时准备给他添酒。士兵们说明了事情的经过，卡托尔则装出一副嘲弄人的模样。布勒从头到脚将他打量一番，一口饮尽他那杯李子酒，神经质地朝左边歪一下下巴，命勤务兵再给他斟一杯酒，然后把他的马鞭朝一个醋栗色皮肤干草色头发的中尉一指，让他来到身边，在他耳边说了几句悄悄话。中尉点头同意，咔咔碰一下鞋跟，行个礼，便带着那两个士兵和他们的囚犯走了。

几个钟头之后，有人一边敲着鼓在大街上行走，一边大声宣布：所有居民不分男女老幼一律在七点钟前往教堂广场观看一起极重大的事件。全体居民必须出席，否则以违规论处。

人人都在规定的时间前不久走出自己的家门。都保持着肃静。刹那间，大街小巷行人如流，但都默默不语，不敢抬头，也不敢看看周围，与别的人眼神相遇。艾梅莉亚和我，我们用力地手牵着手，往前走着。我们好害怕。所有的人都很害怕。布勒在教堂广场等着我们，手里仍旧拿着他的马鞭，身边是他的两个中尉，一个我前边已经提及，另一个身材矮胖，满身黑毛。教堂前小小的广场已经人满为患，但个个都纹丝不动，周围也鸦雀无声，这时，布勒才开始说话：

“居民们，居民们，我们来这里不是为了摧毁和损坏。谁也不会摧毁和损坏属于自己的东西，我们自己的东西，除非他得了疯魔病。而我们并没有得疯魔病。你们小镇有幸得到了至高无上的机会，今后将成为我们伟大国土的一部分。你们这里是你们的家，你们的家也就是我们的家。从今以后，我们要团结起来奔向千年的未来。我们的种族自远古以来就是最优秀的洁白无瑕的种族，假如你们同意摆脱现在仍在你们当中的不纯分子，你们也会属于我们这个种族。因此，我们必须在充分理解和完全坦诚的氛围中生活。企图对我们撒谎是很不好的。企图愚弄我们也不好。今天就有一个人试图这么干。我们希望大家不要学他的样。”

布勒说话的声音很柔和，几近于女性化，奇怪的是，当他演说时，他竟摆脱了他那难以控制的下巴抽搐运动，那样的抽搐使他看上去活像一个丑陋的自动木偶。他的演讲刚一完毕，有人便按照无懈可击的礼仪程式将阿洛伊斯·卡托尔带上来，仿佛这一切都曾排练过无数次。阿洛伊斯·卡托尔由那两个士兵押送到广场，停在布勒面前。在他们后边一米处，另一个士兵手捧着一个看不清楚但很沉重的东西。他把那东西放在地上后，大家才看出，原来是一段木头，一段高约一米、从冷杉树干上锯下来的木头。接下去一切都进行得十分快速：士兵们抓住卡托尔，让他跪下，把他的头放在那段树干上，然后自己往后退开。这时，第四个士兵到达，大家原先并没有注意到他。他的胸脯和两腿都被一个暗色的皮质长围裙遮得严严实实。他双手握着一把斧头。他停在离卡托尔非常近的地方，举起斧头，还没来得及让谁叫一声“啊”，斧头已经全力砍在卡托尔的后脖颈上。被他麻利砍下的头滚到木砧板下边。一股鲜血从死者的身体上冒出来，就像被砍断脖子的鹅身，那身体一跳一跳地颤抖了好几秒钟，然后停下来，纹丝不动了。卡托尔的头还在地上看着我们。他的嘴巴和眼睛睁得大大的，仿佛他刚向我们提了问题，但还没有得到我们的答复。

一切都进行得那么快，这恐怖的一幕把在场的我们惊得目瞪口呆。让我们从呆滞中惊醒过来的，是上尉的话音，而他的话又把我们扔进了更严重的惊慌失措里：

“这就是那些想要花招的人的下场。好好想想吧，居民们，居民们，好好想想！为了让你们深入思考，这‘外来人’的头和身体就留在这里！禁止埋葬此人，违者与他同样下场！还有一个劝告，清洗你们的小镇吧！别等我们自己来干。趁现在还来得及，清洗你们的小镇吧！现在，你们可以回家了，解散！祝你们晚安！”

他的下巴又朝左边抽了一下，他好像想驱赶苍蝇，用鞭子在自己的裤缝处喀嚓打了一鞭，然后转身走了，后边跟着他那两个中尉。艾梅莉亚贴着我的胸脯发抖，哭泣。我用最大的力气紧紧抱住她。她不停地低声说着：“这是一场噩梦，布罗岱克，是一场噩梦，是不是？”她的眼睛一直没有离开过砧板下边卡托尔无头的尸体。

“来！”我对她说，同时用手遮住她的视线。

后来，我们已经睡下了，却听见有人敲我们的门。我感觉到艾梅莉亚抖了一下。我知道她没有睡着。我吻吻她的后颈，然后下楼。费多琳已经请来访的人进门了。原来是迪奥代姆。费多琳非常喜欢迪奥代姆，她用自己的古老语言称他为“有学问的人”。我们俩围着桌子坐下来。费多琳给我们拿来两个杯子，往杯里倒些她刚泡好的药茶，药茶里有欧百里香、薄荷、蜜里萨菜以及冷杉嫩芽。

“你打算怎么办？”迪奥代姆问我。

“怎么问这个，我打算怎么办？”

“我也不知道，我，你来这里跟我一样，你看见他们对卡托尔干了些什么！”

“我看见了。”

“你也听见了那军官说了什么。”

“说禁止碰尸体吗？那让我想起一个希腊故事，是内泽尔在大学里讲给我们听的，是一个公主……”

“让那些希腊公主睡她们的觉吧！我想说的不是这个，”迪奥代姆打断我的话，他不停地搓着自己的手。“他说必须‘清洗小镇’，你是怎么理解的？”

“那些人全都疯了。我在首都时，亲眼看见他们干过。你认为我当时为什么回到小镇？”

“他们也许是疯了，但尽管如此，今天，他们既然赶走了他们的皇帝，又突破了我们的防线，这里的主人就是他们。”

“他们会走的，迪奥代姆。他们最后还得走。为什么你想他们会留在我们这里？这里什么也没有。这里是世界的尽头。他们希望让我们明白，他们是老爷。他们已经这么做了。他们想让我们感到害怕。他们成功了。他们还会待几天，然后走人，去别处，去更远的地方。”

“但上尉已经威胁我们了。他说应该由我们自己‘清洗小镇’。”

“那又怎么样，你建议大家怎么做？拾一桶水、拿一把扫帚去打扫街道？”

“别开玩笑，布罗岱克！你以为他们是在开玩笑吗？他说的每句话都不简单，那都是字斟句酌的，并不是信口开河！就像他们用‘外来人’这个词指可怜的卡托尔……”

“他们用这个词是指所有他们不喜欢的人，‘外来人’，‘败类’，在‘清洗之夜’，我看见他们把这个词涂写在好多人的门上。”

“你很清楚，那个词也指外地人！”

“但卡托尔并不是外地人！他的家庭和这个小镇同样古老！”

迪奥代姆将他的衣领解开，仿佛那衣领让他感到窒息。他用手背擦掉布满他额头的汗珠，用恐惧的眼光看看我，然后把眼睛转到茶杯上，喝了一大口药茶，再偷偷看我一眼，再一次垂下眼睛，然后像喃喃细语般说道：

“可是你，布罗岱克……你呢？”

# 三一

我知道恐惧可能如何改变一个人。

昔日我对此不甚了了，但后来我对此已有所了解。那是在集中营里。我曾看见一些人尖声叫喊，将自己的头往石墙上撞，朝与刮胡刀一般锋利的铁丝网扑过去。我曾看见一些人吓得在长裤里撒尿、拉屎，呕吐，把他们脏腑里所有的液体、体液、气体全部吐了出来。我见过一些人恐惧时进行祈祷，但也见过另一些人否定上帝，将上帝骂得狗血喷头。我甚至见过一个人因恐惧而死亡，被吓死了。一天清晨，他在看守们赌输赢游戏中刚被指定为下一个受绞刑的对象。当那个看守在他面前停下来，笑着对他说："你"，那个人却一动不动。他的面孔没有表露一点激动、一点忧虑，也没有任何思考的迹象。当那看守开始收敛笑容，举起棍棒时，那男人竟轰然倒地，看守还没来得及揍他，他已经死了。

集中营教给了我这个悖论：人是伟大的，然而，我们永远达不到我们自己的高度。这种不可能性与我们的天性有着内在的联系。在令人晕眩的这次旅行中，在沿着肮脏卑鄙的梯子一级一级往火山口越走越深的过程中，我不仅越来越否定我个人，同时也越来越意识到整我的那些刽子手以及把我出卖给那些刽子手的人们的各种动机。因此，可以这么说，我越来越倾向于原谅他们。

与仇恨或别的什么感情相比，最主要是另外一些人感到的恐惧使我变成了牺牲品。因为恐惧攫住了某些人的咽喉，我才被出卖给了刽子手。而那些刽子手，那些昔日跟我一样的人，也是恐惧把他们变成了魔鬼，恐惧使他们身上恶的胚芽不断繁衍成长，而在我们自身也都存在这样的胚芽。

我显然低估了阿洛伊斯·卡托尔被执行死刑的后果。我在那个事件中感受到什么叫憎恶，什么叫卑劣和残酷，然而，我并不明白那死刑在人们的思想上会留下多深的烙印，也不明白布勒上尉发表的言论在几百人的头脑里经过仔细探究之后在多大程度上震撼了他们，引导他们作出了以我为牺牲品的决定。还有，当然，卡托尔的尸体，抛在地上、离尸体几米远的头颅，射在尸体上的太阳，还有那些早上出生晚上死亡的初秋的短命昆虫，它们虽然命短，却一味地在尸体周围嗡嗡，大快朵颐，左旋右转，忽上忽下，轰轰乱叫，被那一大堆腐烂的人肉引诱得发了疯。

整个小镇都充斥着这种令人恶心的臭味。好像秋风也成了布勒的同伙。风刮到教堂前的小广场上，以风暴的气势与尸体散发的疫气沆瀣一气，吹到每一条街，回旋着，活蹦乱跳地钻进每家的大门，穿透关得不严的窗户，进入合缝不紧的屋瓦，最后把卡托尔惨死的恶臭印记带到我们身边。

在这期间，士兵们行端坐正，无懈可击，仿佛什么事也没有发生。没有偷窃，没有抢劫，没有敲诈勒索，没有苛求。他们去店铺购物一律付钱。他们遇到妇人或年轻姑娘一律摘下橄榄帽。他们为年老的寡妇劈柴。他们与孩子们开玩笑，但孩子们一见到他们就吓得逃跑。他们见到镇长、神甫和迪奥代姆都要行礼。

布勒上尉始终由他的习惯性抽搐和两个中尉伴随，每天一早一晚都要拖着他又短又瘦的两条腿在大街上散步。他走得很快，好像有谁在某个地方等待着他，从不注意一路上遇到的男人和女人。有时，他用马鞭抽打空气或驱赶蜜蜂。

所有的居民都好像呆了傻了。很少有人说话。出门只买必需品，走路都低着头。人人都沉浸在惊慌失措当中。

执行死刑那天晚上之后，我再也没有见到迪奥代姆。我下面所写的一切都是从他写给我的长信里得知的。

一天晚上，那是“同根兄弟”进入小镇的第三个晚上，布勒命人召来奥施威尔和迪奥代姆。召奥施威尔，这可以理解，因为他是镇长，但召迪奥代姆，那就出人意料了。布勒抢先提出一个无论如何迪奥代姆都永远不敢提出的问题，并且对他说，既然他是小学教师，他应该没有其他人那么蠢笨，因此，他应该能够理解他。

他在他的帐篷里接待他们俩。帐篷里有一张行军床，一个写字台，一把椅子，一个类似军官用的那种旅行箱，一个布料的挂衣服的壁橱，形状像一个大罩子，里面似乎挂着几件衣服。写字台上放着印有团队名称的纸张、墨水、笔、吸墨水纸，还有像框里的一张照片，照片上有一个胖胖的女人，女人两边有六个孩子，最小的不过两岁，最大的约莫十五岁。

坐在那里的布勒正忙着写信。他背对着他们。他不慌不忙地把信写完，再读一遍，把信纸放进信封，用糨糊贴上信封，再把信封放在写字台上，这才朝他们转过身来，而他们俩当然是站在那里等着，不敢妄动一步。布勒默默地看着他们，看了很长时间，显然是在琢磨他将和怎样的人打交道。迪奥代姆感到自己的心狂跳起来，两个手心也被冷汗弄得湿漉漉的。他在思索自己待在这里干什么，这样的刑罚还要延续多久。神经质的抽搐使布勒的下巴动来动去，每次停歇的时间很有规律。他抓起身边行军床上的马鞭，抚摩着鞭子，轻轻地，慢慢地，仿佛那是他的一个动物伙伴。

“怎么样？”他终于说道。

奥施威尔张大嘴巴，不知该如何回答，他看看迪奥代姆，但迪奥代姆连吞咽吐沫都做不到了。

“怎么样？”布勒再问一遍，他倒没有显出怎样的不耐烦。

奥施威尔鼓足勇气，总算用哽住的声音问了一句：“什么怎么样，上尉……？”这一问的结果是引得布勒笑了起来：

“就是我说过的清洗呀，镇长先生！您还想要我说什么呢？你们的清洗搞到什么程度啦？”

奥施威尔再一次看看迪奥代姆，迪奥代姆却竭力避开他的眼睛，把头埋下去。接着，奥施威尔，一个平时那么自信的男人，一个说话斩钉截铁、无所畏惧、具备了有钱有势之人一切特质的人，竟在此时此刻结巴起来，竟在这个穿着军装、几乎比他矮一半的小人物面前狼狈不堪，一筹莫展，而那老抽搐的粗鄙小矮个儿却一个劲抚摩他的马鞭，动作与娘儿们一般。

“是因为……上尉……我们……我们不太理解……是的……我们不明白……您说的话……是什么意思。”

奥施威尔弓背弯腰，肩膀也塌了下去，仿佛过分的劳累把他压垮了。布勒禁不住出声笑了笑，然后站起身，开始在帐篷里踱起了方步，他仿佛在思考着什么，然后在他们面前站定。

“你们曾经观察过蝴蝶吗，镇长先生，还有您，小学教师先生，对，蝴蝶，无论哪个种群的蝴蝶？没有？从没有？遗憾……太遗憾了！我可不一样，我把我的一生都贡献给了蝴蝶。有些人关心化学、医学、矿物学、哲学、历史，我呢，我整个的生活都奉献给了蝴蝶。它们完全值得我这样的奉献，但很少有人能明白这点。这很可悲，因为如果人们更关心一些这种华丽而脆弱的创造物，就可以从中吸取对人类具有非凡作用的教训。你们想想，比如，在鳞翅目里有一种以‘火焰王’之名著称的昆虫，仔细观察可以发现它们有一种行为乍一看似乎毫无道理，但后来的许多事实证明，那种行为完全合乎逻辑。谈到蝴蝶，可以说用极其聪明几个字来形容它们是很有道理的。‘火焰王’大约二十只一群。当它们当中有一只找到了足够的食物供给全体食用时，你会想它们当中一定存在某种团结精神促使它们共同生活。它们往往能容忍自己的群体内存在其他种群的蝴蝶，然而，一旦有一只捕食类动物闯入它们的群体，‘火焰王’之间似乎会互相通报，用一种不知什么样的语言，于是，大家都躲藏起来。而那些普通的蝴蝶在片刻之前还与之同在一个群体内生活，但它们好像没有得到消息，于是，被鸟吃掉的就是它们。‘火焰王’把一个猎获物送给捕食动物，就保全了大家的生命。当它们群体内一切都很顺利时，一个或者几个外来户并不会让它们感到别扭，它们也许还会以这种或那种方式利用那些外来者呢，然而，一旦出现了危险，事关它们整个群体的生存时，它们会毫不犹豫地牺牲与它们不同种群的蝴蝶。”

布勒停止说话，然后重新开始一边踱方步，一边观察汗流浃背的奥施威尔和迪奥代姆。

“也许有些思想狭隘的人会认为那些蝴蝶的行为缺乏道德，但道德是什么，道德有什么用？唯一的、占压倒优势的道德就是生命。只有死人永远是错误的。”

上尉又坐到写字台旁边，而且再也不理会镇长和迪奥代姆。他们俩便悄悄从帐篷走了出来。

几个钟头之后，我的命运便铁板钉钉了。

我前面谈到过的“觉醒联谊会”在施罗斯客栈紧里头的一个小包间里开了会。迪奥代姆也列席了会议。在他给我的信里，他起誓说他不是这个联谊会的成员，那是头一次请他参加会议。那又有什么重要性？第一次，最后一次，那能改变什么？迪奥代姆没有说出与会者的姓名。他只提到与会者的人数。除了他，一共还有六个人。他没有提及奥施威尔，但我估计奥施威尔准定是其中之一，是他报告了阿道夫·布勒关于蝴蝶的独白。他们仔细掂量了上尉的话。他们明白了必须明白的东西，或者不如说他们明白了他们很愿意明白的东西。他们认为他们自己就是那些“火焰王”，即上尉谈到过的那种遐迩闻名的蝴蝶，因此，为了生存，他们必须将那些不属于他们种群的人从他们的群体里排除出去。每个人都取一个小纸条把他心目中坏蝴蝶的名字写在上面。我估计是镇长把名单收集起来，然后念了上面的人名。

所有的小纸条上都写着两个名字：西蒙·弗里普曼和我。迪奥代姆对我发誓说他没有写我的名字，但我不相信。即使那是真的，其余的人后来也很容易说服他相信写我名字的必要性。

弗里普曼和我一样，都不是出生在本镇，长得也不像本地人，眼睛的颜色太深，头发太黑，皮肤都是深褐色。我们都来自远方，过去的一切都模糊不清，家庭都有一段痛苦而久远的、颠沛流离的历史。我曾谈到我自己是如何来到这个小镇的，坐在费多琳的大车上，经过无数的断壁残垣和死人堆，既失去了父母，也失去了记忆。至于弗里普曼，他来到小镇比我早十年，当时只能用费多琳教给我的那种古老语言连缀着讲些含混不清的字词。因为很多人都不懂他的话，大家就叫我当翻译。他好像大脑曾受过重伤。他不停地重复说着他的姓名，但除此之外，他对自己的一切都不甚了了。由于他显得十分温和，这里的人倒不排斥他。大家在富尔滕豪农庄属下的一个谷仓里替他找到一张床。他很勇敢。他常常去这家或那家帮忙，打短工，收割草料、耕地、挤奶、伐木，从不表示厌倦。主人不开工资，只管饭。他从不抱怨，还喜欢吹口哨，吹的都是大家不熟悉的小调。大家领养了他。他也让大家毫无困难地驯养了他。

西蒙·弗里普曼和我，我们因此成了“外来人”——败类加外地人——某些时候，当一切还顺利时，大家可以容忍的；一切不顺利时，大家便奉献出来当牺牲品的蝴蝶。奇怪的是，那些决定把我们出卖给布勒的人——也就是把我们赶向死亡的人，他们不可能不知道这点！——竟一致同意饶费多琳和艾梅莉亚一命，而她们俩却都是坏蝴蝶呀。我不知道是否应该把这种疏忽、把这种饶她们一命的愿望说成勇气。我宁愿认为这样的举动属于赎罪的范畴。那些揭发我们的人需要在良心上保持一块未受损害的净土、一块尚未被恶污染的处女地，这样一块净土可以让他们忘记他们犯下的一切，最起码可以让他们带着犯罪感不顾一切地生活下去。

临近午夜，士兵们便冲我们家破门而入了。此前不久，那些在施罗斯客栈开会的人曾去见过布勒上尉，并把我们两人的名单交给了他。迪奥代姆也在其中。他在信里说他哭了。他哭了，但他也去了那里。

我还没有来得及弄清楚发生了什么事，大兵们已经闯入了我们的卧室。他们抓住我的胳膊，把我拖到外面，而艾梅莉亚大声叫喊着，使劲抱住我不放，而且试图用她孱弱的拳头打那些当兵的。士兵根本不把她当一回事。费多琳则老泪横流。我感到自己又变成了那个丢失的小男孩，我知道费多琳在那一刻也跟我想的一样。这时，我们已经来到大街上。我看见西蒙·弗里普曼双手剪在背上，在两个大兵中间等着。他向我微笑，问我晚上好，仿佛什么事也没有发生，他还对我说，天气不算太热。艾梅莉亚试图拥抱我，但被他们推开了，她摔到地上。

“你一定要回来，布罗岱克！你一定要回来！”她大叫着，而她的话却引来大兵们一阵哄笑。

# 三二

我一点不记恨迪奥代姆。我不怨他。在读他的书信时，我想得更多的，是他经受的痛苦，而不是勾起我回忆的我的痛苦。我同时也明白了。我明白了为什么在我离开以后他那么热诚地照顾费多琳和艾梅莉亚，每天去看望她们，不断给她们帮助，尤其在艾梅莉亚进入沉默状态之后，他给了她们更大的帮助。我也明白了为什么看见我从集中营回来，愣了片刻之后，他突然流露出那样的幸福，把我紧紧抱在怀里，让我跳华尔兹，让我旋转，边笑边旋转，一直旋转到我晕了过去。我回来了，但终于能够重新生活下去的是他。

布罗岱克，我一生都在尝试做一个真正的人，但我老做不到。我希望得到的，并非上帝的原宥，而是你的宽恕。你一定会发现这封信。我知道，假如我离开人世，你一定会留下我这张写字台，我就把信藏在其中。我知道，因为你曾多次对我谈到过这张写字台，你说，在这张写字台上写东西一定很不错，因为我在上面写个不停。因此你迟早会发现这封信。而且会知道发生的一切。一切。你还会知道有关艾梅莉亚的事，布罗岱克。我重新看清了一切。这一点我应该感谢你。我后来才知道是谁干的。不光是那些大兵，还有小镇上的人。他们的姓名就在这张信纸后面。绝不可能有误。就按你的愿望处置他们吧，布罗岱克。原谅我，布罗岱克，我恳求你原谅我……

信的末尾，我念了多次，被最后几句绊住后，我没法满足迪奥代姆对我提出的要求：把信纸翻过来，发现一些人的姓名。我一定认识那些人，因为我们镇子太小了。我知道，在离我几十米的地方，艾梅莉亚和波朴切特正在睡觉。我的艾梅莉亚，还有我可爱的波朴切特。

我猛然想起“另外那个人”。我曾向他讲述过那个故事。

那是我在小仙女岩石碰见他正坐在那里凝神观看风景并画速写画之后两个礼拜。当时我刚走了很长的路回来，一路上我核实了山顶上各牧场之间的路况。我黎明启程，走得很远。看见我们小镇我非常高兴，因为我又渴又饿。我同他相遇时，他正从佐尔茨内尔大爷的马厩里出来。他去看望了他的驴和马。我们互相问了好。我已经从他身边走过去了，却听见他对我说：

“你现在能接受我的邀请，来我这里吗？”

我差点对他说我太疲劳了，我急着回去看我的妻子和女儿，但只要看看他那圆脸上宽厚的笑容和期盼的目光，就足以让我改变主意。他显得很高兴，便请我跟着他走。

我们走进客栈时，施罗斯正在冲洗地面。店里没有顾客。旅店老板正准备问我需要什么，但当他明白了我是跟“另外那个人”一起进来并会跟他上楼时，立即改变了态度。他靠在扫帚上，用怪怪的神气看着我，然后像气不打一处来似的抓住水桶把手，怒气冲冲地将剩下的水泼到木地板上。

“另外那个人”房间里飘浮着令人窒息的焚香和玫瑰香水味。他的箱笼摆在一个角落里，从打开盖子的箱子里露出许多装帧精美的金边或布面的书，还有些布匹、丝绸、天鹅绒、锦缎、纱罗，有些纱罗已经挂在墙上，从而遮住了墙上暗淡起缝的石灰涂层，使房间显出东方游牧民族营地的气派。紧挨着箱笼，两个大纸板画夹里一定夹了许多画页，因为画夹胀鼓鼓的，但夹扣处用丝带捆得很精细，使人没法看见里面的任何东西。在替代写字台的那张小桌上放着几张打开的地图，彩色的，很古老，那些地图与我们这个地区毫无关系，上面画着一些高低起伏的地形和河流，全都是陌生的地方。地图旁边还有一个很大的铜指南针、一架望远镜、一个圆规，以及一个很像经纬仪的量具，但个头很小，此外就是他那个黑色的小本子，合上的。

“另外那个人”从房间里唯一的一张扶手椅上拿走三卷像是百科全书一类的书籍，然后让我坐进去。他从一个乌木匣子里取出两只格外精致的茶杯——茶杯上彩色图案画的是几个佩带弓箭的武士和跪在地上的几个公主，看上去应该是中国人或印度人——放在两个同样风格的茶托上。他的床头放了一个很大的镀银金属的加热饮料的装置，容器颈部很像天鹅的脖子。“另外那个人”提起那个容器，把沸水倒进茶杯，然后往杯子里放些枯缩的干叶子，叶子呈几近于黑色的褐色，叶子一见水便伸展成星星状，先在水面上漂浮一阵，然后慢慢沉到杯底。我觉察到自己观看这个奇异现象就仿佛这是一场魔术表演，我也注意到这位主人在用被逗乐的眼光观察我。

“东西小，效果大……可以用比这更少的东西愚弄百姓，”他边对我说，边递给我一只茶杯，然后自己坐到我的对面，他坐的是写字台前的椅子，那么小，他肥大的臀部两边都挤出了椅沿。他把茶杯放到嘴边，朝水面上吹一吹，使饮料凉一些，然后小口喝起来，喝得津津有味。喝罢，他放下茶杯，站起来，走过去翻他那只最大的箱子，就是装了好多大部头书籍的那只，然后拿着一本对开本的书回来，书的封面已经很旧，说明它经常被人翻阅。在箱子里所有那些金碧辉煌的大书里，这本书是最不起眼的一本。“另外那个人”把书递给我。

“您瞧瞧这本书，我相信您会感兴趣。”

翻开书，我简直不敢相信自己的眼睛。这本书，正是阿比格尔·施图伦斯修士的《山区花名录》，于一七〇二年在明斯出版，在书的最后收集了几百幅彩色版画插图。我曾在首都所有的图书馆寻找过这本书，但每次都无果而归。据说如今世上只剩下四本了。它的商业价值无量：许多富有的文人都愿意花大价钱获得它的所有权。至于它的科学价值，那真是难以估量，因为里面收编了山区所有花卉的名目，直至如今业已消失的最稀罕最奇特的花。

“另外那个人”显然已经注意到了我的激动，再说，我也没有丝毫掩盖这种情感的意图。

“您请便吧，您可以查这个花名录，查吧，查吧……”

于是，有如孩子面对一个刚得到的奇妙无比的新玩具，我立即抓住这本书，揭开封面，开始翻阅书页。

我感觉自己一头扎进了一个宝库。施图伦斯修士所作的普查和清点具有高度的精确性，他对每一朵花、每一株植物所作的注解不仅摘要重述了已有的知识，而且还增添了许多我至今还没有在任何地方看到过的细节。

然而，这部作品最卓越之处，也是使它名扬海内外之处，是那些伴随论述的彩色版画插图。皮茨大妈的植物图集对我来说已经是非常珍贵的知识源泉了，它经常帮助我补充我的报告，复查我可能出的差错，有时还能给我的汇报定位。虽然如此，我在植物图集里看见的那些花草却早已失去了生机，失去了色彩，也失去了魅力。必须靠想象力和记忆使那干枯的、处于睡眠状态的世界重新变成它过去的样子，充满汁液、灵动感和色彩。然而，在这里，在《花名录》里，读者会得出这样的印象：智慧一旦与非凡的天才相结合，就能获取花卉的真谛。对花卉外形和色彩的令人折服的精准描写，使人感到那些花卉似乎刚刚被一只手采摘下来，而且片刻之前才摆放在书页上。雪片莲、龙胆草、猫乌头、款冬、琥珀百合花、风铃草、牧童大戟、高山蒿子、雪羽衣草、贝母、委陵菜、仙女木、景天、黑嚏根草、高山银钟花，要逐一说下去会没完没了，我也会晕头转向。

我已经把“另外那个人”抛在了脑后。我也忘记了我身处何地。然而，我的晕眩戛然而止。我刚翻到一个页面，就在那一刻，我眼前出现了“溪涧长春花”！它弱不禁风，有如空中飘浮的蜘蛛游丝；它那么娇小玲珑，几近虚无缥缈；它那些带粉白色花边的蓝色花瓣，宛如一只只殷勤的小手，围绕着摆成环形的金色雄蕊，呵护着它们，支持着它们。

我一定叫了一声。就在这里，在我面前，出现了这种花的画像，在我膝盖上这本豪华的古书里证实了它的存在；也出现了大学生克尔玛的脸庞，他自动来到我身后，头越过我的肩膀，他曾那么热切地谈到“溪涧长春花”，还让我答应他一定找到这种花。

“很有趣儿，是吧？”

“另外那个人”的声音把我从凝神沉思中拉了出来。

“我好早以前就在找这种花……”我听见我在用自己都听不出来是我的声音回答他。

“另外那个人”带着他那充满睿智的笑容看看我，我很熟悉他这样的微笑，那是一种世间罕有的微笑。他已经喝完他的茶，把茶杯放下，然后对我说，语调几近于轻松：

“书里的东西不一定都存在。有时，书也会说谎，您不认为是这样？”

“我已经不怎么读书了。”

我们沉默下来，两个人谁也不想设法打破这种静默。我把书本合上，但一直将它贴在我的胸前。我在想克尔玛。我看见我们俩从车厢里走出来。我听见叫喊声，那是我们苦难同伴的叫喊，是看守们的嚎叫和他们身边狗的狂吠。接下去是艾梅莉亚的面庞，她不说话的美丽的面庞，还有她那哼着永恒小调的嘴唇。我感觉到“另外那个人”慈祥的眼神正停留在我身上。这一来，谈点什么便顺理成章了。我开始对他谈艾梅莉亚。我究竟为什么对他谈艾梅莉亚？我为什么对他，一个我完全不了解的人，谈起我从没有向任何人透露过的事？显然，是因为我需要，比我能够承认的更加需要吐露心声，吐露使我的心日益沉重的一切。假如派佩神甫还是原来的样子，假如战争结束之后他没有变成那样一个酗酒的稻草人，也许听我吐露心声的人会是他？这很难说，我对此并没有十分的把握。

我曾说过，我感到“另外那个人”的微笑是一种世间罕有的微笑。微笑如此，无非因为他这个人本不属于我们这个世界。他与我们这里的是是非非毫不相干。他并没有参与“历史”。他来无踪，如今也去无影了，仿佛他从没有存在过。那么，我还能向哪一个比他更合适的人讲述呢？他不站在任何人一边。

我对他讲了我在两个大兵押送下离乡背井的过程，在我身后，是扑在地上的艾梅莉亚，她哭着，喊着。我还跟他讲述了弗里普曼的好心情，他头脑简单，没有能力估量等待我们的是什么，我们注定的命运将会怎样。

他们当天晚上就命我们离开了小镇，我们步行，看守我们的两个大兵骑马，一根链条将我们的手锁在一起。一共走了四天，四天里，看守只给我们一点水和他们吃剩的饭菜。弗里普曼一点没有绝望，他老对我谈起同样的事情，一边走，一边谈论应当如何播种，月亮是什么形状，他还肯定说有些猫老在大街上跟着他走。他讲这一切用的都是他那难懂的语言，混杂一些方言和费多琳那种古老的语言。就在跟他一起走路的这几天我才意识到他头脑简单，而过去我一直认为他只不过有点异想天开。一切都让他惊奇赞叹，两个看守坐骑的动作、他们脚上擦得锃亮的皮靴、他们军服上那些在太阳下闪闪发光的纽扣、一路上的风景、鸟鸣。那两个看守并没有虐待我们。他们拖着我们就像拖着两个大包。他们从不与我们说话，也从不打我们。

到达S城，才发现那里秩序混乱，半个城池已经毁于一旦，大街小巷瓦砾成堆，断壁残垣，焦土遍地。他们将我们关押在火车站整整一个礼拜。那里什么都有，男人、女人，甚至整个家庭。其中有的人很穷，而有的人身上却保留着他们昔日财富的象征，看待穷人居高临下。我们大约一百人。我们都是“外来人”。而且这名称已经成了我们的姓氏。大兵们就这样叫我们，不分男女老幼。渐渐地，我们已经不再以个体的名义生活在世界上。我们所有的人都姓这同一个姓氏，我们必须服从这共同的而非个人的姓氏。我们谁都不清楚等待我们的是什么。弗里普曼一直紧挨着我。他从不离开我。他有时抓住我的胳膊不放，久久地用双手抱住它，像一个感到恐惧的孩子。我让他抓着。在陌生人面前两个人总比一个人强。一天清晨，他们在我们当中进行了分类。弗里普曼被分在左边那一列，我被分在右边一列。

“再见，布罗岱克！回头在镇上见！”弗里普曼大声对我说，脸上透出无比的欢快，他正跟着他的队伍往前走。我不能回答他什么。我只向他招了招手，一个微小的表示，为了让他什么也别想，别想我已经预感到的要命的什么，而那要命的什么正是他们用棍棒赶我们去的目的地，首先是他去，然后是我。他转身走了，脚步稳健，一边吹着口哨。

我此后再也没有见到过弗里普曼。他没有回到小镇。养路工贝伦施博尔格把他的名字刻在了纪念碑上。与我的名字不一样，他没有必要把这个名字抹掉。

只剩下艾梅莉亚和费多琳留在家里。全镇的人都躲着她们，仿佛一夜之间她们俩得了什么疫病。迪奥代姆是唯一照顾她们的人，正如我曾经讲过的，出于友谊，也出于惭愧。但尽管如此，他毕竟照顾了她们。

几乎没有人再向艾梅莉亚订货，无论是嫁妆、小桌布，还是窗帘或手巾。不能做绣工活儿，不等于她什么也不干。人总需要吃饭，需要烤火。我曾经把森林和高山牧场能供给人类享用的东西都一一向她作了介绍：树枝、树桩、浆果、蘑菇、草类植物、野菜。费多琳还教她如何用胶水和铁丝捕捉小鸟，如何从颈部捕捉兔子，如何在大冷杉树下吸引松鼠，然后扔石头砸死它们。她们饿不死。

艾梅莉亚每天都要在一个小练习本上记点什么，我后来看见了一些写给我的句子。句子始终很简单，但很温馨，谈我，谈她，谈我们俩，仿佛我下一刻就将回家。她叙述她一天的生活总是用这几个字开头："我的小布罗岱克……"在她的话语里从来找不到尖酸刻薄的字眼。她从不谈"同根兄弟"。我相信她是有意这么做的。那是无视他们存在的绝妙方式。那个练习本，我当然一直保留着。我经常念一念其中的某些段落。那是我们两地相思的漫长日子的动人展示。是艾梅莉亚的，是我的，是我们俩的故事。那些充满阳光的话语与我暗无天日的生活形成对比。我要把它保存起来，为我一个人保存，那是艾梅莉亚进入黑夜之前留下的最后的话语痕迹。

奥施威尔没有移驾访问过她们。他曾在某一天命人给她们送来半头猪，第二天早上被她们在门前发现。派佩来看望过她们两三次，但费多琳没法领情，因为他坐在我们家的火炉旁边一坐就好几个钟头，把费多琳找出来的一整瓶李子酒喝光，说话也越来越糊涂。一天晚上，她终于用扫帚把他赶出了门。

阿道夫·布勒和他的队伍一直占领着小镇。我们，我和弗里普曼，被捕后一个礼拜，他终于下令埋葬了卡托尔。卡托尔除了他姐夫贝肯菲尔，再没有家里人。承担埋葬事务的人正是贝肯菲尔。

“又脏又臭，布罗岱克……很糟糕，真的很糟糕……他的头比他的身体大两倍，一个怪怪的大球，漆黑的皮肤裂了口，还有，剩下的，我的上帝，别说了……”

除了那次砍头和我们的被捕，那些“同根兄弟”与老百姓相处时，行为文明得不能再文明。因此，那两个事件很快就被遗忘了，或者不如说，人们想尽办法遗忘它们。戈布勒就是在那段时间带着他的胖老婆回到了小镇。他重又住进了他离开了十五年的房屋，而且受到全镇的热烈欢迎，尤其受到奥施威尔的欢迎，因为他们俩曾在同一年应征入伍。

正是在戈布勒的劝诱下——这一点我准备发誓加以证实——我们小镇逐渐转向。他提醒所有的人说，被那支队伍如此这般占领着有多么大的优越性，说那支队伍一点不仇视大家，恰恰相反，队伍保证了和平和安全，使我们小镇和整个地区避免了大屠杀。此外，他不费吹灰之力便能说服大家，布勒和他的士兵在小镇驻扎时间越长越好，这关系到所有人的利益。一百来人，要吃，要喝，要抽烟，要人给他们洗衣服被褥，要人缝补，那会给大家带来大笔的银钱。

在奥施威尔的祝福和全镇居民的认同声中，戈布勒变成了某种形式的副镇长。人们看见他经常在布勒的帐篷里，布勒起初用怀疑的眼光看待他，后来，他明白了，从这个意志薄弱的人身上，从与他亲近的关系中可以渔利，他便与他几乎亲如同伴。再说他的老婆布拉，她的大腿向全体官兵慷慨开放，她既给有军阶的，也给普通大兵分配她的宠爱。

“你又能怎样呢，大家都习惯了。”这是施罗斯对我说的话，那天，他鼻涕眼泪地坐到我桌边与我聊天。“他们待在这里，好像已经习惯成自然了。无论如何，那都是些跟我们一样的人，都是同样的肉身嘛。谈的都是同样的东西，说的都是同样的话，八九不离十吧。大家几乎都能叫出他们每个人的名字。他们好多人还替老年人办过事，有些人还跟娃娃们玩。每天早上，他们当中有十个人扫大街。另外的人照管公路，劈木柴，清扫一堆堆的厩肥。咱小镇从没有那么干净过！你能让我对你说啥呢！他们到我店里来，我就把酒杯盛满，我可不会冲他们的脸吐吐沫！再说，你难道认为有好多人愿意落到卡托尔那样的下场，或者像你和弗里普曼那样突然没影儿了？”

“同根兄弟”在小镇待了大约十个月。其间没有发生什么引人注目的事件。然而，最后那几个礼拜气氛却陡然巨变了。大家后来才明白那是怎么回事。战争正在发生变化，在地域上，在思想上。犹如春天的一团呛人的火，火烟被风一吹便陷入慌乱，猛然改变了方向，一个个胜利先后离开了一个阵营，跑到另一个阵营去了。没有任何消息传到小镇，对本地的人来说，那是不言而喻的。在一无所知的情况下，他们便不可能变成危险分子。然而，布勒可不一样，他什么都知道。我很乐意想一想他在那段时间被抽搐扭歪的嘴脸，随着信件带来的坏消息，他那神经性抽搐一定越来越频繁，那些信件让他得知他们的溃败、他们的灾难和这个伟大帝国领土的倾覆，而他们帝国的控制权本应伸展到全世界，千秋万代永世长存。

那支队伍以狗的嗅觉，闻到了头头惶惶不可终日的气味，自己也变得越来越神经质。假面具再一次坠落。往日的本能反应又故伎重演了。屠夫布罗希尔特在迪奥代姆的眼皮底下被一个下士狠揍了一顿，因为他就下士对动物下水的爱好开了玩笑。利马特因为没有特意向对面走来的两个大兵敬礼而被推推搡搡，如果当时经过那里的戈布勒没有干预，他也得饱尝一顿棍棒。十来起这种类型的事端让大家明白了，魔鬼从来没有离开过他们，魔鬼只不过暂时冬眠了一阵而已，从此以后，他们的冬眠再也不会延续下去。于是，恐惧重新抬头。消除恐惧的愿望也应运而生。

一天下午，实际上应该是那支队伍离开的前夕，几个“镇里人”去博伦施法尔山的森林用运木橇运送木材，他们在利希玛尔的林中空地附近一堆准备用来搭建茅屋的冷杉树枝下边发现了三个年轻姑娘，姑娘们看见这些人走过来时，吓得半死，一个紧挨着一个待在那里。她们穿的不是平时农家女穿的衣服。她们脚上的鞋也和木屐或高帮皮鞋大相径庭。她们每人身边都有一个小手提箱。她们来自远方，非常遥远。显然，她们逃难已经好几个礼拜了，天晓得她们怎么竟来到了这个森林，来到这奇怪的天地，而且在里面完全迷了路。

“镇里人”给她们吃给她们喝。她们扑到食品上，仿佛好几天没有吞过任何东西了。她们吃罢便很信任地跟着那些人来到镇里。照迪奥代姆的想法，一路上，那几个男人还不知道该怎样处置这几个姑娘。我愿意相信他的想法。尽管如此，他们仍然意识到姑娘们是“外来人”，她们在小路上每走一步、每走一米都使她们更接近小镇，都在为她们的命运签字画押。戈布勒，我说过，已经成了举足轻重的人物，他是唯一一个布勒上尉真正接受的人。那几个运木材的人将姑娘们领去的地方正是他的家。是他说服那几个男人把姑娘们交给“同根兄弟”，以博得他们的恩宠，从而让那些大兵安静下来，更容易接近。与此同时，那几个姑娘正在突如其来的瓢泼大雨中站在他家的门前等待着。

天公在愚弄我们。我常想，如果没有那场大雨劈劈啪啪打在我们家的屋瓦上，艾梅莉亚也许不会往窗户外面看。要那样，她也就不会看见那三个姑娘，全身湿透，浑身发抖，瘦骨嶙峋，筋疲力尽。她也就不会走出门去邀请她们进我们家烤火。当听了其中一个“镇里人”的报告，两个大兵来抓人时，也就不会发现她和那些姑娘待在一起。她也就不会提出抗议，她也就不会——我肯定她会那样做——冲着戈布勒的脸大喊大叫，说他那么干很不人道，她也就不会扇他耳光。大兵们也就不一定会抓住她，把她同三个姑娘一起带走。她也就不会朝深渊迈出第一步。

就因为那雨。纯粹是那雨惹的祸，那打在屋瓦和窗玻璃上的雨。

“另外那个人”听着我讲述。他不时往他的茶杯里加点热水和几片茶叶。我一边叙述，一边将那本老书《山区花名录》紧紧抱在怀里，仿佛那不是一本书而是一个人。“另外那个人”慈祥的沉默和他的微笑激励我继续讲下去。第一次把那一切讲出来，而且是向一个素不相识的人，一个身穿奇装异服、圆脸显得滑稽的人倾诉，倾诉地点又如此不像一个房间，这让我感到放心。

后续的事，我只简单扼要地说了说。已经没有什么可说的了。布勒和他手下的官兵拔营走人。在菜市场前的广场上，弥漫着暴风雨威胁下的畜群特有的焦虑与狂热。只听得那里一片命令声、吼叫声、一饮而尽的酒瓶摔在地上的咔啦声；几十个烂醉如泥的大兵狂笑着，摇摇晃晃地走来走去，互相辱骂着，而这一切都在布勒的眼皮底下上演。布勒像木桩一般呆呆地站在他帐篷的挡雨披檐下，脑袋神经性地摇个不停，频率越来越高。在这反常的时刻，“同根兄弟”虽然还处在主人的位置，却已经明白自己是战败者。那是些倒下的神，是些预感到即将被剥夺武器和甲胄的军阀。虽然脚还踩在梦幻里，他们却知道自己已经头朝地被吊起来了。

被“镇里人”和两个大兵押送的艾梅莉亚和三个姑娘一行就在这样的情景下来到广场。刹那间，有如老鹰扑小鸡，大兵们将她们四个人团团围住，推推搡搡，动手动脚。她们立即在哄笑声中消失在人墙的中心，人墙随即关闭起来，那是烂醉的男人、暴烈的男人组成的人墙，那些人一边说着脏话，一边开着玩笑，把她们一直推到奥托·米申鲍姆的谷仓里，奥托·米申鲍姆是个年近百岁没有子嗣的老农——“我从没有干那事的时间！从没有干那事的时间！”——此后，他一直幽居在自己的厨房里。

四个女人便消失在那里。

她们在那里被吞没。

后来，什么也没有了。

翌日，广场空无一人，只剩下满地的碎玻璃片。“同根兄弟”已经离开。他们留下的只有呕吐出来的烧酒和葡萄酒的酸臭，以及地上一汪汪浓臭的啤酒。在那个令人恶心的夜晚，大兵们和几个“镇里人”，在布勒无言的祝福之下，践踏了人的灵魂和肉体，事后，家家户户都大门紧闭。还没有人斗胆走出家门。而费多琳却敲着每一家的大门，她敲呀，敲呀，敲呀。一直敲到她来到谷仓的那一刻。

“我走了进去，布罗岱克。”老费多琳一边用调羹喂我吃饭，一边把一切告诉我。我的双手布满了伤痕。我的嘴唇疼得钻心。我被打断的牙齿也疼痛难忍，仿佛那些人手上的碎片还在割我的牙龈。我，经过近两年游离在世界之外的生活，我刚刚回到家里。我从集中营生还，走过大路和小路，重又回到了这里。然而，我还处在半死的状态。我身体还那么虚弱。我在几天之前刚推开我家的大门。我又看见了费多琳，她一看见我，手里正在擦拭的彩陶大盘便滑到了地上，盘上的红花图案碎片飞到房间的各个角落。我也看见了艾梅莉亚，她比过去更美丽，是的，比我所有记忆中的她都更美丽，而且这不是一句空话。艾梅莉亚坐在火炉旁边，但尽管盘子跌碎的声音很大，尽管我的声音在呼唤她，尽管我把手放在她的肩上，她却没有抬眼看看我，而是继续小声唱着一支让我心动的歌："温柔英俊的王子/你走得实在太远"，那是我们初恋时唱的歌。我叫她的名字，我用与她重逢的无限快乐的声音又叫了她一次，我用手抚摩着她的肩膀、她的脸颊、她的头发，这时，我才发现她并没有用眼睛看我，我才知道她并没有听见我的声音，我才明白艾梅莉亚的身体和无比娇好的脸庞的确在我面前，但她的灵魂却在别的某个地方徜徉，我不知道是什么地方，是一个陌生的地方，但我发誓要去那里把她的灵魂找回来。也正是在我发誓的那一刻，我第一次听见一个稚嫩的声音、一个我从未听见过的小孩的声音从我们的房间传过来，这声音擦着一个接一个音节，有如人们擦着火石让它迸出火花，那声音构成的旋律像欢快的瀑布，自由，奔放；像小鸟的鸣叫，吱吱喳喳，十分顽皮；我后来才知道，那声音应该最接近天使的话语。

"我走进了谷仓，布罗岱克。我进去了。那里安静得吓人，也很阴暗。我看见几个躺在地上的人形，小小的人形样的东西，一个紧挨着一个，一动不动。我在她们身边跪下来。我见过的死人太多了，不可能认不出什么叫死亡。三个小姑娘，那么年轻，都还不到二十岁，三个人的眼睛都睁得大大的。我把她们的眼皮抹下来，眼睛闭上了。还剩下艾梅莉亚。她是唯一一个还在呼吸的人，呼吸很微弱。他们离开她时以为她已经死了，但她不愿意死，布罗岱克，她不想死，因为她知道你总有一天会回来，她知道这个，布罗岱克……我走到她身边，我把她的脸贴在我的肚子上，她已经开始小声唱歌了，自那以后，她唱的那支歌再没有离开过她……我抱着她摇呀，摇呀，抚慰她好长时间……”

茶炊里没有水了。我小心翼翼把《花名录》放到我身边。外面几乎已经入夜。“另外那个人”刚走过去把窗户微微打开，一股热树脂和干腐殖土的气味便钻进了房间。我讲了很久，一定讲了几个钟头，但他一直没有打断我的话。我正准备为我没有得到允许而不耻在他面前敞开胸怀倾倒苦水表示歉意时，竟听见背后发出一声悦耳的钟鸣。我猛然转过身去，仿佛有人在背后开了一枪。原来是一个只有大型手表那么大的奇特挂钟，这样的钟昔日颇为流行，许多人将它挂在四轮豪华马车的车厢里。我此前并没有注意到它。挂钟的几根金指针正指着八点。乌木嵌金的钟壳，象牙底蓝色珐琅质的报时数字。钟面圆盘下端刻有制造商的姓名：贝内迪克·菲尔斯滕费尔德，制造商又在时针中轴下面用漂亮的连体斜体字刻了一条座右铭：人多伤人，个体杀人。

我一边起身，一边高声朗读那条座右铭。“另外那个人”也站起来。我说了很多。也许太多了。我该回家了。我很不好意思，他可别以为……他立即抬手打断我的话，他的手手指很短，胖胖的，像丰满女人的手。

“别抱歉，” 他用吹气一样难以听清楚的声音说道，“我知道，讲述是一剂可靠的良药。”

# 三三

我不知道“另外那个人”是否有道理。

我不知道有些东西是否有药可治。其实，讲述恐怕未必是一剂多么可靠的良药。也许恰恰相反，讲述只有助于我们保持伤口，犹如我们保持文火的火炭，以便我们兴之所至，可以随心所欲地让它燃得更旺。

我烧掉了迪奥代姆的信。我烧掉它是理所当然。写信丝毫没有治愈他，他的心灵。而发现他在最后一页信纸背后写下的“镇里人”的名单也不会对我有任何好处。一点好处都没有。我并没有复仇思想。我在某些方面仍然是“狗布罗岱克”，一个宁可认输不愿挨咬的主儿。也许这样更好。

那天晚上，我没有直接回家。我绕了一个大圈。夜，静谧而柔和。在流云逐渐淡去的天空，星星微弱的银光在黑夜里闪闪烁烁。在大地上，有一些时辰，一切都美丽得令人窒息，这种美丽，看上去那么广袤，那么柔和，仿佛就为了反衬出我们生存状态的丑陋。我步行一直走到在巴普蒂斯特尔布吕克河上游的施陶比河河岸，走到一片顶部修剪成盆形的柳树丛旁边，每年一月，贝伦施博尔格都要折磨那些柳树，把它们所有的枝桠剪掉。三个年轻姑娘的遗体就埋葬在那里。我知道。是迪奥代姆告诉我的。他把准确的地点指给我看了。没有坟墓。没有十字架。什么也没有。然而，我知道在草丛下面躺着三个年轻的姑娘：玛丽扎、特尔娜、尤迪特。名字很重要。那是她们的名字。是我给她们取的名字。因为那些“镇里人”不仅杀害了她们，而且消灭了她们的一切痕迹，以至于没有人知道她们姓甚名谁，她们来自何方，她们究竟是谁。

施陶比河在这一段非常美丽。清粼粼的河水在灰色鹅卵石河床上缓缓流过。它喃喃细语着，汩汩低吟着。听起来好像人在歌唱。那是施陶比奉献给一些坐在草地上聚精会神听它吟唱的人的柔美音乐。

“另外那个人”常常来到这个地方，他也坐在草地上，在小本子上记下一些东西，画一些素描。我想，某些看见过他坐在那里，准确地坐在那里的人，一定会认为他并非无缘无故待在那个地方，因为那里紧靠着姑娘们沉默的坟墓。显然，正是在他常常停留于此的过程中，他已不知不觉开始被判死刑，那些“镇里人”已经在逐渐决定将他处死。不应该挖掘往日的可怕暴行，哪怕并非有意挖掘，哪怕从不希望如此行事，否则，那些暴行定会死而复生，并且扩散开去。那些暴行会像螺旋钻一样钻人的脑袋，不断放大，催生出新的暴行。

迪奥代姆也是在离那里不远的地方找到了死神。仔细想来，“找到了死神”这样的说法有点怪，然而，在我看来，对迪奥代姆而言，这样的说法十分恰当：要想找到什么东西，必须去找。我坚信迪奥代姆曾经找过死神。

我已经不再相信我原来认为的：是别人杀了他，跟他们杀了“另外那个人”一样，尤其在我读了他的信之后。不是那样。我现在已经意识到，事情的真相不在那里。

我知道迪奥代姆走出了自己的家门。我知道他已走出了小镇。我知道他在施陶比河岸上行走，他逆水流而行，也就是在追溯他的一生。他在回想我们俩长时间的散步，他在回顾我们在一起说过的话，他在回忆我们之间的友谊。他刚写完那封信，他一边逆着波涛往前走，一边追忆着那一切。他经过那丛顶部修剪成盆形的柳树，他想到了那几个姑娘，他走着，他继续走着，他试图赶走鬼魂，他试图最后一次与我谈话，我可以肯定，是的，我肯定他曾叫过我的名字。他在陡峭的蒂岑塔尔悬崖攀缘而上，那短短的登山活动使他倍感舒适，因为他越往上攀登，越感到轻松。到达顶峰后，他看了看小镇鳞次栉比的屋顶，看了看河水涟漪里映照的月光，他最后一次回望了自己的一生，他感到夜晚的风吹拂着他的胡须、他的头发。他闭上眼睛，跳了下去。他的坠落一直延续着。也许在他今天安息的地方，他还在继续往下坠落。

“发生过的事”那天晚上，迪奥代姆没有去客栈。他离开小镇，与邮递员阿尔弗雷德·武茨维勒和他的兔唇一道去了S城，是奥施威尔派他去送一些重要的文件。我想，镇长是有意支开了他。三天之后他回到镇上时，我想把一切告诉他，但他立即打断我的话说：

“我什么也不愿听，布罗岱克，把那一切留在你心里吧，再说，你什么也无法肯定，也许他没有向任何人打招呼就走了，也许他摘下帽子，敬了礼，然后像他来时那样离开了。你啥也没看见，你是在自说自话！你的‘另外那个人’是否存在过，你搞得清楚吗？”

我惊得喘不过气来。

“可是，不管怎么说，迪奥代姆，你总不该……”

“住嘴，布罗岱克，别告诉我该做什么不该做什么。让我安静！这镇子里倒霉事够多的了！”

他随即飞快地走掉了，把我一个人留在西尔克街的街角。我想，迪奥代姆一定是在那个晚上开始给我写信的。“另外那个人”之死搅动了太多的东西，多到他无法承受的程度。

我把写字台和抽屉修理好了。我认为我干的活相当棒。我随后又用蜂蜡将它擦了一遍。很香。它在烛光下还熠熠生辉呢。我就在这个写字台上重新写起来。贮藏室很冷，但打字纸还把艾梅莉亚肚子上的温度保留了很久。因为我是把所有写过的东西都藏在她肚子上的。每天清晨，是我给艾梅莉亚洗脸穿衣，每天晚上，也是我给她脱衣服。每天早上，我把我写了几乎一整夜的纸页放在一个织得十分紧密的麻布小布袋里，然后把小布袋捆在她的肚子上，再给她穿上衬衫。每天晚上，我侍候她睡好，然后取下小布袋，布袋还保留着她的温热和香味。

我在想，波朴切特在艾梅莉亚的肚子里生长，而我写的故事，它在某种程度上也来自她的肚子。这样的比照让我高兴，也给了我勇气。

我已接近完成奥施威尔和别的人等待的那份报告。实际上，要结束报告只剩下很少的东西可写了，但我不愿意在写完我的故事之前把报告交给他们。我还需要走某些蹊径，我还需要搜集一些材料，还需要敲开某些人的房门。但不是现在，也不是即刻。

因为必须在此之前把导致“发生过的事”的那些日子连贯起来。大家可以想象一只弓上绷紧的弦，而且弦绷得一刻比一刻紧。作这样的想象就可以对“发生过的事”之前几个礼拜有一个概念，因为在那些日子，全镇的人神经都像弓弦那样绷得很紧，谁也不知道绷紧的弦会射出什么样的箭，也不知道真正的靶子是什么样子。

这个夏季像火炉一样烤灼我们。老人们都说记忆里从未经历过这样的酷热。通常人们在八月中旬去森林深处，谁都可以在大岩石中间感受到被埋藏的冰川会从地层深处放出冷气，但如今，甚至去那里，感受到的也只是从地层冒出来的热风。各种昆虫发疯似的在干掉的苔藓上方忽闪着鞘翅乱转乱飞，它们发出的有如不和谐的小提琴声一样的噪音刺激着伐木人的脑袋，使他们变得时时刻刻动辄恼怒。山泉干涸了，井水降到最低点。连施陶比河都浅得像即将窒息的小溪，河里的鳟鱼、泉水鲑鱼和红点鲑鱼都成群地死去。牲畜喘着粗气。从它们瘪下去的乳房挤出的奶既少又稀薄，味道还很呛人。它们白天被赶回牲畜棚，夜幕降临时才被放出去。它们侧躺着，厚重的眼皮耷拉在亮亮的眼睛上，伸出的舌头发白，活像涂了石膏。必须上山去高山牧场才能找到一丁点清凉，最幸运的当然是山羊和绵羊群，还有它们的牧羊人，他们都可以在高高的山上大口呼吸新鲜的凉风。在下边，在大街上，在住宅里，所有的话题都围绕着大太阳。人们绝望地看见太阳每天清晨冉冉升起，然后快速升空，升到湛蓝无云的中天，在那里停留一整天。大家都很少动弹。人人都在家里思前想后。喝一小杯酒便能上头，不需要找什么借口就可以大发雷霆。干旱时期没有罪人。谁都不能转而攻击别人。于是，就有必要找一件事或找一个人出出气。

希望大家别弄错了。我不是说之所以有“发生过的事”，是因为事件发生的前几个礼拜我们经历了一段火山熔岩期，是因为大家的头脑像放在大火上的开水锅一样沸腾起来了。我想，即使经历一个阴雨绵绵的长夏，那件事照样会发生。当然，时间可能从容一些。显然不会像那次那样匆忙，也不会出现我刚才描绘过的绷得太紧的弓弦。那件事也许会以别的方式发生，但一定会发生。

谁都害怕缄默的人。害怕什么话也不说的人。害怕光观看却默不作声的人。怎能知道装聋作哑的人心里想些什么呢？“另外那个人”只用一句话、一个词，答谢镇长的演讲，这件事本身就令人不快。翌日，节日的欢快过去，免费的酒宴和舞会过去之后，大家重又谈起他的态度、他的微笑、他的衣着、他脸上的胭脂；重又谈起他的驴、他的马、他给牲畜取的名儿、他为什么来到我们这里、为什么在这里停留。

接下去的那些日子，不能说“另外那个人”设法挽回了大家的疑虑。我想，毫无疑问，我是他与之说话最多的人——除了派佩神甫，然而，在这方面，我未能得知任何情节，他们之间都谈到过谁，谈到过些什么事——而且大家可以评判，他对我说过的每一句话，我都在那几页报告过了。也就十行，或者多一丁点。他途中遇到了某某人，他认识那个人。提提帽子，点头致意，露出他的大脑袋，脑袋上头发很稀，很长，微微卷曲，他爱微笑，但从不开口说话。

接下去，当然，是他那黑色的小本子，大家看见他作的笔记、速写、素描。有一天，我在市场快收摊时听见多尔夏、普芬林、福格尔和豪佐恩之间的谈话，总不是我杜撰的吧！被他做的那一切引起烦恼的人还不光是我提到的那四个！他在本子上乱画乱写究竟有什么目的？为什么要如此行事？如此行事会将他引向何处？

我们终于得到了答案。

那是在八月二十四日。

那一天，的确是他末日的开始。

# 三四

那天清晨，人人都在自己的大门下边发现了一张带玫瑰香水味的请帖。请帖上用紫罗兰色墨水很考究地写了下面这句话：

今晚，七点，
施罗斯客栈，
肖像画和风景画

不止一个人从各个角度琢磨这张请帖，将请帖翻过来，转过去，闻闻它的香味，把那上面的几个字读了又读。早上七点，客栈已经人满为患。都是些男人。当然是男人，但有些男人也是老婆派来打听消息的。施罗斯简直难以应付，因为伸过来的胳膊太多，空酒杯也太多了。

“说说看，施罗斯，这封斋前的礼拜二是怎么回事？”

大伙儿肘挨着肘，嘘嘘地喝着葡萄酒、啤酒。外面，太阳已经开始烤人了。大家挤来挤去，都伸着耳朵听对方说话。

“你那寄膳宿的客人怎么疯疯癫癫的？”

“他在搞啥鬼呀？”

“是在Scheitekliche还是干啥？”

“嘿，说说，施罗斯！告诉我们！那古怪的家伙还得在这儿待好久吗？”

“到处撒他那臭烘烘的请帖，他以为自己在啥地方呀?”

“把我们当成花花公子啦？”

“啥叫花花公子？”

“咳，我哪儿知道，那话又不是我说的！”

“他妈的，施罗斯，回话呀！给我们说点啥！”

那些问题比机关枪扫射还厉害。而施罗斯，他接受那些扫射就像接受不伤人的子弹一样。那些子弹只不过让他胖乎乎的脸上堆出一阵狡黠的浅笑而已。他仍然守口如瓶。他故意让紧张气氛升级。那一切，对他的生意都有益无害。说点什么，也能吊大家的胃口。

“你总不至于让我们在闷罐里呆到晚上吧，该死的老施！”

“他在那上头吗？”

“让开！”

“怎么，施罗斯！”

“好了，好了，大伙儿闭嘴，施罗斯马上要说话！”

人人都屏住呼吸。有两三个不知情的人还在私下说着话，但很快被人喝止了。于是，所有人的眼睛，尽管有些人已经开始醉眼矇胧，都转到施罗斯身上，施罗斯自己却不慌不忙，装腔作势。

“你们既然坚持要我说，我这就给你们说……”

一阵高兴而欣慰的哄闹声打断了他的第一句话。

“我这就给你们说说我了解的一切，”施罗斯继续说。

所有的人都伸长脖子，尽量朝他那边转过去。他把他的抹布啪一声放在柜台上，把双手平放在上面，然后在一片肃静中长时间注视着天花板。全体在场的人都在模仿他，如果此时此刻有什么人走进客栈，他肯定会琢磨这四十来个人到底在干什么。只见他们默默无语，全都抬头望着烟熏火燎、大梁又脏又黑的天花板，眼睛狂热地盯住那几根大梁，仿佛想向它们提出重大的问题。

“我知道的，”施罗斯用讲知心话的口气，压低声音说道，人人听他讲话就像喝最珍贵的烧酒一般，“就是，我确实了解得不多！”

哄闹声又起，但这一次却满怀失望，还带点愤怒，也有人用拳头捶柜台，有人喊出一些鸟的名字，等等，不一而足。施罗斯举起手臂试图安抚所有的人，然而，他必须使劲扯着嗓子喊话才能让人听见：

“他只要求我允许他使用整个大堂，从六点开始，好作准备。”

“准备啥呀？”

“我哪儿知道！不管怎么说，我能告诉你们的，就是他要给所有喝酒的人付账！”

欢笑声再起。可以不花钱过足酒瘾的前景已经足够把所有的质问一扫而光。客栈逐渐空了下来，我自己也准备离开，正要出门时，忽然感觉一只手放在我的肩膀上。原来是施罗斯。

“你啥也没说，布罗岱克？”

“我让别人说……”

“你没有问题要问吗，你？你要是没问题，那也许是因为你已经有了答案，也许因为你是知情人……”

“我为什么会是知情人？”

“那天我看见你上楼去了他的房间，在那里待了好几个钟头，你们一定谈了好多事情才会用那么多时间，对吧？”

施罗斯的脸离我的脸很近。在那个时刻天已经很热了，他脸上到处都在出汗，活像一块放在烧得很旺的炉子上的肥肉。

“让我安静，施罗斯，我还有事要做。”

“你不应该这样对我说话，布罗岱克，你不应该！”

在那段时间，我把他说的话还当成一种威胁。然而，自那天他眼泪汪汪坐到我喝酒的桌子对面，对我谈起他死去的小孩后，我就不知道该如何看他了。人，有时那么笨拙，往往让别人把他们看成与实际恰恰相反的人。

在去客栈的路上，我并没有了解多少情况，无非是知道“另外那个人”通过那些带香味的请帖得以让大家的注意力进一步放到他身上。还不到七点，已经没有一丁点微风了。在天空翱翔的燕子仿佛已经筋疲力尽，飞行速度也已放慢。一片几乎透明的云彩，非常小，形状像一片冬青叶，独自在极高的天空闲荡。连牲畜的叫声也听不见了。雄鸡不啼鸣，母鸡也默不作声，一动不动，蜷缩在饲养棚土地上挖出的泥窟窿里找点清凉。猫儿们在能通车的大门阴影里打瞌睡，它们斜趴在地上，伸展着四肢，尖尖的舌头从微微张开的嘴里伸出来。

我从格特的铁匠铺经过时，听见他屋里乱翻了天。声音大得吓死人。原来是格特在整理内务。他一瞅见我便招手让我停下，然后朝我走过来。铁匠铺那天停业。炉火已经熄灭，格特洗了脸，刮了胡子，梳了头。他已经脱去他那永不离身的皮围裙，肩膀不但不再裸露，而且穿上了一件干净的衬衫、一条有背带的长裤。

“你对那一切有啥看法，布罗岱克？”

为了不冒太大的风险，我耸了耸肩，因为我真的不知道他说这话是指什么，指炎热的气候，指“另外那个人”，指那有玫瑰香味的请帖还是指别的什么。

“我呢，我得说，一定会发作，一下子，而且很猛烈，你可以相信我！”

格特说话时捏紧了拳头，咬紧了牙关。他干裂的嘴唇动起来像一块肌肉在动，他红棕色的胡须活像一丛燃烧的灌木。他高过我三个头，要想在我耳边说话必须弯下腰。

“那不可能继续下去了，而且不止我一个人这么想！你呢，你出门读过书，你比我们知道得多，该怎么了结呀？”

“我不知道，格特，必须等到今天晚上，到时候就能看清楚。”

“为什么今天晚上？”

“你和我们大伙儿一样，得到了一张请帖，定在今晚七点。”

格特往后退了退，然后端详着我，仿佛我已经变成了疯子。

“我对你说这该死的太阳，你干吗对我说请帖？太阳烤我们的脑袋已经三个礼拜了！我根本喘不过气，简直就没法干活，可你，你竟给我搬出什么请帖！”

从铁匠铺尽里头传出一声“呜呜”，使我们转过头去。原来是野狗奥恩迈斯特，它瘦得像只钉子，正在伸懒腰，打哈欠。

“还是它最幸福，”我对格特说。

“我不晓得是不是最幸福，但甭管怎么说，最游手好闲，那才千真万确！”

好像为了证实它选为暂住主人的铁匠说得有理，奥恩迈斯特干脆把头放在前爪上，又安安稳稳睡了过去。

又是一个本夏季以来烤死人的日子！然而，这个日子又很特别，它好像内部已经被掏空，它的中心和它的时辰似乎已经失去了重要性，只有它的晚间值得大家思量、等待、期盼。我记得那天早晨我从客栈回去以后，就再没有出过家门。我把这几个月来所写的笔记进行整理，笔记涉及我们的森林开发，每片森林林木的体积，已砍伐和待砍伐的林木，林木的更新换代，实生苗，下一年适合清理的大材用乔木林，公共树林采伐木材的分配，应付款的返回等。我在地窖里工作，希望在那里能找到些许清凉，然而，连那里，平时墙壁老渗出冰凉水珠的地方，我也只能呼吸到黏乎乎沉甸甸的空气，比其他房间热得稍微温和一些。有时，我能听见波朴切特在我头顶上哈哈大笑的声音，费多琳把她放进了一个盛满凉水的大木盆里。她在盆里就这样玩捉小鱼，一玩就是几个钟头，从不厌烦。与此同时，在她旁边，艾梅莉亚坐在窗前，双手平放在膝头，眼睛看着外面但视而不见，嘴里哼着她那首令人伤感的歌。

我从地窖走上去时，看见波朴切特正在吃一大盘胡萝卜和香叶芹熬的稀菜汤，她身上水已经擦干，搓得红红的。

“要出去，我爸爸？要出去？”我正准备出门时，波朴切特冲我问道。她从椅子上溜下来，跑着，想扑到我怀里。“我马上就回来，”我对她说，“我回来就去你床上亲你，乖！”“乖！乖！乖！”她一边重复我的话，一边笑，一边转圈，好像在跳华尔兹。

啊！小波朴切特……有些人可能对你说，你是一文不值的孩子，你是肮脏的孩子，你是仇恨和暴行生下的孩子。还有些人可能对你说，你是可恶的人种下的可恶的孩子，你是耻辱留下的孩子，你是出生之前已经蒙受了耻辱的孩子。别听他们的话，我恳求你，我的小女儿，别听他们的话。我对你说，你是我的孩子，我爱你。我对你说，有时，从丑恶中能诞生美丽、纯洁和优雅。我对你说，我永远是你的父亲。我对你说，最美丽的玫瑰花有时出自脓血污染过的土地。我对你说，你是黎明，是明天，是所有的未来；你前途无量，这才是关键。我对你说，你给我带来好运，你让我得到原宥。我的波朴切特，我对你说，你是我全部的生命。

我拉上大门时，戈布勒正巧也在拉上他家的大门。而让我们俩感到格外惊异的是，我们竟在同一时刻往天上看。我们的房屋都很暗。都是为过冬修建的，甚至在艳阳天也经常需要点燃一两支蜡烛才能看见。我估计，一离开我们阴暗的房屋，跨过门槛就会遭遇大太阳，几个礼拜以来，大太阳已然成了我们的家常便饭。然而，那一天，天空晦暗，仿佛盖上了一床巨大的灰褐色带黑条纹的被子。在东边的地平线上，霍尔尼山脉的群峰在那厚厚的、像蜂窝一样起伏不平的絮状金属液里消失了，那层厚厚的金属样液状物好像正在逐渐往下坠落，令人窒息，早晚会压垮我们的森林和房屋的屋顶。这里，那里，一些活跃的大理石条纹划破那一大片糊状的雾霭，以发黄的虚假强光将它照亮，但瞬间即逝，因此，那些流产或被抑制的闪电并没有催生出轰鸣声。已经变得腻腻的炎热直攫咽喉，有如罪犯的手掐住人的脖子，以雷霆万钧之力将它碎成齑粉。

最初的愣态过去之后，戈布勒和我，我们再一次同时抬腿往前走。我们俩又像木头人一样并排、齐步走在那条布满灰尘的马路上，在那奇特的闪光中，那条路就像桦树烧成的灰烬。在我周围飘浮着鸡屎和鸡毛的臭味，像花瓶里插了很久而被遗忘的花那种腐烂而令人恶心呕吐的味道。

我没有丝毫同戈布勒交谈的愿望，而且我们之间这种沉默对我再合适不过。我一直在料想他可能先开口与我聊天，但什么也没有发生。我们就这样在大街上默默地走着，有点像去教堂里参加即将举行的某个葬礼，谁都知道，面对死者，一切话语都是多余的。

随着我们离客栈越来越近，从大街、小巷、小路、门廊里走出来一个个人影，他们来到我们周围，在我们身边走着，也保持着沉默。也许，这样大范围的沉默不归因于我们马上会发现客栈里将演出什么好戏的前景，而归因于突然变化的天气，归因于那遮天蔽日的灰褐色金属样的液状铺盖，那大片的糊状雾霭使这天的傍晚像冬日一般黑暗。

在这条越走越大的人体长河里没有一个女人。我们都是男人，男人之间的男人。可是在我们小镇，有的是女人，跟别的地方一样，有年轻姑娘，有老太太，有美丽的，有丑陋的，她们都有知有识，也能思考。那些女人把我们带到这个世界，又看着我们把世界摧毁，她们给了我们生命，然后又多次为这些生命而感到遗憾。我也不知道为什么，在那一刻，当我默默地走在那些男人中间，走在那些也在默默走路的男人中间时，我会想到这一切，尤其是想到我的母亲。我存活下来了，她却已不复存在。我有了自己的面庞，她的面庞却在我的记忆中消失了。

有时，我会在我们房子里那块石头水槽上方的小镜子里看看自己。我观察我的鼻子，我眼睛的形状和颜色，我头发的颜色，我嘴唇的轮廓，耳朵的轮廓，我棕色的皮肤。我设法用这一切来构建逝者的肖像，她在某一天看见一个小小的身体从她的大腿间钻出来，她把那小身体抱在自己的胸前，她抚摩他，把自己的温热和奶汁交给他，她对他说话，给他取名字，她一定在微笑，在幸福地微笑。我知道这么做是枉费力气。我永远不可能画出她脸上的线条，不可能从黑夜里辨认出她的轮廓，因为她进入黑夜已经太久了。

在施罗斯客栈里边，一切都起了变化。谁也认不出原来的地方了。好像整个客栈都已面目一新。我们踮着脚尖走进去，几乎不敢大声说话。连那些平时爱扯着嗓子大喊大叫的人也把嘴闭得紧紧的。许多人朝奥施威尔转过身去，无疑是相信镇长与他们不一样，他一定会指示他们该做些什么，该怎么做，该说些什么，不该说些什么。然而，奥施威尔跟所有的人没有什么两样。不比他们更聪明，也不比他们更有学问。

所有的桌子都推到一堵墙壁前，而且铺上了干净的桌布，桌布上整齐地排列着几十只酒杯和酒瓶，看上去好似临阵的士兵。此外还摆了些大盘子，盘子里盛满了切断的红肠、一块块奶酪、火腿、肥瘦猪肉、面包和松甜圆面包，足够一个团官兵吃的食品。所有的眼球都被摆放的那些食品和饮料一下子吸引住了，我们这里只有某些家庭举办婚礼时才会有如此丰盛的东西，那些发了财的农家嫁娶他们的孩子时，总希望炫耀一番，让众人惊叹。因此，大家只在后来才注意到墙上有二十来张水彩画用纸分别蒙在估计是画框一类的东西上。大家互相用下巴指指墙上，但大家没有来得及对此采取行动并加以议论，因为楼梯在咔咔作响，“另外那个人”随即出现了。

他并没有穿他那一整套大家毕竟已经习惯了的古怪服装：胸襟带褶裥的衬衫，大礼服，管状裤腿的长裤。他只简单穿了一件宽大的长袍一类的衣服，白色的长袍裹住了他的全身，一直拖到地上，将他粗壮的脖子齐根亮了出来，仿佛某个刽子手已经剪去了他的衣领。

“另外那个人”下了几级楼梯，让众人感到十分滑稽，因为他穿的袍子太长，根本看不见他的双脚：他仿佛在离地几寸的空间滑行，有如某个鬼魂在移动。看见他下来，没有人说话，而他却在大家作出任何反应之前抢先一步发了言，他讲话的语气很谨慎，声音略尖，有如笛声：

“我想了很久，对你们的欢迎和你们的好客如何表示谢忱。我得出的结论是，我应该做我会做的事：看、听、抓住事物的本质和人的内心。我在全世界做过许多次旅行。也许正因为如此我的眼力更好，我的听力更佳。我不是自夸，我相信自己对你们当中的大多数人都有所了解，也了解了你们居住的周边环境。请把我的拙作当做对你们的敬意吧。请别在其中看出别的东西。施罗斯先生，请吧！”

毕恭毕敬站在那里的客栈老板就等着这声招呼以便开始行动。他三步并作两步，一阵风似的在客栈大堂从这头走到那头，把盖住画框的水彩画用纸取掉。就在那一刻，好像给当时的情景奇上加奇，突然打了一声响雷，雷声干脆、斩钉截铁，有如打在老马屁股上的一声响鞭。

香喷喷的请帖说的是大实话：有“肖像画”，也有“风景画”。并不是纯粹意义上的画，而是水墨素描，时而有大刀阔斧的笔墨，时而有互相重叠、互相并行、互相交叉的极为精细的线条。我们排成长列，像一支奇特的朝圣队伍，在每一幅画前走过，以便就近观赏。有几个像鼹鼠一般高度近视的人，如戈布勒和克诺普夫先生，险些在画框上碰破鼻子；另有些人则相反，为了远距离欣赏，他们往后退差点摔到地上。当有些人在肖像画里认出了自己或认出了别人时，禁不住发出了最初几声惊呼，最初几声神经质的大笑。“另外那个人”是有所选择的。怎么个选法？那是个谜。其中有奥施威尔、豪佐恩、派佩神甫、戈布勒、多尔夏、富尔滕豪、罗佩尔、教堂执事乌尔里希·雅可布、施罗斯和我。风景画有：教堂前的广场和教堂周围低矮的房屋、林根（小仙女）、奥施威尔的农庄、蒂岑塔尔山的悬崖峭壁、巴普蒂斯特尔布吕克河及其远景：修剪成盆形的柳树丛、利希玛尔的林中空地、施罗斯客栈的大堂。

令人感到着实奇怪的是，大家认出了那些面孔和那些地方，然而，大家并不能因此而说那些素描画得很像。那些素描仿佛把来到我们脑海里的熟悉的回音、印象、共鸣全部突显出来，以补充我们欣赏这些写意肖像感到的不足。

所有的人巡视一番之后，正经的事立即开始。大家连忙转身背对着素描，好像它们从没有存在过，迫不及待地朝摆满食品的桌子蜂拥过去。瞧那架势谁都会认为他们没吃没喝已经好长时间了。真是些野人。转瞬间，准备的东西一扫而空，然而，施罗斯一定早就接到过命令，必须保持酒瓶和盘子满满的，因为冷餐似乎一直没有断过供给。大伙儿面颊发红了，额头开始出汗了，说话的声音变大了，咒骂也开始响彻四壁。许多人显然已经忘记了为什么来到这里，已经没有人再看一眼墙上的画框。只有能让他们填肚子的东西最为要紧。至于“另外那个人”，他早已消失了。是迪奥代姆提醒我注意到这件事。

“他一讲完话就上楼回他房间了。你怎么想？”

“想什么？”

“想这一切……”

迪奥代姆用手指了指墙上的画展。我相信我当时耸了耸肩。

“挺有意思，你的画像，不太像你，可又完全是你，我不知道该怎么说，你来看看……”

我不想让迪奥代姆感到不愉快，因此我跟着他走了过去。我们在一群人接一群人的身子间穿行，在他们的气息，他们的气味，他们的汗味，他们嘴里呼出的浓重的葡萄酒和啤酒味之间穿行。说话的声音开始激动起来，大伙儿的头脑也在发热，许多人大声嚷嚷。奥施威尔已经从他的脑袋上摘下鼹鼠皮无边软帽。克诺普夫先生在轻轻吹着口哨。“冻舌头”平时只喝水，今天却被人家硬塞给他的酒灌醉了，他开始跳舞。三个男人正笑着挡住卢拉·卡尔帕克，一个靠打短工生活的黄头发芜菁脸色的人，他一旦醉了，就一定要打破谁的头。

“你好好看看……”迪奥代姆对我说。我们总算来到了素描近旁。我照他说的做了。看了很久。一开始，我并没有太把注意力固定在“另外那个人”混杂在一起的各样线条上，后来，逐渐逐渐，我也不明白为什么，我怎么就越来越进入了画中。

几分钟之前，我第一次看见这幅画时，什么也没有看出来。下面有我的名字，也许我当时还为自己被这样画出来而感到有点不舒服，因此我立即转过头去，赶紧看下边的作品。然而，这一次，再看它时，我却在它面前停了下来，端详一番，仿佛它正在吸引我，仿佛它已经获得了生命。我看见的已经不是一些线条，一些曲线，一些点，一些小斑点，而是我一生各个部分的全面写照。“另外那个人”画的肖像可以说非常生动。那就是我的一生。那幅肖像画给我自己见证了我自己，见证了我的痛苦、我的困惑慌乱、我的恐惧、我的想望。我在其中看见了我晦暗的童年，我在集中营里漫长的日子。我也看到了我回家的情景，也看到了沉默的艾梅莉亚。我在其中看见了一切。那是一个不透明的镜子，它向我迎面抛过来过去的我和现在的我。又是迪奥代姆再一次让我回到了现实。

“怎么样……？”

“挺有意思，”我对他说。

“如果你认真看了，如果你真正看了，所有的画都如此：不是真正意义上的准确，但非常真实。”

也许出于他对写小说的偏爱，迪奥代姆总喜欢看文字的另一面，他的想象力总跑得比他自己快十倍。然而这一次，他对我说的却一点不傻。我把“另外那个人”挂在客栈墙上的素描又从头到尾慢慢玩味了一遍。我先前认为很平常的风景画开始充满了生机，而那些肖像也似乎在述说着秘密、痛苦、丑恶、错误、糊涂、卑劣。我没有沾过葡萄酒，也没有喝啤酒，但我却感到头晕，走路也踉踉跄跄。比如，戈布勒的肖像，作者在画时就玩了点妙招，以至看画的人稍稍偏左，便可以看到一个微笑的男人，眼光深邃，表情宁静；但稍稍偏右，同样的线条却着意刻画了嘴唇、眼神和额头的表情：毒辣的咧嘴强笑，一种令人憎恶的傲慢和残酷的怪相。奥施威尔的肖像描写的是卑怯、妥协、懦弱、肮脏。多尔夏的肖像突出的是粗暴、血腥的行为、无法挽回的举动。富尔滕豪的肖像表现的是心胸狭隘、愚蠢、嫉妒心和狂热。派佩神甫的肖像暗示着自暴自弃、羞愧和软弱。所有的脸部表情都如此。“另外那个人”为他们画的肖像有如绝妙的显影剂，把人物内心深处的真相揭露得淋漓尽致。那简直就是一个去皮的人体模型画廊。

此外，还有风景画呢！风景画，表面看上去没有什么了不起。也引不起什么兴趣。充其量让我们又看见了我们周边的环境，不会更多。然而，这里，被“另外那个人”一画，那些风景就变得能说话了。它们述说着自己的故事。它们承载着它们所见所闻留下的痕迹。它们见证着这里发生过的一切场景。在教堂前的广场上，地上有一个黑点，正好在执行死刑的地方，让我们想起了阿洛伊斯·卡托尔被砍头时从他身上流出的所有的鲜血。也在这同一幅画上，人们环顾广场周边的房舍，所有住宅的大门都紧闭着。只有一扇大门是开着的，非常显眼，那就是奥托·米申鲍姆谷仓的门……我什么也没有编造，我发誓！比如，在重现巴普蒂斯特尔布吕克河的那幅画上，只要低一低头，就可以从侧面发现那几丛柳树的树根勾画出了三个面庞的形状，三个年轻姑娘的面庞。那幅利希玛尔林中空地的画也一样，只要稍稍眯缝一下眼皮，就可以再一次看见那三个面庞出现在几株橡树的枝桠间。如果说我当时在“另外那个人”别的某些素描画里还没有发现必须看到的东西，无非是因为那些画让人联想的事件还没有发生。蒂岑塔尔悬崖就是如此，在当时，那不过是一个很平常的悬崖，既不美也不丑，没有故事也没有神话，然而，正巧在这幅画面前我又遇见了迪奥代姆。他站定在画前，有如一片田地的界碑。他在发呆。我叫他的名字叫了三次，他才微微转过头来看看我。

“你在这幅画里看见什么啦？”我问他。

“很多东西，很多东西……”他回答我，出神地想着什么。

他没有再说一句话。后来，他去世以后，我才有时间进行思考，那当然。我又想起了那幅画。

有人可能会对我说，我脑子发热，智力减退。说拿这些图画来说事，简直是没头没尾。只有神经错乱、头脑不清醒的人才会从那些简单的涂鸦中看出我看见的那一切。而且，既然已经没有了任何证据，既然那些图画已经不存在，已经一幅不留地被毁掉，对之进行乱发挥当然再容易不过！没错，正是这样，那些素描已经全部被毁掉了！而且就是在当天晚上毁掉的！如果那还不算证据，那又算什么？那些素描已经被撕成碎片，到处乱飞，已经被烧成灰烬，因为，按照他们的思维方法，那些画讲了永远不应该讲的事，揭露了人家有意掩盖的真相。

而我，我已经太累了。

那些人喝得越来越带劲时，我离开了客栈。客栈里大家像畜生一样大叫大嚷，不过当时还只是快乐的畜生，喝酒尽兴又惬意。至于迪奥代姆，他倒一直待在那里，我就是通过他得知那一切的。接下去的一个钟头左右，施罗斯还拿出来了好多壶酒，好多瓶啤酒，然后，战事突然停止，弹尽粮绝了。显然，施罗斯与“另外那个人”事先约定的花销钱数已经到顶。尖酸刻薄便自那一刻开始。起初只是一些话语，接下去是一些手势，但还不算特别恶毒，打碎了点东西，但到那时为止，还不太严重。后来，低声抱怨改变了性质，有如从牛犊嘴里抽掉母牛的奶头，一开始，小牛哼哼唧唧，随后便拿定了主意，去它周围寻衅滋事。也就是到那一刻，大伙儿才突然想起来为什么来客栈。他们这才转身来到画展前面，重新端详那些素描。或者从另外的角度。或者擦亮了眼睛。愿怎么看怎么看。总之，他们看见了。他们看见自己了。好鲜活。他们看见了自己是什么样的人，自己干过些什么。他们在“另外那个人”的素描里看见了迪奥代姆和我在里面看到的一切。当然，他们无法忍受。谁能忍受那样的画呢?

“一场真正的浩劫！我没有弄明白是谁开的头，再说，谁带头都不重要，因为大伙儿全都上阵了，没有一个人试图阻止任何事情。派佩神甫醉得像头猪，他早就在一张桌子下面睡着了，嘴里还吸吮着自己的道袍，就像小孩吸吮自己的大拇指。年纪大的人都在你走之后不久也走了，都回到了自己的家里，至于奥施威尔，他观看着那样的场景，自己不参与，但露出了满意的神情，当小基波夫特把他的肖像画扔到火里时，他却显得非常高兴，你可以相信我！而且你知道，事情发展得快极了，还没来得及叫一声哎呀，墙上的画全没了。只有施罗斯显得有点恼火。”

迪奥代姆给我讲述那一切时，已是事发的第三天了，而且从那个名声在外的晚上开始，雨就下个不停。仿佛天公需要作一次大洗涤，替人们洗掉衣物上的污垢，既然他们自己没能做到自我洗涤。我们的住宅墙壁好像在哭泣，而在大街上，被泥土和牲畜棚里的厩肥染成黑褐色的一条条小沟渠在铺砌的石头路面上流淌着，带走一些小石头、一段段麦秆、一些果皮菜屑、一些肮脏的东西。而且这场雨还下得很奇特，它是从一片人眼看不见的天空持续不断地流泻下来的，因为厚厚的、脏兮兮的、湿漉漉的须状云层一直把它遮盖得严严实实。几个礼拜以来大家不懈地渴求着雨露甘霖。几个礼拜以来，全镇都在酷热中受着煎熬，身体、神经、肌肉、欲望、力量也同时受着煎熬，然后，一下子来了暴风雨，暴风雨的污泥四溅以雷霆万钧之势响应了人间的污泥四溅，响应了施罗斯客栈里毫无节制的狂怒，响应了对素描画的可笑的屠杀，因为在对“发生过的事”进行某种低级排练的那一刻，在他们后来进行的谋杀之前先烧模拟像的那一刻，过分闷热的天空突然大范围从东到西劈成了两半，像播撒肠子和脏腑一般下起了瓢泼大雨，灰色、油腻、沉重的雨水有如涮锅的泔水。

施罗斯把所有的人都赶出了门，镇长也不例外，那一大堆好不容易被他摆脱了的人在倾盆大雨和闪电中噼噼啪啪往前走，有些人干脆趴在地上，在一个个水洼里模仿游泳的动作，大声嚷嚷有如没人管教的小学生，还将大把大把的污泥朝别人脸上扔，仿佛那是一个个雪球。

我乐意相信，“另外那个人”一定站在他的窗户后面观看那一幕。我想象得出他那不屑的微笑。天公在对他表示感谢，他看见的在他脚下发生的一切：那些浑身湿透的人呕吐着，互相谩骂着，用嬉笑、嘟嘟囔囔的话语和喷尿互相顶撞着，只不过让他那些被毁掉的肖像画显得更加真实而已。对他来说，在某种意义上那是一种胜利。是游戏主持人的加冕礼。

然而，在尘世，最好永远别有理。有理总归要付出高昂的代价。

# 三五

翌日，那是酒醉后的翌日。大家都处在脑袋像敲鼓一样嘣嘣直响的状态，谁都不太清楚记忆里的情景是做梦还是真正的经历。我想，大多数曾经失控的人恐怕都曾变得呆呆的，也许会感到如释重负，但仍然是呆呆的。倒不是因为他们面对“另外那个人”有些羞愧，不，在这方面，他们有自己既定的看法，任何情况下都不可能改变，他们是因为回想起自己为那几张纸片而大闹客栈，那么干，太不够男人气！

雨天对他们再合适不过。他们用不着走出家门，用不着在路上相遇，也用不着互相说话，更用不着在对方的眼神里看见自己干过的事。只有镇长一个人冒着暴风雨出了门，大雨像四月的淫雨一样连绵不断。他在夜间出门，而且直接来到了客栈。他到达时浑身湿透，施罗斯看见自己的大门被推开时着实吃了一惊，因为，整个白天，客栈都门可罗雀。而且他自己也不大愿意谁推门进去。他花了好几个小时清扫毁坏的素描，桌椅地面也都洗刷了一遍，还把炉火烧旺，以便烘干地板，驱除哈喇味。他刚把那些事做完。如今，一切都恢复到了寻常状态，大堂、桌子、墙壁。看上去好像昨晚什么也没有发生。也就在那一刻，奥施威尔走了进去。施罗斯把他看成了魔鬼，浑身湿透的魔鬼，但仍然是魔鬼。镇长脱掉他披在身上的滑稽可笑的牧童大斗篷，把斗篷挂在壁炉旁边的一颗钉子上，取出一张皱皱巴巴的大手巾，用那脏兮兮的手巾擦擦脸，再在手巾里擤鼻涕，然后把手巾重新叠好，放进衣兜里，末了，他朝手臂靠着扫帚等着他的施罗斯转过身来。

"我必须跟他说话。去把他找来。"

这显然是在命令。对施罗斯来说，不需要费神弄清楚找谁或找什么。在客栈里，只有他和"另外那个人"。正如每天早上他把托盘放在他房间的门前：松甜圆面包、生鸡蛋、一壶热水。也正如每天晚些时候，他会听见下楼梯的脚步声和开后门的声音。他的客人就是从那里出去，到佐尔茨内尔大爷的马厩看望自己的驴和马，马厩的墙壁和客栈的墙壁相毗连。不一会儿，后面的小门再一次打开，楼梯再一次咔咔响起来，然后一切结束。

在我们这样的小镇，镇长算得上是个举足轻重的人物。一个客栈老板是不可能与他讨论他要求自己做什么的。因此，施罗斯上了楼。他敲敲房间的门。他站在笑眯眯的"另外那个人"面前，传达了镇长的要求。"另外那个人"笑意更浓了些，他什么也没有回答，关上了门。施罗斯便下了楼。

"我相信他会来。"

这是他对镇长说的话。对他这句话，奥施威尔这样回答说："那好，施罗斯，现在，我想，你厨房里一定有好多活儿要干，对不？"

客栈老板又不是傻子，他咕咕哝哝地说了个"是"。镇长从衣兜里取出一把小小的银钥匙，钥匙做工精细而且很复杂，他将这把钥匙放进后面小厅门上的锁孔里转一转，那是“觉醒联谊会”的专用小厅。

“你没有小厅的钥匙吗？”施罗斯对我讲述时，我问他。

“当然没有，我没有那里的钥匙！我甚至没有进过那间屋子！它是啥鬼样子我也不晓得。连有多少把钥匙，谁有钥匙，我都不晓得，除了镇长，还有克诺普夫有钥匙，恐怕还有戈布勒，他究竟有没有，我也没法肯定。”

施罗斯片刻之前才来到我们家。他轻轻搔着门，活像一头小牲畜。他是等到夜黑得像沥青时才来的。我估计他是顺着一些住宅的山墙根走过来，没有一点响声。他特别不愿意被人看见。他还是第一次跨过我家的门槛。我在琢磨他究竟想干什么。费多琳一瞥见他就把他看成老鼠屎。她不喜欢他。她认为此人是个贼，他总是低价买回某些食品，却高价卖出去。她用她那极为古老的语言管他叫“施罗财快”，那是一种很难翻译的文字游戏，即客栈老板的名字加上“唯利是图的人”。她连忙借口要照顾波朴切特睡觉，离开了我们。当费多琳提到波朴切特的名字时，我看见客栈老板的眼里闪过一线忧郁的微光，我想到了他那死去的孩子，那一线微光很快就熄灭了。

“我早就想对你说，布罗岱克。我必须对你说，为了再一次证明我并不反对你，我并不是一个坏人。上次我感觉到你还没有真正信任我。我还要对你讲一些我知道的事情。你怎样处理，那是你的事，但我要把话说在前头，你别说你是从我这里得到的，要不，我就把啥都否认掉。我就说你在撒谎。我就说我从没有对你说过那些事。我甚至说我从没有来过你家。明白吗？”

我没有回答施罗斯。之前我也从没有要求过他什么。是他自己来的。该他自己继续说下去，他休想从我这里得到任何东西。

“另外那个人”最后还是从他的房间下楼了，镇长让他进入那间联谊会的小厅，然后在他们身后关上了门。

“我一直待在我的厨房里，那是奥施威尔要求的。但你得知道，我堆放水桶和扫帚的壁橱是挖进墙里的，里头只有一层拼起来的木板，木板之间的拼缝还很大，年代长了，缝隙大得就像眼睛。壁橱的那层木板正好对着他们的小厅。我老婆格特知道这个。我晓得，有些个晚上，她就偷听过那里面说些啥，做些啥，哪怕她从不愿意承认呢，因为她料想我一生气她就受不了。”

就在那天，施罗斯做了他此前从没有允许自己做过的事。为什么？人的行为是很奇怪的，有时你再动脑子，也找不出一个合理的解释。也许施罗斯是想，这么一干，他就会成为真正的男子汉；就会无视禁令，经受考验，彻底转变阵营，做他认为正确的事；或者干脆就为满足禁锢太久的好奇心？总而言之，他把耳朵贴在木板上，把他肥胖的身躯卡在扫帚、铁锹、水桶和旧抹布之间。

“知道吗，布罗岱克，他们的谈话好奇怪呀！太奇怪了……一开始，谁都会认为他们互相非常理解，不需要说太多的话，他们说的也是同一种语言。镇长开始对他说，他来这里不是为了道歉，昨晚发生的事当然令人不快，但实际上那也算正常。‘另外那个人’没有动弹。

“‘我们这里的人有点粗野，您瞧，’镇长继续说道。‘他们要是有点小伤口，您又往小伤口上倒胡椒，他们肯定会使劲踢几

脚，而您的那些素描，就是大把的胡椒，不是吗？’

“‘那些素描一点不重要，别再想它们了，镇长先生，’‘另外那个人’回答道。‘您那些人如果不毁掉它们，我自己也会毁掉的……’”

施罗斯好像对自己汇报的东西记得很清楚，他谈到这里时停了停：“有件事我有必要跟你说明白，就说一次，布罗岱克，那就是，他们俩每说一句话，都要沉默很长时间。一个人提出问题，另一个人不会马上回答，双方都这样。这两人一定是在互相摸底。他们俩的手法让我想起棋手在准备出手和正在出手以外的手法。我不晓得我是不是说明白了？”

我用头做了一个模棱两可的示意。施罗斯看看自己互相捏得很紧的双手，然后继续说下去。提问题的是奥施威尔：

“我能否请教，您来我们这里具体想做什么？”

“我觉得你们这个小镇值得我感兴趣。”

“但我们镇是很偏僻的。”

“也许正因为如此吧。我想看看偏远地方的人们是什么样子。”

“跟别的地方一样，战争也蹂躏了这里。”

“‘战争蹂躏也揭露……’”

“您的意思是……？”

“没什么，镇长先生，这是一句从很古老的诗篇里翻译过来的诗。”

“战争与诗风马牛不相及。”

“当然，当然……”

“我认为您最好离开这里。也许并非有意，您唤醒了一些已经沉睡的东西，这不会导致好的结果。请离开吧……”

后续的话，施罗斯没能句句都记下来，因为奥施威尔放弃了简短的句子，而进入了没完没了、转弯抹角的演说，演说之杂乱，让他自己都迷失了方向。然而，我知道他相当狡猾，不会盲目深入下去，他是在掂量自己的每一句话、每一个想法，在装糊涂，装没有把握。

“真够狡猾的，”施罗斯对我交心说，“因为说到底，那都是威胁，尽管不全是。你可以全懂，也可以啥也不懂。如果‘另外那个人’为这个责备他，他仍然可以说自己没有把话说明白。他俩还玩了一阵手法，但我在壁橱里好像僵住了，我出不来气。我两个耳朵嗡嗡响个不停。我觉得好像有蜜蜂在我周围飞。我脑袋里的血太多了，有时感到刺痛。不过，我在有一刻仍然听见他们站起来，往房门走去了。在开门之前，镇长还说了几句话，然后提了最后一个问题，这个问题让我特别吃惊，因为他的声音都变了，而他这个人是啥也吓不倒的，我觉得他声音里有几分害怕。

“‘我们甚至不知道您的姓名……’

“‘现在还有什么重要性……姓氏，那不算什么，我可以什么人都不是，也可以是所有的人。’‘另外那个人’回答他说。

“‘我一直想问您一件事，’奥施威尔沉默好长时间之后又说，‘这件事困扰了我很久……’

“‘请说吧，镇长先生。’

“‘您来到这里是否受人委派？’

“‘另外那个人’笑起来，你知道，他那细声的笑，跟女人的笑差不多。过了好长时间，他最后说道：

“‘一切取决于您的信仰，镇长先生，一切取决于您的信仰，

我请您自己来判断……’

“说罢，他又笑了起来。这笑，我起誓，布罗岱克，让我感到背上发冷。”

施罗斯竹筒倒豆子，说完了。他看上去已精疲力竭，同时却因为与我说了心里话而倍感轻松。我去找来两只酒杯和一瓶烧酒。

“你相信我啦，布罗岱克？”他问我，带着些许忧虑，我正在将两只酒杯斟满。

“我为什么会不相信你呢，施罗斯？”

他迅速低下了头，喝他的酒。

在我准确转录的文字里，或在多少有些类似的文字里，无论施罗斯对我叙述的是真是假，无论他复述的那些对话是否发生过，一个毋庸置疑的事实是，“另外那个人”并没有离开小镇。同样毋庸置疑的是，五天以后，当大雨停歇下来，太阳重新出现在天空，一群一群的人开始走出家门时，从坊间所有人的交谈里都能听到镇长和“另外那个人”会谈的最后那段对话。这样的事情，比最干燥的火绒还危险，正巴不得马上燃烧起来呢！假如我们有一位头脑正常的神甫，用几句细心斟酌的话语和些许理性，他就能浇上几桶圣水将那一切扑灭。然而，恰恰相反，派佩神甫在接下去的礼拜天在讲坛上讲到“反基督”和“最后的审判”，讲了一些不知什么样乱七八糟的东西，他那些醉醺醺的谵语无异于火上浇油。我也不知道谁说了“魔鬼”这个词，是他还是另外一个人，但这个词对大多数人都起了作用，人人都在顷刻间感到了恐惧。如果说“另外那个人”不愿说出自己的姓名，我们小镇倒给他找到了一个名字。量身定做的名字。多少世纪以来这个名字一直派了很大的用场，但它永远经久耐用，永远卓越。灵验。一锤定音。

愚蠢是一种疾病，它与恐惧相得益彰。愚蠢和恐惧互相滋养肥壮，产生坏疽，坏疽巴不得四处扩散。派佩神甫的说教与“另外那个人”可能说过的话搅和在一起，那真是再妙不过的混合物！

而他，竟什么也没有料想到。他继续出门散步，直到九月三日，礼拜二，看见再没有人回应他的招呼，看见与他相遇的人们一个劲画十字，他似乎也并没有感到惊奇。再没有孩子跟在他后面了。孩子们受到家长训诫之后，在一百米以外看见他便拔腿就跑。有一次，那些最大胆的甚至冲他扔了几块小石头。

每天清晨，他习惯去马厩探访他的马和驴。然而，尽管佐尔茨内尔大爷事先有所承诺，而且得到了预付金，他却发现自己的牲畜已经无人照管。饮水槽空空如也。食槽也一样。他并没有抱怨，自己做了需要做的事，用草给马和驴擦身，将它们洗刷得干干净净，还在它们耳边说话，让它们放心。尤丽叶小姐露出发黄的牙齿，苏格拉底先生点点头，摇摇短小的尾巴。那一切都发生在礼拜一晚上。我亲眼看见了那一幕，我在森林里待了一整天之后正好回家经过那里。“另外那个人”没有看见我。他背对着我。我差点走进马厩，打个喷嚏，说句话，但我没有那样做。我停在门口。那两头牲畜倒看见了我。它们用温柔的大眼睛注视着我。我停了一阵，希望其中一头牲畜示意我在那里，尥尥蹶子，咕哝两声，但什么也没有。一丁点反应都没有。“另外那个人”继续抚摩着它们，背对着我。我只好重新上路。

## 三六

第二天前来找我的是迪奥代姆。他喘着粗气，衬衫敞开，长裤穿得歪歪斜斜，头发乱蓬蓬的。

“来！快来！”

我正忙着在两小方黑冷杉木头上给波朴切特凿一双木鞋。当时是上午十一点。

“来呀，我跟你说，你来看看他们都干了些什么！”

他神情那样惊慌，简直就毋庸争论。我放下我的半圆形凿刀，拍打掉落在我身上的像煺下的鹅绒毛一般的新鲜刨花，然后跟他走去。

一路上，迪奥代姆没有跟我说一句话。他一个劲朝前跑，仿佛世界的命运全在此一举，而我，我要紧跟他的长腿却相当困难。我看得很清楚，我们是在往施陶比河的拐弯处走，拐弯的地方正好环绕着塞巴斯蒂安·乌兰海姆的菜园，塞巴斯蒂安是我们背斜谷这一带最大的白菜、萝卜和大葱的生产者，但我不知道为什么往那里走。当我们转过最后一个住宅的拐角时，我终于看见了。我看见河岸上黑压压一片。原来那里聚集着人群，有孩子、妇女、男人，我想，约莫一百来人，他们都背朝着我们，正在往河水的方向看。我的心骤然慌乱起来，我竟有点愚蠢地想到了波朴切特和艾梅莉亚。我说有点愚蠢，是因为我知道她们都在家。适才迪奥代姆到我们家找我时，她们俩都在。因此她们根本不可能与刚才发生的不幸有牵连。我终于服从了理智，继续往前走。

那一大群人一言不发，静静地站在那里。我逐渐深入到他们当中，以便更接近河岸，我发现他们脸上没有任何表情。而且，这一切实在太奇怪：那些人的面部轮廓完全无动于衷，他们的眼睛只顾往前看却连眼皮也不眨一眨，他们紧紧闭住嘴唇，见我推挤便将身躯挪一挪让出通道，那一个紧挨一个的身躯并没有一点牢固性，我竟然在其中一穿而过！之后，那些身躯又合拢，形成最初的状态，仿佛那都是些可以随便摇摆的小塑像。

我听见呜咽声时，大约只离河岸三四米。那声音听起来像一支悲哀而单调的歌，没有歌词，但进入你的耳朵，却使你的血液冰凉，然而，老天知道，那天上午有多么炎热，因为经过暴雨的大清洗和龙卷风与闪电的嘉年华，太阳又夺回了自己的权力。我几乎已经完全穿过了聚集的人群。在我面前只剩下了德费尔家的老大和站在他旁边的他弟弟施穆蒂，那小子头脑简单，高低不平的双肩挑着一个南瓜一般的大圆脑袋，脑袋空得像死了的树干。我把他们俩轻轻推开，我看见了。

人群聚集的地方，正是施陶比河的最深处。离我不到三米远，但很难判断它的深浅，因为河水那样清澈明亮，仿佛可以用指头触摸河底。

我这一生曾见过许多人哭泣。我曾看见他们泪如泉涌，泪流满面。我也曾看见那么多人像大石头砸碎核桃一样，被人碾为齑粉，最后成为垃圾。在集中营，那是我们的家常便饭。然而，尽管我见过所有那些悲惨和不幸，假如要我在各种悲伤表情的长长的人物画廊里，在那些突然意识到自己失去了一切，自己被剥夺了一切，自己已一无所有，自己本身也已一文不值的人物画廊里选出一个人，一个人的悲伤表情，这个人只应该是“另外那个人”，只应该是那天上午，九月的一个上午，在施陶比河的河岸上，他脸部的悲伤表情。

他没有哭泣。他没有明显的动作。他仿佛被砍成了两段。一边是他的声音，他不停歇的哀叹，那哀叹犹如某种丧歌，某种超越词句、超越一切语言、来自躯体和心灵深处的东西，那是苦痛的呼喊；另一边，那是他浑身的颤抖，他的寒战，他圆圆的头，从人群转到河边、从河边转到人群的头，他紧裹在豪华锦缎睡衣里的身躯，那件睡衣与当时的场景距离十万八千里，睡衣被水和污泥濡湿的双摆一边渗水一边拍打着他短短的双腿。

我没有立即弄明白为什么“另外那个人”会处于那样的状态，为什么他会像一个被固定在持续不断的疯狂动作里的自动木偶。我使劲盯着他看，希望在端详他的面孔、他微微张开的嘴唇、他那全权公使穿的睡袍时，能看出某些端倪，我看得那么专注，竟没有马上发现他右手握着一样东西，那东西像一把长而浓密的头发，头发呈暗淡的金黄色。

原来是他那匹爱马的尾鬃，长长的马尾鬃泡在水里，有如一条连人带货沉入河底的大船上的缆绳，缆绳的一头还系在河堤上。到这时我才发现，原来有两个庞然大物横在河面上，流水轻轻搅动着它们平静而巨大的躯体。被淹死的高大的马和小个儿的驴睁着眼睛，在两股河水间漂浮着，显得很轻盈，那样的图景看上去虚虚实实，几近于宁静。我不知道是什么样的自然现象使那头驴的毛皮上出现了无数的小气泡，那些亮晶晶的气泡光滑如珍珠，而那匹马的鬃毛又浓密又柔软，与在此处长得密密麻麻的藻类植物缠在一起，致使大家禁不住起誓说自己在那里观赏的是两头神驹领舞的一出虚无缥缈的芭蕾舞。一股涡流推动它们来一个大回旋，有如慢步华尔兹；没有音乐伴舞，除了一只雌乌鸫由变调而突然转为不堪入耳的鸣叫，原来它在斜坡上用黑褐色的喙在刨松软的泥土，想从中掏出肥大的红色虫子。一开始，我以为那匹马和那头驴出于最大的本能反应，将四肢紧紧蜷缩在一起，就像人缩成一团，或滚成球状，只让拱着的脊背抵御危险或寒冷。然而，我发现的事实是，它们的四条腿都被绳索牢牢地捆在了一起。

我不知道该说什么，该做什么。即使我说了话，我也没有把握让“另外那个人”听进耳朵里，因为他在那样专注地哀叹。他尝试着把马从水里拖上岸，当然不可能成功，因为与他个人的力气相比，那牲畜的重量实在太大了。没有一个人帮助他。没有一个人对他有所表示。聚集的人群唯一的动作就是往后退。他们已经看够了，便一批接一批开始离开那里。人很快就走光了，除了镇长，他是在所有的人前来之后才到达那里的，陪伴他的人是“冻舌头”，“冻舌头”拉着牛车和套牲口的用具，而且看见眼前的那一幕显得毫不惊诧：或者因为他此前已经到过现场，或者因为有人早已通报了他，或者因为他本来就是共谋那一幕的人。我自己并没有任何动作，奥施威尔却用怀疑的目光看看我。

“你打算干什么，布罗岱克？”

我不明白他为什么问我这个问题，也不知道该怎样回答他。镇长对我说出这句话根本不理会“另外那个人”也在场。

“一匹马、一头驴不可能自己把自己如此这般捆起来，”我险些脱口说出这样的话，但我宁愿保持沉默。

“你最好照别人那样做：回家，”奥施威尔又说。

事实上他说得也有道理。我照他说的做了，然而，我已经走到离事发现场几米远的地方，他又叫住了我。

“布罗岱克，请你把他带回客栈。”

我不知道“冻舌头”用什么办法终于让“另外那个人”松了手。只见他站在河岸上一动不动，垂着双手，眼睁睁看着那结巴将自己爱马的尾巴绑在一条很长的皮带上，皮带连着两头牛的复轭。我把一只手放在他的肩上，但他没有反应。于是我伸出手臂挽住他的手臂，开始往前走。他像孩子一样任我摆布。从此以后他再也不说一句话了。

单单一个男人不可能杀死两头牲畜。甚至两个人都做不到。这样一招，可是好几个人的活儿。还得加上那一大段可恶的征途！进入马厩，当然是在夜里，那算不了什么。从马厩把两头牲畜拉出来也不需要太费力，因为那马和驴唯一的缺点就是不怕生，而且它俩都属于比较温顺可爱的那种。然而，接下去，到了河边——因为那应该是在河边干的——要让两头牲畜侧躺下来，或将它们翻倒，抓住它们的蹄子，将它们的腿脚攥在一起，牢牢地捆绑起来，然后将它们背着或者拖着来到河岸上，再把它们推入水中，这可不是轻而易举的事。仔细想想，我认为那些人不会少于五个或六个，而且都是些强壮的汉子，是些不怕挨蹄子踹或挨牲畜咬的人。

如此残酷的处死并没有使任何人感到震惊。有些人私下里还说，那样的牲畜只可能是魔鬼附身的动物。有几个人甚至嘟嘟囔囔说他们曾听见那马和驴说话。然而，许多人都强调说，那也许是摆脱“另外那个人”的唯一方法，是让他滚蛋、让他远离我们的唯一方法，但愿他回到他原来的地方，也就是说如今甚至没有人愿意知道的地方。另一方面，这种愚蠢的野蛮行径又是相当不合常理的，因为，为了让他明白他应该走人而杀死他的坐骑，其实就是剥夺了他能够很快离开我们小镇的唯一手段。然而，杀戮者，无论是杀牲畜还是杀人，很少思考他们的行为。

# 三七

而我，我从没有杀过驴和马。

我做的事更坏。

是的，更坏。

有多少夜晚，我不光在火山口徘徊。

我还看见了车厢。

我重温了那六个日日夜夜在车厢里发生的一切。

我重又看见了那六个黑夜，在那六个黑夜里，第五个黑夜，有如一个噩梦，永远不会消退。

正如我在前面已经说过的，他们把我们分成两列之后，便把我们赶往S城的火车站。我们都是“外来人”。有些人富裕，有些人穷困。有些人来自城市，有些人来自乡村。差异却很快就消退了。他们把我们推进一些偌大的无窗车厢里。木头地板上有一点干草，但那些褥草早已弄脏了。在正常的情况下，三十来个人可以在那里坐下，但必须挤在一起。而看守们却往里面放进了一倍多的人。只听得一片喊叫声、抱怨声、抗议声、哭泣声。一位老人倒下了。靠近他的一些人试图将他扶起来，然而，看守们正继续放进别的囚徒，遂使人的流动急剧而不连贯，汹涌而难以逆料，于是，那位老人便被本欲救他的人们踩在了脚下。

那是车厢内第一个死亡的人。

几分钟之后，货物装载完毕，看守推上滑动铁门，拉下了插销。黑暗冲我们迎面扑来。日光只能通过几个很细小的缝隙钻进来。火车随即开动。巨大的震动使我们这些人互相挨得更紧。旅行开始了。

就是在那样的状态下，我认识了大学生克尔玛。偶然性让我们并排坐在一起。克尔玛坐在我右边，而在我左边，是一个年轻的妇女，非常年轻，还有她的只有几个月的孩子，她把孩子紧紧抱在怀里，始终如此。我们能够闻到她的一切，她的热气、她的气味，她皮肤的气味、头发的气味、她的汗味、她衣服的气味。所有的人只要一动，周边的人也得跟着动。谁都没法站起身来，也没法移动位置。车厢一碰撞，我们也得互相碰撞，而且更厉害。人们一开始还压低声音说说话，后来便完全缄默下来。也有哭泣声，但非常少。有时可以听到哪个孩子在哼一首歌曲，但大多数时间都是一片沉默，只有沉默，以及车轴的声音，铁轮在轨道上擦过的声音。有时火车一走就是几个小时，有时又突然停止不动，谁也不知道停在什么地方，为什么停车。整整六天，车厢大门只微微开过一次，那就是第五天的清晨，开门不是为了让我们走出车厢，而是为了几只看不见脸的手朝我们扔过来几桶温水。

克尔玛和我，我们与别的更有远见的人不同，我们没有带任何可吃或可喝的东西。但奇怪的是，最初几天我们总算没有因不吃不喝而过分受苦。我们悄悄说着话。我们回忆与首都有关的人和事，我们讨论曾经读过的书，谈论在大学认识的同学，还谈到我和乌利·雷特经常去观赏的咖啡馆，而出身富裕人家的克尔玛却在里面与同学一起喝热烧酒，喝啤酒，喝大杯的奶油巧克力饮料。克尔玛对我谈到他的家人，他做皮货批发生意的父亲，还有他的母亲，她成天在他们河边的宽大住宅里弹钢琴，他的姐妹，一共六个，从十岁到十八岁。他还对我说到她们的名字，但我没有记住。我呢，我对他谈到艾梅莉亚和费多琳，谈到我们的小镇，小镇周围的风景，泉水、森林、花卉和牲畜。

整整三天，我们就这样在车厢的黑暗和又臭又热的空气里用话语充饥解渴。夜里，有时我们能睡一会儿，但没法睡觉时，我们会重拾话题。那位妇女紧紧抱在怀里的孩子没有一点声音。妈妈把奶头给他时，他含着，不给他时，他从不主动要求。当他将乳头含在小嘴里时，我看见他瘦削的脸颊窝下去想吸点乳汁，但乳房软塌塌的，里面似乎空空如也，娃娃很快便对于吸乳头感到厌倦。于是他妈妈往他嘴里倒点水，水是从一只短颈大腹玻璃瓶里倒出来的，一些干草保护着玻璃瓶。车厢里的其他人也有类似的宝贝，一点面包、一点奶酪、一些干点心、一些红肠和水，他们都小心翼翼地把那些东西放在衣服和皮肤之间。

一开始，我很渴。我嘴里火烧火燎。我感到我的舌头变得很大，很干，像一根老树桩，舌头把我的嘴巴填得好满，满得像要爆炸。我一丁点唾液都没有了。我觉得我的牙齿像燃烧的火炭，把一把把烧红的匕首插进我的牙龈。我相信那里正在流血。我用手指摸一摸，但那只是一个幻觉。奇怪的是，后来口渴逐渐消失了。我感觉自己越来越衰弱，但我已不再口渴。也几乎不饿。我们俩，克尔玛和我，我们继续谈下去。

那年轻女人没有注意我们。不过，她应该完全听见了我们的谈话，也感觉到了我们的存在，就像我感觉到了她的臀部、她的肩膀，还有她的头部，她的头有时靠在我的头上，或者偏过来沉入睡乡。她从没有跟我们说过话。她紧紧抱着自己的孩子。她也像珍惜孩子一样珍惜她的玻璃水瓶，她有条不紊地把瓶里的水定量供给自己，供给孩子。

所有的人跟我们一样，都已经失去了时间和地点的概念。我讲的不是车厢这个就近的地点，而是火车越走越深入的那个空间。火车走得如此缓慢，它究竟要去哪里？它的终点是哪里？我们究竟穿过了哪些地区？那些地区在地图上存在吗？

如今，我知道那些地区在任何地图上都不存在，但那些地区随着火车车轮碾过它们而即刻诞生。我们这个车厢，以及所有其他类似的车厢，里面都跟我们一样，都挤着几十个妇女、儿童和男人，他们受着口渴、高烧、饥饿的煎熬，他们在里面几近窒息，他们一个紧挨着一个，有时活人紧挨着死人，我们的车厢，以及所有别的车厢，正在一分一秒地创造着一个国度，一个非人道的国度，一个否定一切人道的国度，而集中营即将成为它的核心。我们进行的正是这样的旅行，一次前无古人的旅行，我的意思是，这次旅行组织得如此有条不紊，如此认真，如此高效率，没有任何不可逆料的余地。

我们已经停止计数时间，计数黑夜和木板缝隙里出现的日光。一开始，计算扣除数的办法曾帮助过我们，与试图辨认方向的办法帮助过我们一样：我们说是朝东边走，或者不如说朝南边，甚至说朝北边。后来，我们放弃了只能成为我们痛苦来源的那些办法。于是，我们再也不知道任何事情。我甚至认为我们根本就不希望能到达某个地方。这样的愿望早就离我们远去了。

那是在很久以后，再次想想，再试着回顾和重新体验那令人觳觫的旅程时，我才得以计算出那段旅行一共是六天六夜。而且自那以后，我经常对自己说，那一段时光于我们也并非无可指责。我们的刽子手们相信上帝。他们很清楚，根据《圣经》，上帝花了六天创造了世界。那些人一定想过，他们也需要六天才可以开始摧毁这个世界。开始在我们身上摧毁世界。如果说第七天是上帝的休息日，那么，刽子手们打开各车厢的大门，用棍子把我们赶出车厢的那天，就是我们的末日。

然而，对我，对克尔玛来说，确曾有过第五天。那天清晨，各道门微微开启，从那里朝我们扔进来一桶桶泥浆似的温水，温水浇到我们挤做一团的肮脏身躯上，而且有的身躯已经死亡，那温水不但没有让我们感到凉快、安心，反而在我们身上烙了一块火烧火燎的大伤疤。仿佛那变了质的水不是为了让我们平静，而是为了勾起我们的回忆，让我们想起我们昔日曾经贪婪地喝过的一切清洁、纯净、透明、清澈的水。

口渴再一次袭来。然而，这一次，显然因为我们的身体已经接近衰竭，我们业已衰弱的头脑也正陷入谵妄的境地，这种口渴竟变得疯狂，将我们也变成了疯子。希望大家别误会：我并不是为我们干过的事找借口。

紧挨着我的那个年轻妇女还活着，她的婴儿也还活着。无论如何他们还在呼吸，很微弱，但他们毕竟仍在呼吸。是那个短颈大腹玻璃水瓶维持了他们的生命，而在那个克尔玛跟我都认为取之不尽的玻璃瓶里还有剩下的水。每次车厢一动，那水就敲打着玻璃瓶身，我们都听见了。那是美丽而又令人无法忍受的音乐，它让人想起涓涓的溪流、泉水的叮咚、喷泉的旋律。那精疲力竭的年轻妇女眼睛越闭越紧，她听任自己沉入一种很浓的睡眠状态，不一会儿又突然惊醒过来。几天之内她的面庞已经老了十岁，她的婴儿也一样，奇怪的面部轮廓看上去活像一个老人，只不过身躯按初生婴儿的比例缩小了。

克尔玛和我早已停止说话。人人都在设法适应头脑里发生的相互碰撞，尽量缝合自己的过去和现在。车厢里散发出人肉的腐臭、粪便的恶臭、体液的酸臭，当火车放慢速度时，无数的苍蝇便对车厢发起了进攻，它们离开宁静的乡村、青草和休耕的土地，蜂拥到车厢的壁板之间，直到我们身边，以摩擦翅膀的嗡嗡声议论着我们垂死的极度苦恼。

我们俩看见的东西，我相信我们是同时看见的。我们转头互相看了看，动作也很一致。在交换的眼神里，一切都在其中。那年轻妇女再一次沉入睡眠状态，然而，与前几次不同的是，她那无力的臂膀已经放松了她紧抱住的孩子和玻璃瓶。孩子是那样轻，所以一直紧贴着他妈妈的身躯，然而，玻璃瓶却不一样，它的重量使它滚到了我的左腿边。克尔玛和我，我们无须说话就互相理解。我不知道我们是否思考过。我不知道是否需要思考，更重要的是，我们是否还有可能进行思考。我不知道我们身上的什么东西、我们内心深处的什么东西竟作出了决定。我们俩的手同时放在了玻璃瓶上。没有犹豫。仅仅在克尔玛和我之间交换了一个眼色，我们便轮流喝起来，我们喝着玻璃瓶里剩下的热水，一直喝到最后一滴，我们闭上眼睛，贪婪地喝着，仿佛此前我们从没有喝过水。我们深信，流进我们喉咙里的东西，那就是生命，是的，是生命，这生命的滋味崇高而又腐臭，光彩夺目而又令人厌恶，幸福而又痛苦，我相信我会带着憎恶回忆那滋味，直到我生命的最后一天。

晚上，那年轻妇女尖叫了好一阵后死去了。她的孩子，那满身皱纹的苍白的小身体，眉头紧锁，眼皮肿胀，比他妈妈多活了几个小时。她在死前曾用自己的拳头捶打她附近的所有的人，把他们当成强盗和杀人犯。她的拳头那样孱弱，那样瘦削，它们打在我身上时，我感觉它们像是在抚摩我。我假装在睡觉。克尔玛也一样。我们喝掉的那一点点水使我们那样恢复了活力，那样清醒。足以使我们对适才的行为感到后悔，感到那多么可憎，以至再也不敢睁开眼睛，再也不敢看她一眼，也不敢互相看一看。当然，那年轻妇女和她的孩子无论如何都会死去，然而，这样的想法无论怎样合乎逻辑，也不足以抹掉我们的丑行。我们的行为，那正是我们的刽子手最大的胜利。我们明白这一点。在那一刻，也许克尔玛比我更意识到这一点，因为他在稍后选择了不再往前走。他选择了速死。他选择了自我惩罚。

而我，我选择了继续活下去，而对我的惩罚，便是我后来的生活。我就是这样看待事物的。对我的惩罚，就是我后来忍受的一切痛苦。是“狗布罗岱克”。是艾梅莉亚的沉默，有时，我把她的沉默理解为对我最严厉的谴责。也是每个夜晚我经历的噩梦。尤其是这种无休无止的感觉：我栖息在一个靠几滴水偷来的身躯上。

# 三八

昨夜，尽管天气很冷，还有薄雾和布满全镇所有屋顶的、我们这里独有的轻霜——不是白色而是灰色的霜，我离开贮藏室的当儿仍然汗流浃背。我只需走十来米就能看见待在厨房里的费多琳，看见睡在小床上的波朴切特和躺在我们床上的艾梅莉亚，然而，我觉得这十来米的距离似乎没完没了。戈布勒家还有灯光。他也许在监视我？也许他曾来到贮藏室附近听我打字的不规则的声音？我根本不在乎。我一直在走自己的路。我已经回到车厢里。我已经把那一切都说出来了。

在我们的房间里，我像每个晚上一样把纸页打包放进麻布巾，然后钻进暖融融的被子里，今天清晨，像每个清晨一样，我把装有我的忏悔的布袋捆在艾梅莉亚的肚子上。我这样做已经好多礼拜了。艾梅莉亚听任我支配，对我的动作不予注意，然而，这天早上，我正要把手从她肚子上拿开时，我感觉她的手放在了我的手上，而且还捏了捏。那一刻并不长。我也没有看得很清楚，因为我们的寝室还很暗。不过我没有做梦。我可以肯定。那也许是一种无意识的动作，然而，那也可能是类似抚摩的表示，类似抚摩的开始或复苏？

刚过中午，天空一片灰暗。夜还没有真正过去。懒洋洋的白昼放走了它的日光，轻霜仍旧覆盖着屋顶、山墙和树木。波朴切特胡乱扯着费多琳脸上的皮肤，费多琳微笑着随孩子扯去。艾梅莉亚仍旧停在她固有的位置，窗户附近，眼睛凝视着野外。她在哼那支歌。

我刚写完“报告”。几个钟头之后，我去把“报告”交给奥施威尔，一切就该结束了，至少我希望如此。我写得很简练。我想说而不露。但我没有窜改任何事实。我也没有粉饰任何东西。我紧跟线索，只有“另外那个人”的最后一天，即“发生过的事”前一天，我不得不填上窟窿。因为没有人愿意对我谈那天的事。谁都不愿意对我说任何一点。

在那众所周知的上午，发现驴和马被淹死后，我便陪“另外那个人”回到了客栈。施罗斯为我们开了大门。我们互相看了看，没有交谈一句。“另外那个人”上楼进了他的房间，然后一整天没有出房门。施罗斯给他送上去食物，他连托盘都没有碰一下。

镇里人又一个接一个开始了日常的活动。不那么酷热的天气促使大家又回到了田野和森林。牲畜们也稍微抬起了头。有人在河边架起了一个焚尸的柴堆。他们在那里焚烧了苏格拉底先生和尤丽叶小姐。一些调皮孩子一整天在那里观景，还时不时扔一些树枝到火场的中心，他们到晚上才回家，头发里和衣服上带着烧肉和木炭的气味。然后夜幕降临。

太阳落山后一个小时，人们听见了最初几声叫喊。一个有些尖厉、清脆、充满悲伤的嗓音在家家户户的大门前喊着：“凶手！凶手！”那是“另外那个人”的声音，那声音以更夫那种怪怪的方式提醒所有的人，他们都干了什么，或者他们没有阻挡别人干了些什么。没有人看见他，但人人都听见了他的声音。大家都关上大门，闭紧窗户。有人堵上耳朵，有人钻进被窝。

翌日，在买卖中、在咖啡店里、在客栈、在街角和田野，有人谈了谈此事。我也说了说。但大家立即转到别的话题。“另外那个人”却一直没有露面。他把自己禁闭在房间里。仿佛他已经消失，或者飞走了。然而，下一个晚上，太阳落山两个小时之后，人们重又听见了那同样凄惨的老调，在每一条街，在每一家的门前：“凶手！凶手！”

而我，我在祈祷，我希望他停下来。我深知那一切将会如何了结。马和驴也许只是个预兆性的事件。它们的死也许可以使那些头脑发热者的血液镇定一段时间，然而，如果有谁重新刺激他们的神经，他们脑子里就可能想出别的主意，决定性的主意。我曾试图对他讲一讲。我去过客栈。我敲过他的房门。没有回应。我把耳朵贴在木头门上。但什么也没有听见。我曾试图拧动门把手，但门已锁上了。正在那一刻，施罗斯看见了我。

“你在那儿搞啥名堂，布罗岱克？我没有看见你进来呀！”

“他在哪里？”

“谁呀？”

“‘另外那个人’呗！”

“停下，我请你停下，布罗岱克……”

那天，施罗斯就说了这几句话。他随即转身走了。

当天晚上，在与前几天同样的时刻，巡逻又开始了，伴随巡逻的是叫喊声。而这一次，一些窗户咔咔响起来，小石头满天飞起来，还伴有辱骂声。那也没有妨碍“另外那个人”继续走他的路，继续在黑暗中大叫：“凶手！凶手！”我难以入睡。就是在这样的一些不眠之夜，我明白了死者永远离不开生者。死者与生者相见却互不认识。他们聚集在一起。他们前来坐在我们的床边，在我们的夜晚即将过去之时。他们看着我们，在我们身边出没。有时，他们抚摩我们的额头，有时，他们用瘦骨嶙峋的手摸我们的脸颊。他们试图启开我们的眼皮，然而，他们终于让我们睁开眼睛时，我们却不一定认识他们。

翌日，我整天没有动弹，一直在反复思考。我在思考人类的历史，也在想我自己的经历，我们的经历。那些写下人类历史的人是否了解自己的经历？怎么有些人就能记住别的人已经忘记或从未见过的事情？有的人下不了决心将经历过的时刻抛弃在黑暗中，有的人干脆利落，把不合自己胃口的东西猛甩到黑暗里，他们之间究竟谁有理？活着，继续活着，这也许就是确认现实并非完全真实，这也许就是在我们熟悉的现实变成了难以忍受的重负时，去选择另一个现实？而在集中营我不就是这样做的吗？我不就是选择了活在艾梅莉亚的记忆和现实里，而把我的日常生活抛到噩梦的非现实里吗？历史是不是由千百万个别的谎言缝合而成的重大真实，就像我童年时，费多琳为了养活我们，将各种形状的废布头、来源不明的劣质呢绒缝合成一床床被盖，看上去五光十色，鲜艳夺目，有如新品？

太阳落山了，我仍然坐在椅子上。在黑暗中。费多琳没有点燃蜡烛。我们四个人全都在半明半暗中保持着沉默。我在等。我等着黑夜里再次响起“另外那个人”的叫喊声，响起他凄惨的指责声，然而，什么也没有发生。外面，夜色如漆。一片寂静。就在那一刻，我感到恐惧。我感觉恐惧正在进入我的体内，进入我的脏腑，我的皮下，我的全身，而这样的情况已经好长时间没有发生了。波朴切特在哼歌。她有点发烧。费多琳炮制的糖浆和药茶都未能使她的温度降下来。为了安抚她，老太太正在给她讲故事。她刚开始讲《可怜的裁缝比利西》的故事，便让我去施罗斯的客栈买点黄油，她准备给波朴切特做些小酥饼，小家伙明天早上一起床就能得到小酥饼，把它们泡在奶里吃。我待了一会儿没有反应。我不想走出家门，但费多琳坚持要我去。我终于从椅子上站了起来。我拿上外衣，走了出去，同时听见老太太的声音正在讲故事的开头，而我的波朴切特，脸烧得红红的、亮亮的，正朝我伸出两只小手说：“爸爸，回来，我爸爸回来！”

比利西的故事挺有趣。我小时候费多琳给我讲的故事中，显然是这个故事最让我感到惊奇，因为我听故事时感觉我脚下的土地好像正在往下塌陷，我再也抓不住任何东西，我眼前能看见的一切也许并不完全存在。

比利西是个矮小的穷裁缝，他同他的妈妈、他的妻子和小女儿住在一间破败不堪的小屋里，小屋坐落在假想的皮托珀伊城里。有一天，三个骑士前来拜访他。第一个骑士朝他走过去，为他的主子国王订制了一件红天鹅绒衣服。比利西便开始制作，后来，将他生平缝制的最漂亮的衣服交给了骑士。骑士接过衣服，对比利西说：“国王一定很高兴。两天以后你会得到赏赐。”两天之后，比利西眼看着他的妈妈死在他面前。“难道这就是给我的赏赐？”比利西想，满心悲痛。

下一个礼拜，第二个骑士走过来敲比利西的门。他为他的主子国王订制了一件蓝丝绸衣服。比利西便开始制作，随后交出了他生平缝制的最漂亮的衣服，比红天鹅绒那一件更漂亮。骑士回来取了衣服，对比利西说道：“国王一定很高兴。两天以后你会得到赏赐。”两天之后，比利西眼看着他的妻子死在他面前。“难道这就是给我的赏赐？”比利西想，满心悲痛。

下一个礼拜，第三个骑士走过来敲比利西的门。他为他的主子国王订制了一件绿锦缎衣服。比利西犹豫了，试图拒绝，说他活计太多，但骑士已经从剑鞘里抽出了他的宝剑。比利西最后还是接受了订货。他开始制作，随后交出了他生平缝制的最漂亮的衣服，比蓝丝绸那一件更漂亮。骑士回来取了衣服，对比利西说道：“国王一定很高兴。两天以后你会得到赏赐。”但比利西回答说：“愿国王留下衣服和他的赏赐，我不想得到任何东西。我现在这样就很幸福。”骑士很吃惊，他看看比利西。“你错了，比利西，国王有生杀大权，他想赐给你你一直希望得到的小女儿，让你成为父亲。”

“但我已经有了一个小女儿，”比利西回答说，“而且她是我全部的快乐。”

骑士看看裁缝，对他说：

“我可怜的比利西，国王剥夺了你所有的一切：母亲、妻子，你倒不大悲伤，但他想给你你没有的：一个女儿——因为你认为你是父亲，你有女儿，那只是个幻想——你却惊慌失措。你难道真认为梦想比现实生活更宝贵？”

骑士没有等比利西回答，而且比利西也没有任何回答。他想，骑士是在嘲笑他。他回到自己家里，把孩子抱起来，为她唱了一首歌，给她喂饭，最后还亲了亲她，却没有意识到他的嘴巴接触的只是风，他从来，从来也没有过孩子。

我不再重述我已经在这个长故事开头叙述过的：我到达施罗斯客栈的情景，一声不响聚集在那里的全镇的男人，他们的面部表情，我的惊恐，我明白他们干了什么之后的恐惧，还有后来，他们用身躯在我周围形成而且越来越收紧的圈子，他们对我提出的要求，以及我在旧打字机上写“报告”的许诺。

“报告”结束了，我已经说过。因此我做了他们要求我做的。只剩下把“报告”交给镇长。他爱怎么处理就怎么处理吧，那已经不是我的问题了。

# 三九

昨天，但真的是昨天吗，我把“报告”交给了奥施威尔。我把那一大叠纸夹在腋窝下，便往他家走，但没有事先通知他。我穿过小镇。还非常早。除了“冻舌头”，我没有碰见任何人。

“不……不……不热，布罗岱克！”

我对他说了声早上好，便继续走我的路。

我走进奥施威尔的农庄。我与伙计们交错而过，也与猪交错而过。没有人注意我。人和牲畜都没有看我一眼。

我见到了奥施威尔，他正坐在他的大桌子跟前，与“发生过的事”第二天我去看他时一样。但昨天，他没有忙着吃饭。他就坐在那里，双手合在一起放在桌子上，他似乎在思考什么。他听见我的脚步声便抬头望望我，而且笑了笑。

“你来啦，布罗岱克，你好吗？你想得到吗，我刚才正在等……我知道你今天早上要来。”

也许，换一次，也许我会问他怎么会知道我要来，但，说也奇怪，这天清晨，我显得无动于衷，或者不如说显得十分冷淡，对许多问题和那些问题的答案都十分冷淡。奥施威尔和其他那些人与我玩藏猫猫也玩够了。老鼠已经学会了不理会那些猫，可以这么说，如果那些猫觉得还没有玩够，可以相互之间张牙舞爪嘛。但愿他们别再揪着我不放。他们交给了我一个差使。我尽到了责任。我把事情说清楚了。

我把所有的纸页放在镇长面前，我在那些纸页里记录了事实。

“这是‘报告’，你们大家要求我写的。”

奥施威尔心不在焉地拿起那一大叠纸。我从没有见过他如此冷漠，如此心事重重。连他脸上平时显现出来的粗暴表情都不见了。某种悲哀的表情稍微抹掉了一点他的丑陋。

“‘报告’……”他说着把纸张分散开来。

“我希望你马上看一看，就在我面前看，然后对我说说。我有时间。我可以等。”

奥施威尔对我笑笑，干脆说道：

“随你便，布罗岱克，随你便……我也一样，我有时间……”

于是，镇长开始看稿，从头看，从第一个字看。椅子很舒适。我稳稳地坐在里面。我试图从奥施威尔的表情里看出他能有什么样的感受，然而，他只顾看，没有一点反应。只是有时他把一只大手放在额头上，擦擦眼睛，仿佛晚上没有睡觉；或者抿紧嘴唇，甚至没有意识到他在怎样咬，用多大的力气咬自己的嘴唇。

从外面传来大农庄苏醒的声响。脚步声、喊叫声、嘎吱声、水桶着地的声音、人的说话声、车轴的咔咔声，意味着一天的全部生活重新开始，跟其他每一天一个样，在这一天里，全世界到处都有人出生，有人死亡，永恒不息。

看稿延续了几个钟头。我不能确切说出究竟花了多少时间。我的脑子似乎在休息。我让它自由行动，就像用脑过度之后，可以稍事休息，空转一阵，爱去哪儿去哪儿。

挂钟响了。奥施威尔看稿结束。他清清嗓子，一共三次，然后把一张张稿纸摞起来，弄整齐，不让一张超过另一张。他随即用他那闷闷的圆眼睛瞪着我。

“怎么样？”我问他。

他在回答我之前先等了一会。他站起身，一言不发，他开始围着桌子慢慢走动，把稿纸卷起来，好像要把它们卷成权杖一样的东西。

“我是镇长，布罗岱克，这一点，你很清楚。与此相反，我认为你并不明白这事对我意味着什么。你写得不错，布罗岱克，我们选中你并没有错，而你又很喜欢运用形象，也许喜欢得过了头，但无论如何……我这就用形象来跟你谈。你经常去高山顶上的牧场观察我们的牧人，你熟悉他们。他们究竟喜不喜欢别人托付给他们的牲畜，我不知道。再说，他们喜不喜欢，那与我无关，我认为，那也与他们无关。有人把牲畜托付给牧人。牧人就应该为牲畜找到丰美的草、纯净的水、能遮风避雨的围场。他就应该使牲畜避免遭遇危险，让它们远离太陡的斜坡，远离它们可能滑下去摔断腰的悬崖，远离某些可能导致它们水肿和死亡的植物，还应该让它们避开某些有害的动物，或者可能袭击最弱小牲畜的猛禽，当然，还有狼，狼有时也会来到畜群周边不怀好意地转来转去。一个优秀的牧人知道也能做到这一切，无论他是否喜欢他的牲畜。你会对我说，那些牲畜喜欢它们的牧人吗？这个问题应该由我来问你。”

实际上，奥施威尔并没有对我提任何问题。他甚至没有看我一眼。他继续围着大桌子一边走路，一边说话，埋着头，同时用左手敲着右手握着的“报告”。

“再说，牲畜们知不知道它们有个牧人在为它们做那一切？它们知不知道这点？我认为它们不知道。我相信它们只对爪子底下能看见的和正巧在它们脑袋前面的东西感兴趣，青草、水和睡觉用的干草。如此而已。一个小镇，很小，也很脆弱。你知道这点。你很清楚这点。而我们的小镇险些无法生存下去。战争像一块大石磨盘在我们小镇头上碾过，不是为了磨谷物，而是为了把它压平，把它闷死。我们总算让石磨盘转了点方向。它才没有把一切碾得粉碎。没有碾碎一切。因此，小镇需要靠剩下的东西得到恢复。”

奥施威尔在占了房间一整个角落的蓝绿色彩陶大火炉旁边停下脚步。他弯下腰，在一堆靠墙堆放得很整齐的小柴堆里取出一块劈柴。他打开火炉挡板，把劈柴放进火炉。又短又灵活的漂亮火苗在劈柴周围闪耀起来。镇长没有关上挡板。他长时间注视着火苗。火苗发出音乐般快活的声音，有如中秋季节的热风有时在挂满干树叶的橡树枝头奏出的乐音。

“牧人应该随时想想明天。凡属昨天的东西都属于死亡，而重要的是活下去，这一点你很清楚，布罗岱克，既然你是从谁都回不来的地方回来的。而我呢，我应该做的，是让别的人也能活下去，能看见今后的日子……”

到这一刻我算明白了。

“你不能这么做……”我对他说。

“那为什么，布罗岱克？我是牧人。畜群依靠我规避一切危险，而所有的危险中，记忆的危险是最可怕的危险之一，我要传授这一点的人不是你，你，你是什么都能记住的，你是不是记得太多了？”

奥施威尔用“报告”在我前胸轻轻敲了两下，为的是让我保持距离，或在我身上敲进一种思想，有如把钉子敲进木板里：

“是忘记的时候了，布罗岱克。人是需要忘记的。”

说完最后这几句话，奥施威尔把“报告”塞进火炉里，塞得非常轻。刹那间，互相贴得很紧的稿纸像一朵奇特的花的花瓣一样散开，这朵硕大的花经受着折磨，蜷起来，变得炽热，然后变黑，然后变灰，一张接一张垮塌下去，一片一片再结合成灼热的炭灰，然后被火苗吸走。

“瞧，”奥施威尔在我耳窝边悄悄说道，“什么也没有留下，全没有了。你难道会为这事更发愁？”

“你烧掉了纸，但你没有烧掉我脑子里的东西！”

“你说得对，那不过是些纸片，但在那些纸片上有全镇的人想忘记的一切，他们一定会忘记。不是所有的人都像你，布罗岱克。”

回到家里，我把一切都告诉了费多琳。波朴切特躺在她的膝头。小家伙正在睡午觉。她的双颊柔和得像桃花的花瓣，我们园子里那几棵桃树正长满了这样的花，那是最早的花正用它们的淡红色给我们的初春增添愉悦。这里的人管它们叫天堂花。仔细想想，这名字也挺奇怪，仿佛这个世界有可能存在天堂似的，而且，仿佛天堂在任何地方都可能存在似的！艾梅莉亚坐在窗户附近。

“这事，你怎么想，费多琳？”我最后这样问她。

除了说几句不连贯也无意义的话，她什么也没有回答。随后，几分钟以后，她好歹说了这样的话：

“该你来决定，布罗岱克，你一个人。你决定什么，我们就做什么。”

我看看她们三人：小女孩、年轻女人、老奶奶。一个在酣睡，仿佛她还没有出生；第二个正在唱歌，仿佛她身在别处；第三个对我说话，仿佛她已经不在人世。

于是，我说话了，声音怪怪的，简直不像我的声音：

“我们明天启程。”

# 四〇

我把老掉牙的大车找了出来。很久以前，费多琳和我就是随着这辆大车到达这里的。我不曾想它在某一天还会为我们服务。我想不到我们还会再一次启程。不过，对于我们这样的人，对于有我们这样形象的人来说，也许永远只能有启程，再启程。

从此以后我会走得远远的。

离一切远远的。

离别的人远远的。

我离开了小镇。

而且也许我不会待在任何地方。也许我离开了历史？假如寓言时代到来，也许我只不过是寓言中的游子？

我把打字机留在住宅里。我已经不需要打字机了。如今我在脑子里写东西。没有哪本书比这样的书更私密。任何人都不可能读到这本书。我用不着再将它藏匿起来。它永远不会被找到。

这天清晨，我醒得特别早，我感觉艾梅莉亚紧贴着我，我看见波朴切特还在摇篮里睡觉，大拇指放在嘴里。我把她们俩抱在怀里。在厨房，费多琳已经一切准备就绪。她在等我们。几个包袱都打好了。我们不声不响走了出去。我也把费多琳抱在怀里，她没有什么重量，她那么老，那么轻。生活已经耗尽了她的精力。她就像一件洗了千百次的内衣。我就这样抱着我的三个宝贝，拉着大车开始上路。我相信，从前也有一个游子像这样，从他被大火焚毁的城市上路，肩上背着他的老父亲和小儿子。我一定读过这个故事。是的，我一定读过。我读过那么多书。要么是内泽尔给我们讲过？讲这个故事的人也可能是克尔玛或迪奥代姆。

条条大街都静悄悄的，街两边的房舍还在安睡，跟房舍里的居民一样。我们的小镇，正如奥施威尔所说，看上去就像一个畜群，一个房舍群，房屋一间紧挨着一间，在仍旧黑暗的天空下显得那么安详，黑黢黢的天空没有星星，死气沉沉，空空的，犹如那些房屋墙上的每块石头。我在施罗斯客栈门前走过。他的厨房里还亮着一线灯光。我也在皮茨大妈的咖啡店门前走过，还经过了格特的铁匠铺和维尔弗劳的面包店，我听见维尔弗劳正在揉面团。我也在菜市场旁边、教堂旁边经过，还在罗佩尔的五金制品店门前、布罗希尔特的屠宰场门前走过。我经过所有的喷泉，还在那里喝了一点水，表示告别。所有这些地方都充满活力，完整无损，保存完好。我在死者纪念碑前停了一会，我念着我老念的：奥施威尔的两个儿子的名字、詹金斯的名字，詹金斯是在战争中死亡的警察，还有卡托尔和弗里普曼的名字，以及我的抹去一半的名字。我没有在那里久停，因为我感觉到艾梅莉亚的手贴在我的脖子上，那手显然在催我上路，每次我经过纪念碑而且停下来高声朗读那些名字时，她都显得不高兴。

夜很美丽，寒冷而清亮，而且这样的夜仿佛不愿意结束，它很乐意懒懒地待在漆黑里，在那里翻身再翻身，有如人们有时喜欢早晨赖在暖和的被窝里。我绕过镇长的农庄。我听见猪在猪圈里动个不停。我也看见了瞎姑娘莉泽穿过院子，手上提着一只桶，桶里盛的似乎是奶，奶汁随着她的脚步漫出木桶，在她背后留下少许白色。

我走着。我穿过了施陶比河上的石桥。为了最后一次听听河水喃喃的声音，我停了一会。一条河，你再不会听，也能听见它讲述许多事情。然而，人们从不爱听大小河流向他们倾诉些什么，从不爱听森林、牲畜、树木、天空、山崖以及别的人向他们讲述的一切。可是，必须花一些时间说话，也花一些时间倾听。

波朴切特还没有醒过来，费多琳也在打瞌睡。只有艾梅莉亚一个人眼睛睁得大大的。我抱住她们三人一点不费劲。我一点不感到疲倦。过桥之后不久，我瞅见奥恩迈斯特站在离我五十米的地方。它好像在等我，仿佛想给我指路。它开始上路，小跑着，就这样在我前面长达一个多小时。我们沿着小路朝哈内克高原的方向往上走。我们穿过含树脂的大树林。那里的苔藓和荆棘散发的气味很好闻。在冷杉大树脚下，积雪形成了一个个亮闪闪的花冠，风吹动树顶，也带动树干咔咔作响。当我们到达森林最高的边沿时，我们开始在布伦科普夫山的高山牧场上行走。奥恩迈斯特跑过去攀登一个悬崖。黎明的第一线曙光将狗照亮，我发现那已经不再是那只不属于任何人的野狗，不再是成天在我们大街上和在我们住宅里走来走去，将一切视为它的王国的奥恩迈斯特，而是一只狐狸，一只非常漂亮的老狐狸。按我的眼力判断，它摆出姿势，将头转到我这边，长时间注视着我，然后一跳，跳姿灵活而优雅，迅即消失在染料木林中。

我走着，一点不疲倦。我很高兴。没错，我很高兴。

我周围的山峰是我的同谋。它们即将成为我们的屏障。片刻之前，在奇特而美丽的基督受难像十字架附近，我曾转身最后一次看看我们的小镇。平时，这里有一个特别漂亮的观景点。从这里看下去，小镇很小。房屋好像是一些小塑像。伸出手臂，几乎能把它们揽入手心。然而，这天清晨，那一切都没有映入我的眼帘。我再努力看也是枉然。我什么也没有看见。可是此刻既没有浓雾，也没有流云，连轻雾都没有。然而，在那下边，就是看不见任何小镇。那里再也没有了小镇。小镇，我的小镇，它完全消失了。连同小镇一起消失的，还有别的一切：所有的面孔、施陶比河、所有的人、所有的痛苦，还有众多的山泉、我适才走过的小路，以及森林和悬崖。仿佛那里的风景和风景里包含的全部内容都在我的脚步后边被抹去了。仿佛随着我往前走，人家已经拆掉了布景，卷起了彩布，灭掉了灯光。然而，对此，我，布罗岱克，我不该是责任人。这样的消失并非我的罪过。我没有挑起事端。我也不希望发生这样的事。我起誓。

我叫布罗岱克，我与那事没有牵连。

布罗岱克，这是我的姓氏。

布罗岱克。

求求你们，记住。

布罗岱克。

# 引用语说明

人们会发现，有些我特意借鉴几位作者的句子分散在不同的书页里，而我并未征求他们的意见。愿他们多多包涵并接受我的谢意。

“人多伤人，个体杀人”是铭刻在十七世纪一只德国豪华马车小挂钟上的箴言，那只挂钟由弗里德贝格的一位钟表匠贝内迪克·菲尔斯滕费尔德制作，几年前在法国的一家拍卖行拍卖。

“讲述是一剂可靠的良药”是普里莫·莱维的句子，摘自他的作品《分子的挑战》。

“寓言时代岂非已经到来？”属于安德烈·多泰尔，语见《传奇专栏》。

“我明白了死者永远离不开生者”是法迪·斯特凡的一句话，我稍作修改。此语出自他的杰作《宇宙的摇篮》。

如果我没有记错，“我在脑子里写东西”是让-雅克·卢梭的《忏悔录》里的一句评注。

# 致谢

我要衷心感谢玛丽-夏洛特·代斯普伊、洛朗斯·塔迪厄以及伊夫·莱昂，他们曾合力干预，终于成功地从信息蒙昧中拯救了《布罗岱克》。

还要请大家允许我将此书与下面几位联系起来，他们在我生活中各个不同时期举足轻重，他们虽然在我写作这本小说的两年间去世，生前却一直在我的心路历程中陪伴着我：

玛丽-克洛德·德·布伦霍夫，洛朗·博内利，马克·维尔鲁日，勒内·洛比埃，让-克里斯托夫·拉法耶，帕特里克·贝罗，雅克·维列雷。

最后，我要感谢斯托克出版社团队全体成员，他们在让-马克·罗贝尔的领导下，给了我信任和友谊。还要感谢米夏埃拉·海因茨，她是莱茵河那边的忠实读者，而且给过我宝贵的建议。

# 译后语丝

终于译完了这份连作者自己都认为很难翻译的“报告”。我此刻的心情仍处在震撼和惆怅之中。译过那么多书，但能让我流泪的只有这一本。第一人称，作者必然省却许多描写的赘笔，但又运用了意识流的手法，任思想随意驰骋。那应该是无情节无人物的随笔？否。下笔不多，但一个个鲜活的人跃然纸上，一幕幕动人心魄的场景让人终生难忘，又似乎是地道的现实主义。没有正面描写战争，但上世纪那场侵略战争如何践踏人的尊严，如何扭曲人的灵魂，如何蹂躏天赐的美好，如何揭露尘封的丑恶，这里都有用血和泪提供的佐证。难怪作者的忧郁和惆怅始终溢于言表，而且感染了我。

法国中学生龚古尔奖的获奖作品往往比龚古尔奖获奖作品更受欢迎。初读了这部小说之后，我欣然决定应邀翻译。最近为个别问题与作者商讨，他建议我，文中的方言都原文照登，我答应了，但仅限于他认为没有意义的几个词。其余有意义的，而且是特别重要的，我只能意译，这更符合中国人的阅读习惯。

刘方

**图书在版编目（CIP）数据**
布罗岱克的报告 /（法）克洛代尔（Claudel, Ph.）著；
刘方译. —上海：上海译文出版社，2012.8（2023.7重印）
ISBN 978 - 7 - 5327 - 5733 - 6

Ⅰ. ①布… Ⅱ. ①克… ②刘… Ⅲ. ①长篇小说 - 法
国 - 现代 Ⅳ. ①I565.45

中国版本图书馆CIP数据核字（2012）第028109号

PHILIPPE CLAUDEL
Le rapport de Brodeck

本书根据斯托克出版社2007年法文版译出


Cet ouvrage a bénéficié du soutien des Programmes d'aide à la publication de l'Institut français / ministère français des affaires étrangères et européennes.

图字：09–2008–840号

布罗岱克的报告
Le rapport de Brodeck

PHILIPPE CLAUDEL
菲利普・克洛代尔 著
刘方 译

出版统筹 赵武平
责任编辑 周 冉
装帧设计 陆智昌

上海译文出版社有限公司出版、发行
网址：www.yiwen.com.cn
201101 上海市闵行区号景路159弄B座
山东韵杰文化科技有限公司印刷

开本 890 × 1240 1/32 印张 9.75 插页 2 字数 164,000
2012年8月第1版 2023年7月第2次印刷

ISBN 978–7–5327–5733–6/I・3385
定价：59.00元